KB065704

존재하기 위해 사라지는 법

How To Disappear

Notes On Invisibility
In A Time Of Transparency

존재하기 위해 사라지는 법

아키코 부시 지음 이선주 옮김

memento

구름이 모여들어 보이더니,
그다음 흩어져서 보이지 않는다.
모든 모습이 구름의 본성이다.

존 버거

차례

일러두기

1. 단행본, 잡지 등은《 》, 영화, 연극, 그림, 시, 단편 등은〈 〉로 묶었습니다.
2. 원서의 이탤릭체는 강조의 의미를 나타낼 경우 고딕체로 표시했습니다.
3. 인명과 지명 등 외래어는 국립국어원 외래어표기법과 용례를 준수하되, 일부는 일상에서 널리 쓰이는 표기를 따랐습니다.
4. 본문 중 언급되는 도서 중 발간일 기준 국내에 출간된 경우 한국어판 제목을 추가했습니다.

보이지 않는 것에 매혹되다

머리말

뭔가 보이지 않을수록 주변에 있다는 게 확실하다.

조지프 브로드스키

JOSEPH BRODSKY
러시아 출신의 미국 시인이자 작가

나는 떡갈나무 아래에 임시로 설치된 단 위로 올라간다. 여러 해 동안 방치되어 비틀어지고 축축하게 썩어가고 있으며 가로대들도 빠져 있다. 몇 년 전 사냥꾼이 판자들을 평평하게 고정시켜 만들었을 때보다 어쩐지 지금의 뒤틀린 모습이 어지러운 숲과 더없이 잘 어울렸다. 떡갈나무, 단풍나무, 너도밤나무, 히커리나무, 물푸레나무 들로 울창한 숲을 바라보며 이 숲에서 내가 할 수 있는 일과 할 수 없는 일에 대해 생각하기에 이끼로 뒤덮인 단은 그럭저럭 편안하다.

3월 초라기에는 유난히 따뜻하다. 뉴욕 허드슨 밸리에서는 3월 말까지 겨울이 끝나지 않을 때가 많다. 그러나 근처 습지에서 날아온 새들이 벌써 열광적으로 지저귀기 시작했다. 이 특별한 오후, 땅은 녹색과 은빛 이끼로 뒤덮여 축축하고, 여기저기에서 낙엽 더미를 뚫고 돋아난 달래, 마지막으로 남은 감탕나무 붉은 열매들이 드문드문 보인다. 나뭇가지들 사이로 하늘이 잘 보이고, 오후의 햇살이 산비탈을 강렬하게 비추고 있다. 산마루로 올라가는데 꿩 한 마리와 동부파랑지빠귀 두 마리가 내 발소리에 깜짝 놀라 낮게 지저귄다. 멀리서 까마귀 몇 마리가 시끌벅적하게 깍깍 우는 소리가 들린다. 까마귀는 인간 얼굴을 알아보긴 하지만, 나를 알아보고 우는 것은 아닐 것이다. 이 산마루를 몇 달 만에 찾았기 때문이다.

몇 미터 앞에서 단풍나무 가지 위를 재빠르게 올라가던 큰 회색 다람쥐가 잠시 걸음을 멈춘다. 머리 양쪽에 눈이 달려 광각 시력을 갖춘 다람쥐는 움직이지 않고도 나를 볼 수 있다. 다람쥐는 색을 식별하는 감각이 예민하지 않지만, 수정체의 노란 색소가 자연스럽게 눈부심을 줄여주어 냄새와 빛으로 외부 세계를 인식한다. 냄새와 그림자로 내 존재를 금방 알아차린 그들의 둥지는 나뭇잎과 잔가지들, 나무껍질 등으로 뒤엉켜 있어 나무가 무성해지면 완벽하게 숨겨진다.

30분쯤 후 바스락거리는 소리가 들린다. 6미터쯤 앞에 나무껍질과 비슷한 색깔의 암사슴이 있다. 암사슴은 가던 걸음을 멈추고 머리를 기울여 나를 빤히 바라본다. 내 모습을 들키지 않으려면 움직임을 멈추고 소리를 내지 말아야 한다. 암사슴은 낙엽 더미를 뚫고 돋아난 한 무더

기의 풀을 갉아먹은 다음 숲속을 조용히 걸어가다가 높은 지대를 지나 산등성이를 내려갈 때 우연히 꿩과 마주친다. 꿩이 꽥꽥거리면서 날개를 푸드덕거리자 암사슴은 맞은편 언덕으로 뛰어오른다. 사슴들은 우리처럼 색깔을 구분하지 못하지만 밤에도 주변을 식별할 수 있고, 푸른색과 보라색 그리고—우리와 달리—자외선을 볼 수 있다. 그들은 빨간색과 주황색을 보지 못하며 형태와 색깔보다 소리와 움직임으로 인간이 있다는 걸 알아차린다. 암사슴에게 내가 어떻게 보이는지 정확히 알 수 없지만 보라색 계열의 희미한 형태로 보일 것이라고 짐작한다.

새들은 망막의 원추세포 덕분에 우리가 볼 수 없는 색들뿐만 아니라 우리가 상상조차 하지 못하는 색깔까지 볼 수 있다. 뱀들은 머리 양쪽에 주변의 온기를 감지할 수 있는 기관을 갖추고 적외선을 감지할 수 있어 근처에 있을지도 모르는 먹이의 열 신호를 읽으면서 세상을 헤쳐 나간다. 벌들은 자외선을 감지하면서 우리는 볼 수 없는 꽃들의 무늬를 보고, 그걸 활용해 꿀이 있는 정확한 위치를 찾아낸다. 벌들이 색을 처리하는 속도는 인간보다 다섯 배 정도 빠르다. 그래서 우리와 달리 각도에 따라 색이 변하는 모습을 인식한다. 우리 집 부엌문 밖에 피어 있는 노란 데이지의 꽃잎에는 내가 보지 못하는 둥근 색반色斑이 있고 7월에 해바라기 밭을 비추는 빛은 내가 볼 수 없는 무늬로 밝게 빛난다. 우리에게 보이는 가시광선의 범위는 전자기電磁氣 스펙트럼의 작은 부분일 뿐이다. 세계 전체는 우리가 볼 수 없는 색깔들로 빛나고 있다.

사실 잠복처blind라고 불리는 곳이야말로 보이지 않기에 대해 그리고 어떤 조건에서 모습을 보이기 시작해야 할지에 대해 생각하기 좋은 자리 같다. 암사슴 눈에 띄지 않으려면 낙엽 색깔과 비슷한 갈색 스웨터를 입기보다 움직이지 않아야 한다. 까마귀는 내 얼굴이 익숙하지 않아서, 회색 다람쥐는 모르는 그림자라서 나를 알아보지 못한다. 내 시야는 120도 안쪽으로 제한되어 곤충, 양서류, 설치류와 새들을 포함해 주위에 있는 걸 대부분 보지 못한다. 일부러 보이지 않으려는 행동과 그저 사각지대에 있어서 보이지 않는 건 어떻게 다를까?

고작 한 시간 숲에 머물렀지만, 나는 보이지 않는 상태가 되는 게 우리 삶에서 얼마나 필요한지 새삼 느낀다. 나는 침묵의 은총, 분별력 그리고 완전히 자율적이고 개인적이면서도 세상을 깊이 인식하고 받아들일 가능성에 대해 생각해본다. 어쩌면 요즘은 너무 드문 일이어서 내가 보이지 않는 상태에 그렇게 매혹되는지도 모른다. 최근 몇 년 동안 우리는 그저 어떻게든 세상의 시선을 사로잡는 일에만 몰두해왔다.

우리 인간은 다양한 방식으로 보이기도 하고, 보이지 않기도 한다. 보이지 않는 상태에 대한 우리만의 척도가 있으며 우리의 시야와 시력은 전자기 스펙트럼을 넘어서는 문제이다. 언제 자신을 드러내고 언제 보이지 않게 할지 선택하는 데 친숙함의 정도, 색맹, 주변 시야는 그다지 큰 문제가 아니다. 우리는 어떻게 서로의 시야에 들어오고 벗어날지를 조절하기 위한 온갖 창의적인 전략들—물리적, 심리적, 기술적으로—을 어마어마하게 생각해냈다. 그 전략들은 매력적이고, 매혹적이고, 기만적이고, 희망적이고, 절망적이고, 우아하고, 논리적이고, 비논리적이고, 이상하고, 완전히 신비롭다. 점점 더 자신을 훤히 드러내는 이 시대는 그런 전략들을 새롭게 생각해볼 때다.

우리 시대에는 눈에 띄는 게 널리 통하는 자산이 되었고, 소셜 미디어와 감시 경제라는 두 가지 환경이 우리 삶의 방식을 재정립했다. 크리스토퍼 래시Christopher Lasch는 1979년에 내놓은 획기적인 책《나르시시즘 문화The Culture of Narcissism》에서 "우리 사회에서 성공은 매스컴의 관심을 받으며 승인되어야 한다"라고 꼬집었다. 그로부터 40년 후, 우리가 온갖 새로운 기술을 동원해 눈에 띄려고 애쓰는 걸 보면 그의 선견지명을 알 수 있다. 우리의 성공과 업적은 공개적으로 드러나야 하고, 무슨 일을 하느냐보다 어떻게 보이느냐로 우리 삶이 평가되는 게 일반적인 현상이 되었다.

한때는 사적인 공간으로 여겼던 집에서부터 노출이 시작된다. 아이 방에 고해상도 렌즈, 내장 마이크, 움직임 감지 센서가 장착된 실시간 모니터를 설치해 안전을 확인하지만 이것이 부모와 아기, 돌보는 사람들 간의 관계에 영향을 미치기도 한다. 인터넷을 활용하는 장난감들—와이파이가 장착된 바비, 블루투스 기능이 있는 키티, 음성 메시지를 녹음할 수 있는 테디 베어—은 소통과 대화에 도움이 되지만, 주소, 생일, 사진 등 아기에 관한 정보를 쉽게 해킹당할 수 있다. 부엌의 스마트 냉장고를 통해 장보기 습관 같은 개인 정보가 수집되며, 시청자 자료를 추적할 수 있는 스마트 TV를 통해 광고주의 타깃 마케팅 대상이 되기도 한다. 로봇 진공청소기는 우리 방들을 측량할 수 있고, 아마존의 개인 비서인 알렉사는 우리의 말과 행동을 법정 증거로 제시할 수 있다. 이메일을 보내고, 구글을 사용하고, 온라인에서 뭔가 검색하면—원피스, 책, 프라이팬, 잔디 깎는 기계—컴퓨터의 팝업과 사이드바에서 그 물건들이 계속 튀어나오며 우리를 따라다닌다.

집에서 나오면 우리 스마트폰이 서비스 제공자들에게 위치 정보를 보낸다. 도로 요금소를 지나가고, 신용카드를 사용하고, 차를 빌리고, 비행기를 타면 빅데이터는 훨씬 더 많은 개인 정보까지 모을 수 있다. 집에서 멀리 벗어나지 않아도 차량용 블랙박스, 보디캠, 뒷마당에 설치한 카메라와 은행, 쇼핑몰, 주유소, 교통 중심지, 편의점과 길모퉁이의 폐쇄회로 보안 카메라가 거의 규제 없이 우리 행동을 관찰한다. 크기가 계속 줄어들고, 점점 더 정교해진 드론 카메라는 뉴스 보도와 교통 정보 수집에서부터 사유지와 상업 시설을 원격 순찰하는 데에도 활용된다. 뉴욕의 공연장 매디슨 스퀘어 가든은 얼굴 인식 소프트웨어를 활용해 팬들을 확인하며, 새로운 레이더 기술을 갖추고 주변에서 운전하는 사람들의 스마트폰을 추적할 수 있는 몇몇 옥외 광고판 덕분에 광고주들은 통신회사와 제휴해서 소비자 행동 양식을 더욱 면밀하게 분석할 수 있다. 2016년, 볼티모어 시는 범죄와 전쟁을 벌이기 위한 노력의 일환으로 반경 48킬로미터 이내 시내 거리를 추적 관찰하기 위해 공중감시 카메라에서 촬영한 영상을 활용했다. 거리를 다니는 사람들 아무도 자신이 촬영되는 줄 몰랐다. 스냅챗 안경을 쓰고 테두리를 두드리면 눈앞에 보이는 모든 것을, 사람이든 물건이든 10초 동영상으로 촬영할 수 있다.

끊임없이 생겨나는 온갖 전자제품은 효율적이고 편

리하긴 하지만, 사생활에 대한 전통적인 개념이 점차 무너지고 있다. 목에 걸 수 있는 프런트로FrontRow 카메라는 메달 모양 화면을 누르면 녹화, 실시간 중계, 저속 촬영도 가능하다. 페이스북 라이브와 페리스코프Periscope는 일상을 실시간으로 생중계할 수 있게 해 우리의 노출 욕구를 폭발시킨다. 가전제품, 장신구 그리고 온갖 전자비서 등과 결합한 사물 인터넷이 계속 확대되면서 이런 디지털 감시는 늘어날 수밖에 없을 것이다. 자발적인 협조와 비자발적인 협조를 구분하기 어려울 지경이다. 우리는 자신의 위치를 기록하는 웨어러블 기기인 핏비트를 자발적으로 착용한다. 그러나 아마존은 노동자의 위치와 움직임, 효율성을 추적 관찰할 수 있는 손목 밴드를 시험하기 위한 특허를 받았다. 우리의 욕구, 기분, 습관과 호기심이 우리의 협력자이자 증인, 정보원이 된다. 영국의 정치 컨설팅 회사인 케임브리지 애널리티카가 2016년 미국 대통령 선거를 앞두고 유권자들을 분석하기 위해 페이스북 사용자 8만 7,000명에 대한 정보를 수집했다는 사실이 2018년에 세상에 알려졌을 때 소셜 미디어를 통한 연대라는 환상이 감시에서 벗어난 칼날일 뿐이라는 데 더 이상 의문의 여지가 없어졌다.

이제 눈에 띄게 하고 보이게 하는 것과 관련된 새로운 용어들도 등장했다. 기술 혁명으로 정보의 흐름이 바뀌면서 우리가 자신을 외부 세계에 보여주는 방식이 획기적으로 변화했기 때문이다. 정체성 큐레이팅curating identity은 자기 홍보, 개인 브랜딩 그리고 소셜 미디어에서 높게 평가되고 중요한 인물로 보이기 위한 갖가지 특징—사회적, 정치적, 전문적으로—을 만들고 계발하는 능력을 말한다. 데이터 생태계Data ecosystem는 소비자 행동의 양식을 만들고 추적 관찰하는 복잡한 정보망을 이야기한다. 뉴로폴리틱스Neuropolitics는 특정 후보에 대한 유권자들의 표정 등을 읽고 분석해 선거 전략을 세우는 것을 말하며 마이크로 셀레브리티microcelebrity는 인스타그램과 유튜브 같은 매체를 통해 얻은 제한적이고 일시적인 명성을 말한다.

그리고 불과 수십 년 전만 해도 의미가 없었던 퍼스널 데이터 마이닝personal data mining이라는 표현은 이제 개인 정보가 보호되지 않는 '포스트 프라이버시post-privacy' 세계에서 산업 그 자체가 되었다. 미국의 연방통신위원회는 예로부터 전화 회사들이 통화 기록을 팔지 못하게 막으면서 소비자의 개인 정보를 보호했다. 예전에는 비디오 가게들이 누가 어떤 영화를 빌렸는지에 대한 정보를 공개하지 못했지만 요즘은 그런 관리 감독이 줄어들고 있다. 인터넷 서비스 제공업체의 소비자 정보 활용 규제는 2017년에 철회되어 기업들은 우리의 인터넷 검색 기록과 구매 이력을 팔아 수익을 얻을 수 있게 되었다.

이런 점이 꺼림칙하다면 스마트폰과 웹캠의 렌즈에 테이프를 붙일 수 있다. 페이스북 설립자 마크 저커버그Mark Zuckerberg와 미국 연방수사국(FBI) 국장을 지낸 제임스 코미James Comey 둘 다 이런 '이상한' 보안 수단을 사용했다고 인정했고, 나 역시 매일 아침 노트북을 켤 때마다 직접 붙인 테이프를 확인한다. 너덜너덜한 마스킹 테이프 조각은 디지털 세계와 물질세계의 어색한 만남을 상징하는 바보 같은 휘장처럼 보인다. 눈에 띄지 않으려는 노력이 터무니없이 눈에 잘 띈다.

'보인다는 것'은 이제 수동적이라기보다는 능동적인 개념이 되었다. 제니퍼 이건Jennifer Egan의 2001년 소설 《나를 봐Look at Me》에서 자동차 사고로 얼굴이 심하게 망가진 후 정체성을 되찾기 위해 애쓰는 샬럿은 모델이라는 직업을 선택한 이유를 이렇게 설명한다. "사람들의 눈길을 받는 일만이 가장 중요한 일로 느껴졌다. 내가 시도할 수 있는 다른 모든 일들은 그에 비해 수동적이고 헛되어 보였다." 나는 그 말에 동의한다. 대학 생활을 동영상 기록으로 남기는 촬영 팀이 내 강의실에 찾아왔을 때 나는 수업에 방해가 되리라 짐작했다. 카메라를 든 두 명의 젊은이 때문에 학생들이 수줍어할 테고 수업 중 토론이 부자연스럽고 어색해질 것이라고 확신했다. 내 예상은 완전히 빗나갔다. 학생들이 더 똑바로 앉고, 더 신중하게 단어를 선택해서 말하고, 더 정확하게 출처를 인용하며 더 적극적으로 토론에 참여했다. 카메라 앞에서 학생들의 참여도는 높아졌고, 토론에 새로운 에너지가 생겼다. 연기를 한다기보다 카메라 앞에서 활기가 넘쳤고, 심지어 카메라와 대화하기까지 했다. 이 학생들은 태어날 때, 첫걸음마를 할 때, 말을 시작할 때, 처음 스쿨버스를 탈 때의 모습이 모두 동영상에 담겼던 세대라 그럴 것이라고 나중에 생각했다. 그들은 카메라를 마음이 맞는 존재뿐 아니라 자신을 확인해주는 존재로 여긴다.

하지만 혼란스럽다. 공개적으로 이미지를 보여주는 데서 정체성을 찾는다면 뭔가 빠진 게 있는 것 같고 뭔가 정체성의 핵심이 약해지고, 뭔가 존엄성이나 내면성을 잃는 것 같다. 이제 '보이지 않기'와 '숨기'가 똑같다고 잘못 생각하는 것에 대해 의문을 가질 때다. 그리고 눈에 띄지 않는 삶의 가치를 재평가하고, 끊임없는 노출에 대한 어떤 해독제를 찾아내고, 이 새로운 세상에서 보이지 않고, 들키지 않거나 눈에 띄지 않는 게 얼마나 값진지 다시 생각할 때다. 보이지 않게 되는 걸 그저 도피가 아니라 그 자체로 의미와 힘이 있는 조건으로 여길 수 있을까? 보이지 않게 되는 건 품위와 자기 확신의 표시가 될 수도 있다. 눈에 띄지 않으려는 충동은 자기만족적인 고립이나 무의미한 순응이 아니라 정체성, 개성, 자율성, 목소리 지키기와 관련이 있다. 그저 디지털 세상에서 뒷걸음치려는 게 아니라 끊임없이 자신을 드러내야 하는 삶에서 진정한 대안을 찾으려는 노력이다. 사라지는 건 아무 생각이 없어서가 아니라 정신을 똑바로 차리기 위해서다. 눈에 띄지 않는다는 것은 수치스럽거나 불명예스러운 일이 아니라 지금의 사회, 문화 혹은 환경에 적응하기 위한 방법으로, 우리 존재감에 꼭 필요할 수 있다. 인간은 내면적이고, 개인적이고, 자기만족적인 노력을 할 수 있다. 깊은 침묵을 통해 우리는 고통을 받기보다 많은 걸 얻을 수 있다.

'보이지 않음'을 특별한 기회로 생각할 수도 있겠다. 보이지만 않는다면 공공장소에서 마리화나를 피울 수도 있고, 과속을 하더라도 단속에 걸리지 않을 것일 테니까 말이다. 이 외에도 다른 사람들의 주의를 끌지 않는 것이 차라리 나은 상황은 꽤 많다. 하지만 전화, 컴퓨터를 끄고, 접속을 끊는 일은 특정 전문직 종사자, 교수, 소수의 엘리트 집단이나 누릴 수 있는 사치다. 내가 아는 한 젊은 학자는 객원 강사에서 종신 교수로 승진하려고 애쓰고 있었다. 그는 "접속을 끊을 때의 즐거움을 우리 모두에게 깨우쳐주려고 모로코로 출장을 빙자한 여행을 떠나면서 소셜 미디어를 끊는" CEO들에 대해 이렇게 말했다. "고맙죠. 그러나 그들의 직원이 그렇게 하면 해고될 거예요. 평범한 사람들은 살아남기 위해 계속 자신을 드러내야만 해요. 학기마다 강의를 맡으려면 쉬지 않고 나를 홍보해야 해요. 그러지 않으면 일이 끊어질지도 모르죠. 선생이나 학자로서 나의 가치도 마찬가지예요. 강의실에서 아무리 열정적으로 가르쳐도 별로 알아주지 않아요. 어디에든 논문을 발표하거나 언론에 등장해야 알아주죠."

사회적으로 소외된 사람들, 즉 빈곤, 인종, 낮은 지위 때문에 밀려나고 배제되고 소외되고 억압당하는 사람들에게 보이지 않는 상태는 또다른 문제다. 집단 전체가 보이지 않는 듯 무시를 당하는 경우도 있다. 뉴욕 거리에 앉아 있는 한 노숙자의 무릎 옆에는 마분지에 손으로 "보이지 않는 게 낫겠어요"라고 쓴 표지판이 세워져 있다. 보이지 않는 상태는 이렇게 사회적 소외와 관련이 깊게 부정적으로 여겨졌다. 숨어버리는 것과 숨겨져 있는 건 일반적으로 무례함, 선입견과 편견, 수치, 실패와 관련이 있어 보이며 어떤 집단에게는 그게 맞을 수도 있다. 그러나 부유한 남성 퇴직자, 일정 연령을 넘긴 여성들과 원하는 만큼 트위터 팔로어를 확보하지 못한 밀레니얼 세대는 보이지 않는 상태가 되는 걸 심각하게 여기지 않는다. 보이지 않는 상태는 이런 의미가 있을 수도 있고, 저런 의미가 있을 수도 있다. 긍정적일 수도 있고, 부정적일 수도 있다. 여러 의미를 가지게 되었다. 이런 의미들을 뛰어넘어 보이지 않는 상태에서 인간의 더 큰 가치를 찾을 수 있을까?

드러내고자 하는 건 허영심 때문만은 아니다. 오늘날 많은 사람들이 필수적이라고 여기는 연결성을 유지하려면 노출을 피할 수 없다. 웹사이트, 디지털 포럼, SNS 그리고 인터넷 게시판은 우리 생각을 엄밀하게 검증해줄 뿐 아니라 더 큰 세상과 관계를 맺고 참여한다고 느끼게 해준다. 온라인 커뮤니티는 지리적 혹은 정치적 경계를 뛰어넘어 서로 결속하게 한다. 이런 네트워크는 다양한 사람들이 생각과 경험, 지식을 주고받으며 서로 연결되게 한다. 서로 보이지 않는다는 점 때문에 이런 커뮤니티가 성공하는 경우도 있다. 가상공간에서 만나는 팀은 성별, 나이, 인종, 지위와 상관없이 자유롭게 의견을 낼 수 있다고 내가 아는 한 경영 고문은 말한다. "그런 상황에서는 정체가 드러나지 않기 때문에 발언 기회를 더 많이 가질 수도 있습니다. 그리고 수줍어하는 사람과 나서지 않던 사람도 스스럼없이 의견을 낼 수 있다고 말할 때가 많습니다."

그러나 이러려면 계속 노출해야 한다. 내 친구의 웹사이트가 최근 먹통이 되었다. 그녀는 여러 권의 책을 내고 수많은 글을 쓴 이름난 저술가로, 평소에 블로그를 통해 독자들과 소통하고, 방송에 나가 인터뷰하고, 미국 전역에서 낭독회나 강연을 해왔다. 주요 매체에서 그녀의 사상에 대해 언급하거나 대중적인 담론으로 다루기도 했다. 독자들은 소통하기 위해 그녀의 웹사이트를 찾았는데, 매일 150명 정도, 미디어에 등장한 후에는 1,500명 정도가 그 웹사이트에 접속했다. "웹사이트는 책을 팔기 위한 수단이야. 내가 세상에 손을 내밀고, 세상이 내게 손을 내밀며 상호작용하는 통로이지. 그건 내가 세상으로 나가는 문이야. 거대하고 강력한 문이지. 그게 사라지면 나의 정체성 전부가 사라지는 것 같아. 아무도 나를 찾을 수 없게 되니까. 나는 보이지 않게 되지." 그녀는 인터넷이 자신과 독자를 거미줄처럼 연결시켜준다고 믿었기 때문에 웹사이트 중단을 치명타로 설명했다. 그녀는 잠시 말을 멈추었다가 입을 열었다. "나의 2퍼센트만 정말 괜찮다고 느꼈어."

나는 그 2퍼센트에 흥미를 느낀다. 이게 보이지 않는 상태의 위엄과 더 큰 의미를 되찾고, 그걸 인간 경험의 긍정적인 조건으로 다시 생각할 계기가 될지도 모르기 때문이다. 인류는 이제 눈에 띄지 않는 상태에 대해 새롭게 관심을 가지기 시작했다. 생각해보면 사람들에게 모습을 드러내는 게 우리 생각만큼 중요하지 않을 수도 있다. 아마 스냅챗이 온라인에 올린 사진이나 영상 이미지가 금방 사라질 수 있게 한 2012년부터 이런 현상이 시작되었을 것이다. 몇몇 패션 디자이너들은 상표 이름을 가리기도 한다. 한 떠오르는 패션 디자이너이자 사업가는 언론 노출을 절대 하지 않는 것으로 유명해서 인터넷으로 검색해도 홍보용 사진조차 찾을 수 없다. 온라인에 아이 사진을 올리지 않으려는 사람들도 많아지고 있다. 최근에 할머니가 된 내 친구는 어린 손녀가 자고 있는 모습을 디지털 사진으로 수십 장 촬영했다. 그런데 30대 아들은 "엄마. 그냥 **보기만** 하세요!"라고 냉정하게 말했다고 한다. 10대들도 이제는 소셜 미디어에 데이트 경험을 공개하기 꺼린다. 로마의 콜로세움, 파리의 베르사유 궁전, 이슬람 성지 메카, 미국 음악 축제 롤라팔루자, 시드니 오페라 하우스, 테마파크 디즈니랜드 같은 다양한 장소에서 '셀카봉'이 금지된다. 쉬지 않고 '셀카'를 찍는 행위를 곧 타인의 사생활 침해로 여기는 인식도 늘어나고 있다.

갑자기 여러 곳에서 보이지 않는 상태와 익명성에 대한 새로운 개념을 내놓거나 상품화하고 있다. 어느 날 오후, 맨해튼 거리를 잠시 걷는 동안 '익명Anonymous'이라는 이름의 미용실, '가명Incognito'이라는 이름의 식당을 지나갔다. 니베아는 어떤 색깔의 옷에도 얼룩을 남기지 않는 체취 제거제에 '인비저블 포 블랙 앤드 화이트

Invisible for Black and White'라는 이름을 붙였다. 보이지 않는 것이 화장품의 기능이라고 홍보하는 건 역설적으로 보인다. 블라인드Blind는 직장인들이 익명으로 연봉, 조직 문화, 회사 정책에 대해 이야기를 나누는 커뮤니티 앱의 이름이다. 2017년에 발간된 책《보이지 않기의 기술The Art of Invisibility》에는 개인 정보 보호를 위해 암호 만들기 알고리즘, 암호 문구, 생체 암호 그리고 "당신과 전혀 관련이 없는" 별개의 정체성을 만드는 방법 등이 설명되어 있다.

텔레비전 드라마 〈인비저블Invisible〉은 보이지 않게 되는 능력을 유전적으로 타고난 덕분에 부와 명예, 세계 경제에 끼치는 영향력까지 얻게 된 뉴욕의 한 유명한 가족 이야기를 다루고 있다. "모든 가족에게는 비밀이 있다"라는 게 그 드라마의 홍보 문구이다. 2015년 슈퍼볼 기간에 방송된 네이션와이드 보험사 광고는 유색 인종 여성이 눈에 보이지 않는 상태가 되는 사회 현실을 비꼬았다. 광고에서 배우 민디 케일링Mindy Kaling은 세차장을 누비고, 센트럴파크에서 나체로 요가를 하고, 아이스

크림을 통째로 먹으면서 슈퍼마켓 통로를 다니는데도 사람들이 자신을 보지 못하자 신이 나고 해방감을 느낀다.

2015년 가을에는 검은색 폴리에스테르 전신 수영복이 인기 있는 핼러윈 의상 중 하나였다. 입은 사람의 몸에 딱 달라붙어서 밤에는 그 사람이 거의 보이지 않게 되는 옷은 **누군가**someone의 의상이 아니라 **없는 사람**no one의 의상이다. 아이는 하얀 천을 뒤집어쓰고 알 수 없는 유령이 되는 대신 그저 사라질 수 있다. 유령이 아니라 없는 사람이 되는 것이다. 보이지 않게 되는 옷을 입고 내 현관 앞을 몰래 지나간 아이가 어떻게 그 의상을 선택했는지는 정확하게 알지 못한다. 다만 태어나는 과정이 동영상으로 찍히고, 실시간 모니터가 설치된 방에서 자라고, 처음 걸음을 떼고 말을 하는 게 모두 촬영되었던 경험과 관련이 있다고 짐작한다. 내 친구는 두 살짜리 손녀가 벌써 아이폰 카메라 앞에서 어떤 각도로 다리를 앞으로 내밀지, 자그마한 얼굴을 옆으로 기울이면서 어떻게 포즈를 취할지 알더라고 내게 이야기했다.

이렇게 끊임없이 자신을 내보여야 하는 사회에서 온

몸을 가려 보이지 않게 되는 의상에 끌리지 않는 어른이나 아이가 있을까? 누구든 때때로 눈에 보이지 않는 상태가 되고 싶지 않을까? 사생활이 점점 줄어드는 세상에서 눈에 보이지 않는 상태는 뭔가 개성 있고 신비하고 매혹적으로까지 느껴진다. 럭셔리 브랜드가 '보이지 않는다'는 점을 강조하여 홍보하는 이유도 그것 때문일 수도 있다. 31만 달러가 넘는 롤스로이스 고스트Ghost는 고요하고, 힘 있고, 절제되었고, 단순하며, "바깥세상에서 당신을 보호해줄 수 있다"라고 홍보한다. 이 자동차를 홍보하는 웹사이트의 문구는 위엄과 보이지 않는 특징이 만나는 지점을 이렇게 읊조린다. "스타일의 본질. 나는 고스트." 보이지 않는 유령이 되어서 조용히 돌아다닌다는 개념은, 이제 드물고 귀하고 선망할 만한 일이 되었다.

보이지 않는 상태가 힘의 근원이라는 개념은 새롭지 않다. 허버트 조지 웰스Herbert George Wells와 랠프 엘리슨Ralph Ellison 모두 보이지 않는 남자가 불온한 사회 세력을 대변하는 소설을 썼다. 웰스의 1897년 과학소설 《투명인간The Invisible Man》에서 물리학 전공 학생이자 자칭 '실험적인 연구자'인 그리핀은 투명인간이 되는 방법을 연구한다. 그는 고양이를 투명하게 만드는 실험을 한 후 그 묘약을 자신의 몸에도 주사한다. 그리핀은 "투명인간이 되는 건 마법을 초월하는 일이다. 그리고 나는 신비, 힘, 자유처럼 보이지 않는 상태가 한 남자에게 줄 수 있는 온갖 멋진 환상을 의심 없이 바라보았다"라고 설명한다. 그리핀은 그렇게 큰 희망을 가지고 개인적인 호기심과 편의를 위해 스스로 투명인간이 되지만 얼마 지나지 않아 도덕적으로 타락하며 곧 자신이 원래 몸으로 돌아갈 수 없다는 사실을 알게 된다. 이 소설을 원작으로 만든 영화에는 인상적인 장면들이 등장한다. 머리를 감싼 붕대가 천천히 풀리자 머리가 있어야 할 자리가 텅 비어 있고, 하얀 셔츠가 방에 떠다니고, 자전거가 스스로 굴러가고, 담배가 공중에 둥둥 떠 있다. 그리핀은 죽을 때에야 자신의 모습을 되찾는다. 이 소설은 과학 발전이 우리 정체성과 인간성을 빼앗을 수도 있다는 사실을 암시한다.

1952년, 랠프 엘리슨의 《투명인간Invisible Man》에 등장하는 이름 없는 주인공은 흑인이 미국 사회에서 자신의 자리를 찾기 어렵다는 현실을 보여준다. 그의 보이지 않는 상태는 그를 둘러싼 백인들의 가정假定, 믿음, 기대에 맞춘 상태다. 그는 처음에 "나에게 다가온 그들은 내 배경, 그들 자신, 그들이 상상해낸 허구, 결국 나를 제외한 모든 걸 본다"라고 말한다. 보이지 않는 존재인 주인공은 신분을 속이고, 여러 가명을 쓰고, 어처구니없는 변장을 해야 한다. 메리 체이스Mary Chase의 1944년 희곡 〈하비Harvey〉에 등장하는 키가 190센티미터가 넘는 의인화된 토끼 하비 역시 보이지 않는다. 메리 체이스는 외아들이 죽은 후 절망에 빠진 채 매일같이 맥없이 직장에 다니는 이웃을 보고 그 희곡을 썼다. 켈트족 신화에 나오는 보이지 않는 토끼는 철학자이자 상상의 친구, 조언자 그리고 영적인 세계에서 온 사절로, 지성보다 다정함을 중요시한다는 메시지로 전쟁에 지친 국가에 반향을 일으켰다. 이 우스꽝스럽지만 만만치 않은 존재는 정신질환, 알코올의존증, 사회규범의 문제 그리고 인간이 가진 상상력의 힘을 다시 생각하게 한다.

나는 대학생이던 어느 여름, 한 극장에서 일했고 2주

동안 매일 밤마다 이 연극을 보았다. 40년쯤 지나서 나는 엄청나게 큰 토끼가 실제로 무대에 오른 적이 있었는지 확신하지 못한다는 사실을 깨달았다. 나는 크고 하얀 발과 솟아오른 귀를 가진 커다란 생명체가 다리를 꼬고 벽난로 옆 안락의자에 앉아 있는 모습을 완벽하게 떠올릴 수 있었다. 토끼의 부드러운 목소리까지 생생했다. 그런데 아니었다. 연극 내내 배우들의 대화나 행동을 통해서만 떠올려졌을 뿐, 토끼가 보이지도 목소리가 들리지도 않았다는 사실을 깨달았다. 인간 기억에서 벌어지는 착각을 이야기하는 게 아니다. 보이는 세계와 보이지 않는 세계를 넘나드는 경계선, 인간의 상상이라는 빈 공간에 물질적인 존재가 생겨나면서 생각과 이미지가 모양을 갖추는 방식에서의 착각이기도 하다. 웰스와 엘리슨의 소설이 탐구한 매우 현실적이고 암울한 사회적 병폐의 의미를 퇴색시키려고 하비를 웰스 소설의 그리핀이나 엘리슨 소설의 이름 없는 주인공과 함께 이야기하는 것이 아니다. 이 다정한 토끼는 보이지 않는 상태가 우리 삶의 난해한 진리와 지성, 통찰력을 일깨울 수 있다는 또 다른 사례를 보여준다. 보이지 않는 존재는 자체적으로 위상과 지위를 가질 수 있는 것이다.

오늘날 우리는 점점 더 복잡하고 이해하기 어려운 세상에서 살아가는 것 같다. 나는 드러내는 방법만큼 숨는 방법도 많아져서 희망적이라고 느낀다. 디지털 시대에 투명하게 드러내는 방법들이 끝없이 새로 생기는 만큼, 은폐 장치, 증강현실 프로그램, 적외선을 이용해 인간 눈에 보이는 형태를 왜곡하는 옷감 등 가리는 방법도 늘어나고 있다.

꼭 그런 기술이 아니라도, 21세기에는 보이는 것과 아는 것 사이의 틈이 점점 더 벌어지고 있다. 우주에는 눈에 보이지 않고 추상적인 암흑물질 그리고 우주를 팽창시키는 암흑에너지가 있다. 우리가 아는 우주의 27퍼센트는 암흑물질, 68퍼센트는 암흑에너지가 차지한다고 한다. 그렇다면 보이는 세계는 5퍼센트밖에 남지 않는다. 물리학자 앨런 라이트먼Alan Lightman은 《우연의 우주The Accidental Universe》(한국어판 제목 《엑시덴탈 유니버스》)에서 팽창하는 우주, 지구의 자전, 전파와 마이크로파, 시간의 지연, 아원자입자들의 파동성 등 보이지 않는 영역들을 열거한다. 그는 계속해서 "이런 지식에서 새로운 기술이 나왔을 뿐 아니라, 보이지 않는 상태에 대해 실제로 친숙하게 느끼게 했다"라고 주장한다. 다시 말해 우리는 보이지 않아도 알 수 있다.

물론, 당연하게도 우리는 모두 매일 그리고 항상 보이지 않는 것들과 관계를 맺고 있다. 감시와 소셜 미디어의 세례에 끊임없이 노출되다 보면 우리의 믿음이 달라질 수도 있지만, 우리가 믿는 것 그리고 우리가 몰두하는 생각들은 우리의 모든 정서적 유대, 정신적인 신념처럼 눈에 보이지 않는다. 보이지 않는 상태에 대한 우리의 관심은 아마도 우리가 우리 자신으로부터 어떻게 숨는지, 우리의 욕구, 두려움, 희망과 동기를 의식적인 삶과 행동 뒤에 어떻게 깊이 감추어 둘 것인지에서 비롯될 것이다. 우리가 볼 수 있는 빛이 전자기 스펙트럼의 작은 일부분이라는 사실을 이해하듯이, 인간의 지식과 경험 중 어마어마한 부분이 보이지 않는 채로 남아 있다. 우리를 둘러싼 세계는 알아내지 못한 정보들로 가득한 백과사전이다.

데이비드 미첼David Mitchell이 소설《클라우드 아틀라스Cloud Atlas》에서 "권력, 시간, 중력, 사랑. 정말 강력한 힘들은 모두 보이지 않는다"고 쓴 대로다. '눈에 보이지 않는'이라는 말은 점점 더 여러 곳에서 쓰이고 있다.

데이비드 즈와이그David Zweig는 2014년에 출간한 책《보이지 않는 존재들 : 직장의 이름 없는 영웅들을 찬양하기Invisibles : Celebrating the Unsung Heroes of the Workplace》(한국어판 제목《인비저블》)에서 사람들이 자기 홍보를 전혀 하지 않고도 훌륭하게 일하고, 개인적으로 깊은 만족감을 얻을 수 있는 방법들을 나열한다. 전문가로서 성공하려면 "주목을 받으려고 하기보다 일을 얼마나 잘해내느냐가 중요할 수 있다"는 게 오늘날에는 구닥다리 생각이 되었지만, 한두 세대 전에는 말할 필요도 없이 당연했을 것이다. 즈와이그는 눈에 띄지 않는 직업을 가진 사람들—사실 검증 전문가(팩트 체커), 향수 디자이너, 구조 엔지니어와 텔레비전 드라마의 소품 담당자—은 공통적으로 외부의 인정에 관심이 없고, 일에 대한 치밀한 태도를 가지고 있으며 막중한 책임감을 기꺼이 즐긴다는 것을 발견했다.

내 주변에도 익명을 선택했으며 그런 특징을 갖고 있는 사람들이 있다. 영화에서 특수효과를 담당하는 한 친구는 영화 크레디트에 자신의 이름이 오르지 않는 걸 좋아한다. 한 목공예 전문가는 정교하게 만든 작품에 자신의 이름을 새기지 않는다. 그리고 한 그래픽 디자이너는 신중하게 직업을 선택했다며 이렇게 말했다. "나는 그래픽 디자이너들이 어떻게 생겼는지 몰랐어요. 또 아무도 내 외모에 신경 쓰지 않았죠. 나는 그저 익명이 되고 싶었어요. 일이 중요하니까요." 즈와이그는 "우리 모두가 바라듯, 인정받기를 갈망하기보다는 일 자체에서 순수한 만족을 느끼는 것이 '보이지 않는 존재들'의 강력하고 흔들리지 않는 특징이다. 그들은 배타적인 그룹이 아니다. 그들은 그저 우리 모두가 속한 영역 맨 끝에 자리하고 있다. 우리 모두는 다양한 수준, 방식, 맥락으로 보이지 않는다"라고 쓴다.

건축과 디자인에서 보이지 않는 건 일반적인 미덕이 될 수도 있다. 독일의 산업 디자이너 디터 람스Dieter

Rams는 훌륭한 디자인은 그 자체로 눈길을 끌지 않으며 그 대신 사용자가 디자인 개념을 전혀 의식하지 않고도 펜을 잡고, 의자에 앉고, 건물 안으로 쉽게 걸어 들어가게 해준다고 주장했다. 커피포트, 면도기, 키보드는 형태를 통해 각자의 용도를 직관적으로 설명한다. 한 세대 후 캐나다 디자이너 브루스 마우Bruce Mau가 좋은 디자인은 망가지기 전까지는 보이지 않는다고 다시 이야기했다. 정보화 시대에는 눈에 띄지 않는 디자인이 어느 때보다 큰 가치와 의미를 지닌다. 신세대 건축가들은 그저 형태와 구조가 아니라 환경, 기후, 에너지, 생태가 위대한 건축의 중요한 요소라는 사실 그리고 빛, 공기, 에너지, 열이 기존의 물질적인 건축 자재만큼이나 본질적인 요소라는 사실을 깨닫고 있다.[1]

2016년, 뉴욕 현대미술관의 〈먼지 수집Dust Gathering〉이라는 전시는 '눈에 띄지 않는 것'에 주목했다. 오디오 가이드로 이뤄진 이 전시에서 관람객들은 미술관에 소장된 유명한 걸작들만이 아니라 창틀과 선반, 출입구, 블라인드, 액자틀 그리고 그것들 위에 쌓인 먼지에 대해 생각하게 되었다. 전문적으로 작품을 취급, 관리하는 아트 핸들러와 미술관 직원뿐만 아니라 알레르기 전문 의사까지 등장해 전 세계 방문객이 미술관에 가지고 온 먼지가 사실은 지구 곳곳 더 나아가 얼마나 거대한 우주에서 왔는지 이야기하기 그리고 까다로운 작품을 다루듯이 미술관의 공기 정화 장치를 점검하기 등이 전시 내용이었다. 이 독특한 기획은 눈에 띄지 않는 먼지를 통해 우리가 어디에서 태어났고 또 어디로 돌아갈지를 철학적으로 깊이 생각하게 한다.

시인 월리스 스티븐스Wallace Stevens가 "시는 보이지 않는 사제司祭"라고 말한 것처럼 시야말로 보이지 않는 상태와 가장 잘 맞는 매체일 것이다. 나오미 시하브 나이Naomi Shihab Nye는 시 〈사라지는 기술The Art of Disappearing〉에서 가벼운 느낌으로 돌아다니라고 제안한다. 식료품점에서 누군가 알아보면 "짧게 고개를 끄덕이고 양배추가 되어보세요"라고 말한다. 그리고 그녀는 "나뭇잎이 된 것 같은 기분으로 걸어다니세요 / 언제라도 넘어질 수 있다는 것을 알아두세요 / 그런 다음 시간을 어떻게 보낼지 결정하세요"고 조언한다. '보이지 않는 나뭇잎'은 누구에게도 해를 끼치지 않는다. 그저 눈에 띄지 않게 존재할 뿐이다. 그리고 나오미의 숲에는 나무도 많고 나뭇잎도 많다.

나는 당신에게 보이지 않는 게 무엇이 아닌지 말해줄 수 있다. 그것은 외로움도 아니고, 고독도 아니고, 비밀이나 침묵도 아니다. 그 주제는 본질적으로 이해하기 어렵다. 그러나 나는 보이지 않는 세계에 대한 현장 안내서를 만들고, 보이지 않는 세계의 가능성을 다시 알리고, 더 폭넓고 창의적으로 관계를 맺어 그 안에서 우리의 위치를 다시 상상하고 다시 설계하고 싶다. 계속 눈에 띄지 않는 방법들을 찾아내는 건 유용한 연습이 될 수도 있다고 믿기 때문이다. 눈에 띄지 않으려는 노력은 자신을 보호하기 위해 시작되지만 금방 홀로서기로 확장되고, 우리가 누구이고, 우리가 있어야 할 곳이 어디인지에 대해 더 깊이 이해하게 된다.

보이지 않는다는 것은 변화무쌍한 개념이다. 속임수, 정직하지 않음, 정신적 공허, 사라지는 행동, 소멸 등

부정적인 의미로 받아들여질 수도 있다. 자폐 스펙트럼을 갖고 있는 아이나 치매를 앓는 노인이 서서히 정체성과 개성, 재능을 잃게 될 때는 잔인한 상실일 수도 있다. 그러나 만약 불안장애로 어려움을 겪고 있는 사람이라면 오직 자신이 사라져 보이지 않기만을 바랄지도 모른다. 그래서 보이지 않음과 사라짐은 은유이기도 하고 눈속임이기도 하며 심리상태를 나타내는 것이자 물리학 혹은 신경과학의 문제일 수 있다. 물질적일 수도 있고, 영적인 세계와 같을 수도 있다. 선택했을 수도 있고, 주어졌을 수도 있다. 힘일 수도 있고, 무력함일 수도 있다. 모호하면서도 흥미로울 수도 있고, 따분할 정도로 간단할 수도 있다. 보이지 않는 상태는 나쁜 짓을 하고, 몰래 빠져나가고, 속임수를 쓰고, 거짓말을 하거나 훔치는 일탈과 관련이 있다고 믿을 때가 많지만 완전히 반대일 수도 있다.

고독 속으로 사라질 수도 있지만, 구성원들의 생각과 행동이 직감적으로 일치하여 거품처럼 팽창된 집단 속으로 사라질 수도 있다. 보이지 않는 상태는 금방 끝날 수도 있고, 계속 이어질 수도 있다. 보이지 않는 상태를 유지하고 싶다면 1세기 로마 학자 플리니우스Pliny 가 말한 대로 붉은 반점이 있는 녹색의 돌 헬리오트로프 heliotrope를 찾아내어 손에 쥐고 계속 주문을 외워볼 수도 있겠다[2](플리니우스는 방대한 지식과 정보를 담은《자연사The Natural History》에서 헬리오트로프에 대해 마술사들이 특정 주문을 걸면 그것을 몸에 지닌 사람을 보이지 않게 만든다고 설명했다—옮긴이). 민속학자 스티스 톰프슨Stith Thompson이 정리한 목록에 따르면, 보이지 않게 만드는 소품들에는 꽃, 양초, 돌멩이, 가면, 씨앗, 새 둥지, 풀잎, 셔츠, 칼, 거울, 동물의 심장까지 있다.[3] 보이지 않는 상태는 내 현관의 등나무 덩굴에 나뭇가지인 척 붙어 있는 대벌레처럼 현실적일 수도 있고, 크리스마스 때 찾아와 양동이에 든 우유를 몰래 훔쳐 먹는 아이슬란드의 트롤처럼 기묘하고 비밀스러운 존재와 같을 수도 있다.

그다음 이야기하려는 보이지 않는 방법은 물리학 강의나 새로운 기술과 전혀 관련이 없다. 끊임없이 집중을 방해하는 소셜 미디어와 감시 장치에서 벗어나 보이지 않는 상태가 되는 조금 더 영리한 대책들이다. 쉽게 말해

트위터 사용을 줄이면서 마크 스트랜드Mark Strand의 시를 읽거나 스쿠버다이빙을 배우는 방법이다.

보이지 않는 세계에 대한 나만의 현장 학습은 자연에서 시작되었다. 자연에 파묻히면 자신을 드러내야 한다는 의무감에서 벗어나게 되는 듯하다. 자연에서는 눈에 띄지 않는 게 약점이 아니라 힘이 된다. 미국의 자연주의 철학자 존 버로스John Burroughs는 에세이 〈사물을 보는 기술The Art of Seeing Things〉에서 "자연은 새와 동물, 모든 야생 생물이 대체로 사람들의 눈을 피하려는 곳이다. 둥지를 숨기는 게 새의 기술이고, 스스로 모습을 감추는 게 우리가 찾는 게임의 기술이다"라고 썼다. 나는 자연에만 머무르지 않고 뉴욕의 카페, 로체스터대학의 물리학 실험실, 브루클린의 가상현실 스튜디오도 찾았다. 출퇴근 시간의 시끌벅적한 곳부터 그랜드케이맨 섬의 산호초, 아이슬란드 항구 도시의 바위틈까지 다녔다.

이런 여정을 통해 나는 자아가 사라질 때 우리의 공감하는 능력이 커질 수 있다는 사실을 배웠다. 바다 아래에서 보이지 않는 상태는 물속으로 빠져드는 일이고, 몸

무게와 존재를 재평가하는 일이다. 아이슬란드에서 보이지 않는 상태는 상상하기와 관련이 있다. 우리가 디지털 캐릭터를 실제 존재한다고 믿듯 보이지 않는 존재에 대한 믿음은 아이슬란드의 역사와 지리의 일부로 자리하고 있다.

내가 아직 '보지' 못한 장소가 정말 아주 많다. 하지만 내가 찾은 모든 곳에서, 인간 경험의 다양한 영역에서 보이지 않게 될 수 있음을 알 수 있었다. 그 모든 곳들에서 우리 위치를 다시 생각하면서 바꾸고, 노출되는 무대에서 물러나고, 눈에 띄지 않을 때 얻을 수 있는 내면의 힘을 찾을 수 있는 방법을 알 수 있었다.

보이지 않는 세계로 떠나는 나의 탐험은 두 부분으로 나눌 수 있는 것 같다. 보이지 않는 세계란 우리가 잘 모르는 모든 사물, 사람, 행동을 포함한다. 그러나 우리 스스로 보이지 않게 되는 능력은 다른 문제일 수 있다. 그런데 나는 이런 경험의 영역들 사이 경계가 정확하지 않고, 쉽게 그리고 자주 합쳐진다는 사실을 점점 더 이해하기 시작했다. 보이지 않는 세계는 우리 주위를 둘러싸고 있다. 그리고 우리 자신 역시 보이지 않는 세계이다. 그리고 우리 자신이기도 하다.

크리스토퍼 래시는 40년 전 모호함obscurity에 대한 향수를 표현하면서 영국의 철학자이자 정치인 에드먼드 버크Edmund Burke가 1757년 에세이《숭고하고 아름다움의 관념의 기원에 대한 철학적 탐구A Philosophical Enquiry into the Origin of Our Ideas of the Sublime and Beautiful》에서 주장한 이른바 '사려 깊은 모호함judicious obscurity'을 다시 이야기했다. 버크는 "알 수 없고 보이지 않는 게 상상을 자극한다"라고 주장했고, "모호함으로 가득한 시가 다른 시보다 더 전체적으로 강렬하게 열정을 불러일으킨다. 그리고 나는 제대로 전달되면 모호한 생각이 분명한 생각보다 사실상 더 많은 영향을 주는 이유가 있다고 생각한다"라고 결론을 내렸다. 또 올더스 헉슬리Aldous Huxley는 "내 익명성을 잃을까 봐 두렵다. 진짜는 어둠 속에서만 잘 자라난다. 마치 셀러리처럼"이라고 수수께끼 같은 말을 했다.

나는 이런 관점이 어느 때보다 필요하고 의미가 있다

고 생각한다. 우리가 더 겸손하고, 말과 행동을 조심하고, 신중하거나 조용해야 하기 때문이 아니라—물론 모두 우리에게 도움이 되는 태도이겠지만—지구 온난화 때문이다. 세계 인구는 곧 90억 명이 된다. 이 세계에서 우리의 위치를 다시 돌아볼 수밖에 없는 시기다. 그리고 이것은 우리가 우리의 정체성을 어떻게 재평가할지, 규모 축소를 어떻게 생각해낼지, 이 세상에서 달리 살아가는 방식을 어떻게 생각해낼지와 관련이 있을 수도 있다. 우리 각자는 우리 생각만큼 그리 중요하지 않다.

도예가 이바 지젤Eva Zeisel은 "어떻게 아름다운 것을 만드는가?"라는 질문에 이런 명언을 남겼다. "그저 방해만 하지 않으면 된다."

보이지 않는 친구

01

보이지 않는 정도는 사람마다 다르다.

마리나 워너

MARINA WARNER
영국의 역사가, 신화작가

내 아들 루시언은 두 살 때 할머니의 금귀걸이를 창문 밖으로 던졌다. 낮잠 잘 시간이라는 말에 싫다는 의사 표현을 한 것이다. 적당히 야단치긴 했지만 많은 부모들이 그렇듯 나도 궁금했다. 중력의 원리를 실험해보고 싶었을까? 귀걸이를 숨겨 놨다가 나중에 찾아올 생각이었을까? 그냥 할머니의 귀걸이가 싫어서 그랬을까? 물론 루시언은 이때의 일을 전혀 기억하지 못한다.

그 이후 나는 어린아이들의 이런 행동이 드물지 않다는 것을 알게 되었다. 아들은 자신이 주체적으로 무언가를 사라지게 할 수 있다는 놀라운 사실을 자연스럽게 발견한 것이다. 아동심리학자들은 생후 5~6개월에 불과한 젖먹이들이 물건이나 사람이 보이지 않더라도 계속 존재할 수 있다는 사실을 인지한다며 아동 발달의 중요한 단계인 대상 영속성Object permanence을 설명한다. 그 덕분에 아기는 엄마—혹은 젖꼭지나 젖병 혹은 딸랑이—가 눈에 보이지 않더라도 다시 돌아올 것이라고 안심한다. 아기들이 무언가가 없어도 반드시 완전히 사라진 건 아니라는 짜릿한 사실을 이해하기 시작하는 것이다. 거기에서 사생활privacy이라는 개념이 싹트기 시작하고, 아기들이 '까꿍 놀이'를 그렇게 엄청나게 즐거워하는 이유다. 나는 너를 볼 수 없지만, 네가 아직 거기에 있다는 걸 알아. 나는 너를 볼 수 없지만, 너는 나를 볼 수 있어. 이렇게 재미있는 역설적인 상황을 만들어내는 대상 영속성은 보이지 않는 세계와 우리의 관계가 시작되는 방식일 수도 있다.

까꿍 놀이는 아이들이 놀이를 통해 보이지 않는 상태를 경험하는 방식의 시작이다. 어린아이들이 즐기는 수많은 놀이들은 공통적으로 나타났다 사라지고, 왔다 가고, 숨겼다 보여주는 행동들을 반복한다. 내 아이들은 걸음마를 배우던 시절, 누비이불, 담요나 코트 밑에 들어가 완전히 몸을 숨긴 다음 조금씩 움직이면서 킬킬거리거나 소리를 내서 자신들이 거기에 있다는 걸 넌지시 알려주는 놀이를 하며 아주 신나 했다. 그들은 그런 식으로 발견되는 과정을 스스로 조절할 수 있다는 사실을 알아차렸고 모습을 감추면서 힘과 권력을 얻을 수 있음을 알게 되었다.

자라면서 본격적으로 숨바꼭질을 즐기게 되는 아이들은, 숨었을 때의 힘 그리고 발견될 때의 두근거림을 탐구할 기회를 얻는다. "숨어 있으면 즐겁지만, 발견되지 않으면 끔찍하다"라는 정신분석가 도널드 위니코트 Donald Winnicott의 말 그대로다. 그런데 까꿍 놀이가 인지 발달과 관련이 있다면, 숨바꼭질은 정서적인 성장과 관련이 있다. 아이들에 대해 폭넓게 연구하는 심리치료 전문가 데이비드 앤더레그David Anderegg는 까꿍 놀이가 문제 해결 방식을 발견하는 사고 과정이라면, 숨바꼭질은 감정을 자각하고 자신의 감정을 관리하는 방법을 이해하는 일과 관련이 있다고 설명한다. "숨었을 때의 힘을 느끼고, 내가 다른 사람의 마음속에 존재한다는 확신을 얻는 게 숨바꼭질의 재미"라고 그는 말한다. "다른 사람이 나를 원하고 있다. 그리고 나를 찾고 있다. 그다음 발견되면서 그 사실을 확인한다."[1] 자신도 모르게 놀이가 중단되었을 때, 아직 나무 뒤나 계단 밑에 숨어서 기다리고 있는데 결국 아무도 자신을 찾지 않는다는 사실을 깨달을 때 아이가 심하게 괴로워할 수 있다고 그는 지적한다. 보였다 보이지 않았다 하는 연습이 아이들의 자율성에 대한 첫 번째 학습 과정 역할을 할 수 있다고 생각해도 그다지 무리는 아닐 것이다.

그래서 아동 문학에 망토, 모자, 반지, 방패, 마법의 약처럼 보이지 않게 해주는 물건들이 잔뜩 등장하는 것도 놀랍지 않다. 아이들은 더 큰 세계의 일원이 되는 법을 배우면서 한편으로는 보이지 않게 되어 얻을 수 있는 힘에 대해 상상할 수 있는 이야기들을 계속 접한다. 이런 이야기들 속 보이지 않게 되는 힘은 빛을 밝히고, 보호하고, 도움을 주며 지식의 통로 역할을 한다. 그림Grimm 형제의 〈춤추는 열두 명의 공주〉 이야기에서 한 병사는 투명 망토를 걸치고 은빛 호수와 금빛 숲으로 가는 공주들의 뒤를 몰래 따라가 밤마다 공주들이 누구와 춤을 추는지 수수께끼를 풀 수 있었다. 해리 포터는 마법에 영향을 받지 않는 투명 망토 덕분에 온갖 종류의 도전을 이겨내고 무사히 살아남을 수 있다. 만화 〈캘빈과 홉스Calvin and Hobbes〉에서 캘빈은 도와달라는 부탁을 받으면 모습을 감출 수 있다고—그의 어머니 역시—진짜로 믿는다.

그는 마법의 약을 먹고 쿠키를 훔치면서 자신이 보이지 않는지 시험한다.

한스 크리스티안 안데르센Hans Christian Andersen의 1845년 이야기 〈종〉은 마을 사람들이 해가 질 무렵에 잠시 듣는, 멀리서 신비하게 울려 퍼지는 소리의 근원을 찾아다니는 서사시 같은 이야기다. 그들은 어디에서 소리가 시작되는지 찾으려고 숲을 탐험하지만 어떤 사람은 두려워져 그만두고, 어떤 사람은 그 울려 퍼지는 소리가 상상에서 비롯되었다고 여기며 아마도 속이 빈 나무 안의 부엉이 소리일 거라고 생각한다. 왕자와 가난한 소년은 블랙베리 덤불, 백합과 하늘색 튤립이 핀 초원, 떡갈나무와 너도밤나무 숲, 거대한 바위들, 이끼 숲을 헤치는 모험 끝에 드디어 바다에 다다라 천상의 울려 퍼지는 소리가 시작된 곳과 맞닥뜨린다. 그들이 밤과 낮 사이의 경계 지점에서, 숲과 바다 그리고 하늘 사이 자연의 대성당에서 울려 퍼지는 보이지 않는 종을 발견하는 건 아이들의 순수함, 타고난 믿음 그리고 열린 호기심 덕분에 영적인 세계로 여행할 수 있다는 사실을 암시한다.

아이들은 공간적으로도 보이지 않는 상태를 경험한다. 프랜시스 호지슨 버넷Frances Hodgson Burnett의 《비밀의 화원The Secret Garden》은 요크셔 지방의 스산한 황무지에 자리한, 울타리로 둘러싸인 비밀스러운 장미 정원에서 우정—그리고 사랑하고 사랑받는 법—을 발견하는, 병약하고 외로운 아이에 대한 고전적인 동화다. 루이스 캐럴Lewis Carroll의 앨리스가 토끼 굴로 굴러 떨어지듯 케이 톰프슨Kay Thompson이 쓴 동화 속 엘로이즈는 자신만 아는 복도와 통로들을 통해 플라자 호텔을 누비는데 이렇게 어린 시절의 제국은 종종 숨겨진 길들을 통해 탐험된다. 방들, 정원, 나무, 나무 위의 집, 덤불, 벽장, 다락방의 구석, 계단 아래 공간, 강 위의 뗏목이나 C. S. 루이스C. S. Lewis의 거대한 옷장 같은 가구 안이 온갖 환상적이고 신화적인 생물들이 있는 나니아 숲으로 들어가는 출입구다. 알려지지 않고 보이지도 않는 이곳들은 혼자가 되거나 탈출하기 위해 혹은 꿈꾸기 위해 혹은 인간과 영적인 세계에 대한 깨달음에 이르기 위해 사라지는 통로이자 아이의 상상력이 꽃필 수 있는 장소이다.[2] 엘리너 루스벨트Eleanor Roosevelt는 1958년 UN 연설에서 이렇게 말했다. "결국 인간의 보편적인 권리는 어디에서 시작될까요? 집에서 가까운 작은 장소들, 너무 가깝고 너무 작아서 어떤 세계지도에서도 찾아볼 수 없는 곳에서 시작됩니다."

심리학자 앨리슨 카퍼Alison Carper는 아이들에게 숨바꼭질이 필요하며 "우리 모두 때때로 숨을 필요가 있다. 마음의 개인적인 공간으로 들어가 자신의 생각을 가늠해야 한다. 개인적인 공간으로 들어가 곰곰 생각할 수 있어야 한다"[3]라고 쓴다. 일단 개인적인 공간으로 숨어 들어가면 자신을 찾아주기를 갈망하고, 나를 찾고 싶어 한 누군가에 의해 발견된다고 카퍼는 덧붙인다. 만약 우리가 중요하게 생각하는 사람들이 우리를 계속 몰라주면 숨는 일은 놀이에서 삶의 방식으로 바뀐다. 친밀한 관계를 맺을 수 있는 우리의 능력은 이렇게 깊은 차원의 개인적인 인식을 가지고 있느냐에 달려 있을 수 있는데, 우리의 알려지지 않고 보이지 않는 부분을 인정하고, 우리가 선택한 때에만 드러내는 게 친밀한 관계를 맺을 수 있는 능력에 꼭 필요하다고 카퍼는 주장한다. 자존감을 키우는 데는 내면의 경험을 소중하게 여기는 게 정말 중요하고, 외부 세계에 우리 자신을 어떻게 드러내느냐는 필요할 때 어떻게 모습을 감추느냐와 모두 관련이 있다.

지그문트 프로이트Sigmund Freud는 어린아이의 놀이에 사라지는 걸 관리하는 방법을 배우는 것이 내재되어 있다는 사실을 18개월 된 손자의 즉흥적인 놀이에서 관찰했다. 그 아이는 한 가닥의 실이 감긴 나무 실패를 커튼이 드리운 침대 옆으로 던진 다음 실을 감아서 실패를 되찾으며 놀았다. 아이는 물건이 눈에 보이지 않을 때마다 '사라진'이란 뜻의 독일어인 "포르트Fort"라고 말했다. 그 물건이 다시 눈에 보이고 손에 잡히면 그 아이는 '여기 있다!'라는 뜻으로 "다Da!"라고 외치곤 했다. 그 장난감이 다가왔다 멀어졌다 하면서 눈에 보였다 말았다 할 때마다 그 아이는 이런 행동과 말을 계속 되풀이했다.

프로이트는 그 놀이의 의미를 부모가 없을 때에 적응하려는 아이의 노력으로 설명했지만, 내가 보기에 아이들은 거의 무엇이든 보였다 사라졌다 하는 물건에 정신을 빼앗긴다. 그들은 물질세계에서 사물이 어떻게 나타나고 사라질 수 있는지를 배우는 데 커다란 흥미를 느낀다. 레몬즙, 베이킹 소다 등 평범한 주방 재료의 화학반응을 이용해 보이지 않는 잉크를 만들어 글자가 보였다 사라졌다 하는 걸 보면서 언어의 덧없음을 처음 느낀다. 내 아이들이 가지고 있는 홀로그램 제조기를 보았다면 프로이트는 뭐라고 했을지 궁금하다. '순식간에 환영을 만들어내는 기계'로 판매되고 있는 이 통 안에는 포물면 거울 두 개가 마주 보고 있다. 이 둥근 통 안에 무언가를—반지, 동전, 작은 플라스틱 인형, 개구리 모형의 작은 조각 등—넣으면 그 물건의 형체가 통의 표면 위에 3차원 환영으로 다시 나타난다. 손을 뻗어 확인해보기 전까지는 진짜인 줄 알 정도다. 싸구려 장난감일 뿐이지만 사물이 거기에 있을 수도 있고 없을 수도 있다는 일상적인 교훈을 전해준다.

언어와 장소, 물건들 모두 보이지 않는 세계에 존재할 수도 있다는 개념을 이해하는 게 어린 시절의 중요한 발견 중 하나이다. 그리고 나는 그런 놀이가 의식의 발달에 핵심적인 역할을 한다고 확신한다. 비밀의 화원을 방문하고, 환영을 만들어내는 기계를 가지고 놀고, 보이지 않는 잉크로 글을 쓰는 모든 일들이 보이는 세계와 보이지 않는 세계를 넘나드는 마법과 아름다움에 대해 뭔가 전해준다. 그런데 아이들은 상상의 존재와 함께 있을 때 두 세계를 가장 잘 넘나든다.

프로이트와 스위스 심리학자 장 피아제Jean Piaget는 역기능과 사회적 부적응을 일으킨다고 못마땅해 했지만, 보이지 않는 상상의 친구들은 오늘날 소중한 동반자로 인정된다. 인간, 동물, 물고기, 구름, 나무의 모습이거나 뭔가 다른 환상적인 형태로 보이기도 하는 보이지 않는 친구들은 공감, 창작력, 연민과 위로를 가르쳐줄 수 있다. 앨리슨 카퍼는 "우리 내면의 경험을 지켜보는 가상의 증인 역할을 하는 게 보이지 않는 친구의 중요한 기능이다. 어떤 사람에게는 부모의 시선으로 알게 되는 우리 자신과 그저 성찰하는 능력을 통해 알게 되는 우리 자신 사이의 중간 지점을 나타내기도 한다"라고 주장한다. 그렇기에 "상상의 친구는 앞으로 친밀한 관계를 맺기 위해 총

연습을 할 때 꼭 필요한 조연 역할을 해줄 수 있다."[4] 우리의 내면생활을 보호해주는 기이한 호위대로서 이렇게 보이지 않는 친구들은 우정이라는 개념을 시험하도록 도와줄 수 있다. 그들은 비밀의 친구, 헌신할 상대, 지식의 원천, 함께 상상의 여행을 시작하는 존재, 고독과 외로움을 달래주거나 이름 붙이기 어려운 다른 위안을 주는 존재가 될 수 있다.

성공회 신자이면서도 가톨릭 학교에 다니던 여섯 살 때 나는 보이지 않는 친구들과 가장 가까워졌다. 나는 가톨릭 신자가 아니었기 때문에 미사에 가거나 성찬식에 참가하지 않았고 때때로 다른 학생들이 공식적인 교리문답에 참여할 때 혼자 교실에 남아 있었다. 상관없었다. 나는 매료될 만큼 성인聖人들에 대해 잘 알고 있었다.

그들은 푸른색의 얇은 베일을 쓰고 백합 꽃다발을 들고 있을 수도 있다. 그들은 군대를 조직하고, 불길 사이를 용감하게 지나가고, 잔인한 주교들을 굴복시키고, 황홀한 환상을 볼 수도 있다. 안티오크의 성녀 마르가리타는 용을 죽였고, 불에 태우고 물에 빠뜨리는 온갖 고문을 견뎌

냈다. 성녀 크리스티나는 불을 다루고, 공중 부양할 수 있었다. 고양이들의 수호성인으로 숲속에서 조용히 살았던 성녀 제르트루다처럼 훨씬 더 내성적인 성인들도 아주 매력적이었다. 그들이 용기, 친절, 용서와 믿음에 대해 교훈을 준다고 확신했다. 너무나도 극적인 그들의 삶 그리고 엄청난 위험 앞에서 그들이 보여준 태도가 나를 사로잡았다. 가톨릭 신자가 아닌 내가 그들에 대해 그렇게 깊은 애착을 느끼면 안 되고, 그들은 금지된 친구들이라는 사실도 알았다. 물론 그래서 더욱더 그들에게 끌렸다. 불법 동맹에 이끌렸던 것처럼 그들은 계속 내 마음에 각인되어 있었다. 함께 학교를 빼먹자고 나를 유혹했던 고등학교 친구 그리고 마약을 거래했던 남자 친구는 분명 가톨릭 교회의 성인이 아니었지만, 은밀한 느낌과 조마조마함, 위험한 느낌은 똑같았다. 그들을 위해서도 나는 무엇이든 했을 것이다.

웰즐리대학의 심리학 교수인 트레이시 글리슨Tracy Gleason은 "아이들이 사회적 문제를 다루고, 다른 사람의 관점을 이해하는 데 보이지 않는 친구들이 도움을 준다. 상상의 친구들은 정서적인 지지, 인정과 애정처럼 실제 관계에서 얻는 도움과 관련이 있다"라고 말한다. 그들은 위안과 행복, 공감과 연민을 전해주며 동시에 아이들이 "실망과 슬픔 그리고 분노"[5]를 조절하도록 도와줄 수 있다. 그리고 누구나 그때그때 타당해 보이는 어떤 방법으로든 듣고, 알려주고, 보호해줄 상상의 친구들을 만들어낸다.

내 친구 캐서린은 다섯 살 때 케이코Keiko라는 상상의 친구를 만들었다. 케이코는 청바지를 입고 양옆이 올라간 카우보이모자를 쓴 다섯 살 카우보이였다. "그 아이가 집에서도 나와 함께 있었는지는 기억나지 않아. 그런데 그네를 타든, 덤불 안에서 요새를 만들든, 벚나무를 오르든 밖에서는 언제나 함께 있었어. 나는 그 아이가 주근깨투성이에 활기찬 아이의 전형이라고 생각했어. 나는 그에게 엄청난 호감을 느꼈어. 우리는 그런 이야기를 한 적이 없지만, 그가 알았다고 생각해. 내가 진짜 말괄량이가 되기 직전이었거든." 몇 년 후 그녀는 차를 타고 가다가 키코Keeko라는 이름의 트럭을 스쳐 지나갔다고 말한다. "철자는 다르지만 비슷한 이름을 보니 갑자기 오래전 모든 기억이 강렬하게 떠올랐어. 우리가 얼마나 친밀했는지 그리고 내 삶에서 그 아이가 얼마나 중요했는지 모두 생각났어."

내 어린 시절의 또 다른 친구에게는 상상의 친구가 두 명 있었다. 그들은 분홍색 캐딜락 컨버터블을 타고 밤에 친구의 집을 찾아왔다. 그들은 도착하자마자 서로 농담을 주고받았다. 그다음 내 친구는 잠이 들었다. 그녀는 분홍색 차를 타고 온 이 손님들이 유머와 위안을 뒤섞어서 해준 말 말고 다른 어떤 걸 보여주려고 했는지 지금도 제대로 모른다. 그러나 그들을 생각할 때마다 웃음이 나면서 애틋하게 기억한다. 내가 아는 다른 여성은 쿠키와 짐에 대해 내게 말해주었다. 둘 다 사람 모양의 막대기 그림으로, 쿠키의 얼굴은 초코칩 쿠키 같았다. "내가 집에 혼자 있을 때 그들이 함께 놀아줬어요. 우리는 대화를 나누곤 했어요. 나는 그들의 손을 잡고, 그들은 내가 시키는 대로 하곤 했어요. 그들은 결국 사라져버렸어요"라고 그녀는 추억했다.

어린아이들은 종종 보이지 않는 친구를 이용해 다른 사람들과의 관계를 탐구한다. 때때로 다른 사람의 의식을 통해 자의식이 생기기도 하고, 우정에는 다양한 형태가 있어서 일종의 위계가 생길 수도 있다는 걸 알게 된다. 내 친구 알레나는 어렸을 때 똑똑한 언니 마리사, 오빠 가드라는 상상의 친구가 있었고 그들이 자신을 보살펴준다고 생각했다. "나는 그저 어떤 사람들을 생각한 것이었어. 나는 보이지 않는 친구를 원하기는 했지만, 그들을 완전히 믿지는 않았어. 그들은 밤에 잠들기 전에 제일 생생했어. 나는 그게 일종의 이야기 만들기라고 생각해. 나는 공상의 관계를 만들 수 있는지 실험하고 있었던 것 같아."

글리슨의 말처럼 보이지 않는 상상의 친구는 아이와 똑같은 능력과 힘을 가진 누군가일 수 있다. 그것은 이상적인 친구일 수도 있고 우리와 똑같은 누군가, 즉 거울 자아일 수도 있다. 아니면 짜증스러운 누군가, 도움이 되지 않는 사람, 우리가 원하는 일을 하지 않는 사람일 수도 있다. "거절당하면 어떤 기분인가요? 그런 기분을 어떻게 조절하나요?"[6]라고 글리슨은 나에게 물었다. 이것이 다른 사람들의 관점을 익히는 방법이다. 그러면서 아이들의 인지 기능은 크게 도약한다. 다른 사람의 생각과 감정이 우리와 다르다는 사실을 이해하는 게 우리 자신의 신념을 명확하게 하는 데 도움이 된다.

우리의 보이지 않는 친구들이 반드시 힘을 주고, 친절하고, 너그럽지는 않다. 실제 친구들처럼 믿을 수 없고, 성가시고, 약속을 잘 안 지킬 수도 있다. 제임스 테이트James Tate는 시 〈보이지 않는Invisible〉에서 우체국 계단에서 만난 낯선 남자에 대해 이야기한다. 노란색 차를 타고 가버린 그를 쓰레기장, 길모퉁이, 크리스마스 파티에서 다시 우연히 만난다. 그들은 이야기를 주고받고 책을 교환한다. 그들은 서로 알아보고 또 알아보지 못한다. 그들은 서로 어색해하며 누가 보이지 않는 사람인지 추측한다. 테이트는 시의 끝부분에 "어쨌든 나는 그를 좋아하지 않았다"라고 결론을 내린다.

어색하든 아니든 우리와 거리가 먼 유명인과도 가상의 우정을 맺을 수도 있다. 내 아이들의 어린 시절 친구 샘은 추앙하던 농구 선수 마이클 조던을 가상의 친구로 만들어 여름방학 여행에 데리고 갔다. 그는 모텔 방을 나서기 전 “이봐, 마이클, 가자”라고 말하곤 했다. 아니면 캠핑장의 피크닉 테이블에서 저녁을 먹으면서 “많이 먹었니, 마이클?”라고 물었다. 샘은 내게 “그 여행에 대한 기억이 좀 흐릿하지만, 돌멩이와 쓰레기통을 이용해 조던과 1대 1로 경기를 하곤 했어요. 그는 언제나 거기에 있었죠”라고 기억한다. 이런 관계를 ‘준사회적 관계parasocial relationships’라고 한다. 추앙받는 인물, 언론에 등장하는 인물, 유명 인사처럼 우리를 전혀 모르는 인물에 대해 일방적으로 친밀감을 느끼는 관계로 숭배하는 단계로도 나타난다. 아이가 가족에게서 독립하는 길을 찾는 방법 중 하나가 이런 준사회적 관계를 맺는 것이다. “또래는 언제나 함께하지 않는다는 걸 알기 때문에 그들에 의지하려고 하지 않을 수도 있다”라고 글리슨은 말한다. 우리는 부모로부터 떨어져 나올 방법을 찾으며 일종의 안정망인 이런 인물을 생각하는 것이다.

오늘날에는 온라인으로 만나는 관계를 빼놓고 보이

지 않는 친구들의 세계를 생각할 수 없다. 내 친구 앤은 명상을 하면서 때때로 전 세계 사람들, 210개국의 180만 명 정도가 이용하는 애플리케이션을 활용한다. 때로는 8,000명에 이르는 사람들과 호흡을 맞춰 명상 훈련을 하며 공동체를 경험한다고 앤은 말한다. 보이지 않는 모임 덕분에 혼자 조용히 명상할 때도 연대감으로 인해 전율을 느끼고 명상 경험이 깊어진다고 그녀는 말한다.

나는 명상을 하지 않지만, 가끔 그 웹사이트에 들어가 그 모임을 엿보는 걸 좋아한다. 동시에 명상하고 있는 사람들의 수가 기록되고, 옅은 회색으로 표시된 대륙에서 명상하고 있는 사람들의 위치가 연갈색 점들로 나타난다. 그 점들의 배치는 실시간으로 끊임없이 바뀌며 디지털 그래픽 기술로 만들어진 놀라운 명상 지도가 내 모니터에 펼쳐진다. 디지털 세계 전체는 눈에 보이지 않는 동료들이 어마어마하게 모여 있는 곳이기도 하다. 나라의 반대편에 있을지도 모르는 사람들과 달리기, 역도, 크로스 핏을 함께 하는 피트니스 애플리케이션들 그리고 여러 나라 수영장에 있는 사람들이 실시간으로 함께 수영하게 해주는 GPS 추적 장치도 있다고 한다. 새로운 기술을 활용해 멀리 떨어진 보이지 않는 동반자들과 호흡, 발걸음, 움직임을 맞추는 게 오늘날에는 보이지 않는 친구들과의 관계일 것이다. 2017년 여름, 디스커버리 채널에 방영된 올림픽 금메달리스트 마이클 펠프스Michael Phelps와 거대한 백상아리의 수영 대결도 디지털 기술로 가상의 관계를 만들어낸 또 다른 사례다. 컴퓨터 영상 합성 기술로 인간과 상어가 나란히 경주하는 모습을 보여주었다.

하지만 모든 것이 그렇게 간단하지는 않다. 지구 반대편에 있는 실제 사람들이든 아니면 완전한 허구이든 과학기술을 활용한 동반자가 우리 상상력을 사로잡을 수도 있다. 그러나 그들은 우리 상상력에서 나온 존재가 아니다. 애플의 시리, 아마존의 알렉사, 마이크로소프트의 코타나는 우리 목소리를 알아듣고, 약속을 정하고, 우리 일정을 관리하고 함께 게임을 할 수 있는 가상 비서다. 그들은 우리 자신의 호기심, 불안과 욕망에 의해 만들어진 존재가 아니라 기술적으로 설계된 존재다. 하쓰네 미쿠는 수십만 명의 팬들이 콘서트를 보는 일본의 16세 인기 가수이지만, 사실은 청록색의 머리카락을 두 갈래로 묶은 홀로그램이다. 샤오이스는 마이크로소프트가 개발한 중국 AI 챗봇으로, 17세 소녀의 목소리로 말한다. 수백만 명의 중국인이 샤오이스에게 매일 무슨 일이 있었고, 어떻게 느꼈는지 자세히 이야기하면서 비밀을 털어놓는다. 사생활 침해 문제 때문에 시간이 지나면 기록이 삭제되기는 하지만, 저장 능력을 갖춘 샤오이스는 이용자의 감정 상태가 어땠는지 기억한다. 챗봇과 홀로그램도 분명히 진심에서 우러나는 감정을 불러일으키지만, 쿠키, 케이코, 마리사 혹은 캠핑장에서 쓰레기통에 함께 돌을 던지는 마이클 조던 같은 상상의 친구와는 완전히 다르다. 상상의 친구와 과학기술을 바탕으로 만들어진 관계의 근본적인 차이는 관계를 시작하는 주체다. 과학기술을 바탕으로 만들어진 관계는 외부의 주체에서 시작되지만, 상상의 친구와의 관계는 다른 누군가와의 대화에서 시작된다.

이것만이 유일한 차이는 아니다. 선택의 문제도 있

다. 아이폰 카메라, 인스타그램과 여러 소셜 미디어 매체를 이용해 지속적으로 자신을 노출하면서 온라인으로 관계를 맺는 일은 구속이 될 수도 있으며 요즘 10대들 간의 교류에는 즐거운 상황이 줄어들고 있는 게 특징일 수 있다고 앤더레그는 지적한다. 사람들의 시선에 맞춰 끊임없이 새로운 정체성을 형성해야 하면 우리는 위축된다. 게다가 사람들 앞에서 난처해진 순간들은 어김없이 사진으로 찍혀 소셜 미디어에 게시된다. 대부분의 10대들은 인터넷에서 망신당하는 일에 익숙하다. 입에 음식을 잔뜩 욱여넣은 아이 사진이든, 옷을 이상하게 입은 아이 사진이든 아니면 위태롭거나 쑥스러운 순간의 사진이든 보이는 일은 종종 망신당하는 일로 연결된다. 앤더레그는 "얽매이지 않으면 좋겠지만, 우리 사진이 소셜 미디어에 게시되면 얽매일 수밖에 없다"라고 말하면서 "남의 시선을 전혀 의식하지 않기란 거의 불가능하다. 우리는 속박에서 벗어날 수 없다. 우리 모두 눈에 띄길 원하지만, 그건 아주 위험한 일이다"라고 결론 내렸다.

이렇게 끊임없이 노출된 결과로 생기는 '페이스북 우

울 현상'은 다른 페이스북 이용자들보다 매력적이지 않거나 성공하지 못했다는 느낌 그리고 그런 비교 때문에 생기는 불안을 말한다. 그러나 정체성 유지에 꼭 필요한 사생활을 거리낌 없이 무조건적으로 노출하면서 생기는 조금 더 일반적인 불안을 말하기도 한다. 개인적인 경험을 많은 사람에게 무차별적으로 노출하면 내면 자아라는 개념이 하찮아지기 쉽다.

우리 스스로 만들고, 형성하고, 관리하는 우정이 감정적으로 훨씬 충만한 깊이와 넓이를 가지고 있다는 것, 그리고 소셜 미디어의 팔로어 수를 세는 것보다 상상의 친구를 만들 때 진정한 우정을 경험한다는 사실을 인정해야 한다. 아이들은 인간관계의 문제를 해결하기 위해 상상의 친구를 활용한다. 또 상상의 친구와 대화하는 게 인지 발달에 많은 도움을 준다. 이런 유대감을 통해 우리 자신을 알게 될 뿐 아니라 다른 사람과 애착 관계를 맺는 방법을 배우기도 한다. 소셜 미디어로 수많은 사람을 만나고, 디지털로 추적되고, 어디에서나 감시받는 세상에서 살고 있는 우리에게 보이지 않는 친구들은 우리에게 풍요로우면서도 묘한 고독을 선사한다. 그들은 우리의 친구, 증인, 보호자가 된다. 그리고 우리 일생에서 그들은 더 심오한 방법으로 우리에게 돌아올 수도 있다. 노인 돕는 일을 하는 내 친구는 자신이 생애 마지막까지 돌보아 준 한 여성에 대해 이야기해주었다. 그 여성은 이미 세상을 떠난 가족과 친구들이 지금 자신의 방에 모여 있다고 내 친구에게 말했다. "그분들이 여기 실제로 계시지는 않아요, 엄마"라고 딸이 말하자 그 여성은 "그분들이 너를 보려고 여기에 있는 게 아니야"라고 대답했다.

글리슨은 "환상과 현실 사이에 언제나 확실한 경계선이 있는 건 아니다. 또한 환상과 현실이 반드시 정반대는 아니다. 무엇이 현실인지 아닌지 상관없을 수도 있다"[7]라고 지적한다. 글리슨에 따르면 아이들뿐만 아니라 어른들조차 머릿속으로 이야기를 나눈다. 우리는 실제 사람들이 무슨 말을 할지 상상하면서 그들과 가상 토론을 벌일 수 있다. 그 자리에 없는 사람들과 마음속으로 의논할 수도 있다. 소설을 읽으면서 깊은 영향을 받을 수도 있다. 진짜가 아닌 무언가가 실제로 영향을 주면서 진정한 감정 반응을 일으킨다.

우리 모두 중요한 순간에 길을 찾기 위해 이런 가상의 동반자를 활용한다. 엄마가 나가고 방에 혼자 남은 아기, 청소년이 된 아이, 배우자와 말다툼을 벌이는 사람, 심각한 진단을 받은 사람 모두 그렇다. 이런 온갖 불안한 상황에서 보이지 않는 동반자와의 대화, **그곳에 없는** 누군가와의 친밀하기까지 한 대화가 갑작스러운 일들을 이해하고 받아들이는 방법이자 독창적인 적응 훈련이 될 수도 있다. 우리 모두 인간의 상상력을 "인간관계 기술을 연습하거나 강렬한 감정들을 안전하게 경험할 수단"[8]으로 인정할 수 있다고 글리슨은 말한다. 무엇인가가 현실인지 아닌지는 중요하지 않다. 아일랜드에서 자란 나의 시어머니는 산울타리 근처에서 사촌과 함께 놀고 있는데 작은 말들이 끄는 작고 빛나는 마차가 자신들 옆으로 다가왔던 어린 시절의 아침을 어제처럼 생생하게 기억한다. 곱슬곱슬한 금발의 마부가 뛰어나와 아이들을 보고 미소를 짓더니 모자를 푹 눌러쓰고 떠났다. 아이들은 겁을 먹었고, 시어머니 사촌의 머리는 그날 아침 이후 하얗게 변했다고 했다. 이제 90대가 된 시어머니는 노스캐롤라이나주 롤리의 요양원에서 지낸다. 시어머니는 어린 손자가 금귀걸이를 창밖으로 던졌던 오후를 더 이상 기억하지 못한다. 그러나 때때로 벨파스트 출신인 자신의 할머니가 맞은편 안락의자에 앉아 있는 모습을 보곤 한다.

영적인 세계를 믿는 켈트족의 유산과 전통 때문에 시어머니가 이렇게 보이지 않는 사람들과의 관계를 잘 받아들인다고 남편은 생각하고 싶어 한다. 그럴 수도 있다. 그러나 나는 "상상의 존재를 사랑하고, 그들에게 우리 삶을 이야기하면서 우리 영혼을 드러내기까지 하는 독특한 능력"[9]을 우리 모두 가지고 있다고 믿고 싶다. 우리가 잘 아는 사람들을 이상화하거나 책에서 읽은 인물 혹은 그저 어떤 기분, 욕망이나 필요에 따라 만들어낸 인물이 상상 속 인물이 될 수 있다. 그들은 특정 시간이나 장소에서 나타날 수도 있다. 그들은 우리에게 단 하나의 지시를 할 수도 있고, 자주 상담을 해줄 수도 있다. 보이지 않는 친구의 범위는 성녀 제르트루다, 마이클 조던, 쿠키 모양 얼굴의 막대기 그림, 벨파스트 출신의 노인 등 폭이 넓다.

마법 반지와 투명 망토

02

목소리, 향수 혹은 미세한 어떤 것은 존재해도 보이지 않을 수 있다. 어디에 있느냐 때문이 아니라 그것의 본질 때문이다.

존 버거

JOHN BERGER
영국의 비평가, 소설가, 화가

어린 시절에는 보이지 않는 세계의 소중함이나 힘을 느낄 수밖에 없다. 그런데 어른인 우리는 놀랍게도 보이지 않는 상태를 범법 행위, 타락, 심지어 악마의 행위와 쉽게 연결시키곤 한다. 코튼 매더Cotton Mather는 1693년에 출간한 책《보이지 않는 세계의 불가사의The Wonders of the Invisible World》에서 세일럼 마녀재판을 옹호한다. 청교도 목사인 매더는 세일럼 마을의 소동에 대해 보이지 않는 존재와 악령들에 감염되고 사로잡혀 일어난 이해할 수 없는 상황으로 설명한다. 악마에 사로잡힌 한 여성이 다른 사람의 목을 비틀고, 상처를 내고 또 다른 사람의 몸을 마비시키고, 소떼에게 마법을 걸었다며 생생하게 기록하고 있다.

300년 이상 지난 지금도 우리는 보이지 않는 건 악의적인 행동과 관련이 있다는 주장을 비판 없이 받아들인다. 존 로널드 톨킨John Ronald Tolkien의《호빗The Hobbit》과《반지의 제왕The Lord of the Rings》에서 반지는 모습을 감추게 해주는 물건으로 등장하지만, 이야기가 전개되면서 파괴적인 영향력이 드러난다. 그 반지는

끼고 있는 사람의 수명을 늘릴 수 있고, 그 사람의 시야를 좁히기도 하고 어두운 세계를 볼 수 있게도 한다. 그것에 깃든 사악함이 명백해지면서 독자는 반지를 이 세상을 구하기 위해 파괴해야 할 더 어두운 힘으로 이해하게 된다.

온라인에서 익명으로 괴롭히고 공격하는 행위를 부르는 용어인 기게스 효과Gyges effect는 플라톤이 쓴《국가》중 기게스 이야기에서 따온 것이다. 보이지 않게 해주는 반지를 발견한 목동 기게스는 왕국에 들어가고, 왕비를 유혹하고, 왕을 죽이고, 결국 왕국을 차지한다. 플라톤은 평범하고 정직한 사람이 보이지 않는 상태가 되면 어떻게 범죄를 저지르면서 정의롭지 않게 행동할 수 있는지—그런 행동이 부추겨지는지—말하고자 했다. 기회주의적인 익명성이 비도덕적인 행위를 부추기는, 사실은 보이지 않기 때문에 부정직하고 무분별한 행위가 넘쳐나는 디지털 세계의 다양한 사례를 기게스 효과로 설명할 수 있다. 2015년에 해킹당한 애슐리 매디슨은 배우자나 애인이 있는 사람들이 바람을 피우도록 도와주는 온라인 서비스다. '포토 볼트Photo vault' 애플리케이션은 미성년자를 포함하여 누구라도 스마트폰에 저장된 성적으로 노골적인 사진이나 불법 자료를 숨길 수 있게 해준다. 그리고 사이버 공간에서의 감시를 피하기 위해 만들어진 다크넷darknet은 으스스한 디지털 암흑가로, 사용자들이 자신의 정체를 숨기면서 살인 청부업자를 고용하거나 일반 시장에서는 구할 수 없는 마약과 무기 혹은 아동 음란물을 살 수 있다.

필립 볼Philip Ball은 《보이지 않기: 보이지 않는 상태의 위험한 매력Invisible: The Dangerous Allure of the Unseen》에서 보이지 않게 될 때의 위험에 대해 이야기한다. 그는 책을 시작하는 부분에 이렇게 쓴다. "당신이 보이지 않을 수 있다면 무엇을 할까? 권력, 재산 혹은 성性과 관련된 일일 가능성이 많다. 기회가 된다면 아마도 셋 모두." 그에 대해 죄책감을 느끼기보다 인간 본성이 원래 그렇고, 보이지 않는 세계를 탐험하다 보면 그렇게 타락하는 게 자연스럽다는 사실을 인정해야 한다고 그는 주장한다. 마찬가지로 주간 라디오 방송 〈디스 아메리칸 라이프This American Life〉의 한 코너에서 작가이자 배우 존 호지먼John Hodgman은 고전적인 질문을 던진다. "날 수 있거나 보이지 않을 수 있다면 둘 중 어느 쪽을 선택하겠습니까?" 보이지 않는 쪽을 선택하는 사람은 대부분 극장과 비행기에 몰래 들어가는 상상을 한다고 대답한다. 캐시미어 스웨터를 훔치거나 이성이 샤워하는 모습을 훔쳐보는 상상을 한다는 사람들도 있었다. 호지먼은 "반면에 보이지 않는 힘을 이용해 범죄와 싸우겠다고 대답하는 사람은 거의 없어요. 범죄를 물리치는 데는 아무도 관심이 없는 것 같아요"라고 말하면서 어른들 세계에서는 보이지 않는 걸 주로 나쁜 짓을 하는 수단으로 여긴다고 마무리한다.

보이지 않는다는 것은 피해망상이나 불신감과도 관련되어 보일 때가 있다. 오스트리아 예술가 발리 엑스포트Valie Export가 1977년에 만든 영화 〈보이지 않는 적Invisible Adversaries〉의 주인공은 외계 존재가 주변 사람들의 몸 안으로 들어왔다고 믿는다. 베를린에서 활동하는 예술가이자 영화감독 히토 슈타이얼Hito Steyerl의

2013년 영화 〈안 보여주기 : 빌어먹게 유익하고 교육적인 .MOV 파일How Not to Be Seen: A Fucking Didactic Educational .MOV File〉은 제목 그대로 눈에 띄지 않는 법을 알려주는 다섯 가지 수업으로 구성되어 있다. 교육용 동영상을 풍자하면서 흉내 내는 내레이션은 사랑, 전쟁, 자본은 모두 보이지 않는다고 자신 있게 말한다. 영화는 '카메라에 안 보이는 방법', '잘 보이는 곳에서 보이지 않는 방법' 등에 이어 눈에 보이지 않는 여러 사람들에 대한 내용을 다룬다. 그들은 군사 지역이나 폐쇄된 곳에서 사는 사람들, 공항, 공장이나 박물관에서 일하는 사람들, 투명 망토를 입거나 범죄에 활용되는 다크 웹을 서핑하는 사람, 쉰 살이 넘은 여성, 또 전체주의 정권에 의해 사라진 사람 등이다. 영상의 배경은 대부분 눈금이 그려진 오래되고 낡은 과녁이다. 무인 비행체의 훈련 장소, 말하자면 드론을 처음 연습한 캘리포니아 사막의 바닥에 그려진 기하학적 무늬를 본뜬 과녁으로 끊임없이 감시받는 시대에 보이지 않는 건 가끔은 도움이 될지도 모르지만, 일반적으로 소외와 불신을 암시한다는 메시지를 전한다.

그런데 이제 이런 통설에 의문을 제기할 때다. 범죄, 불신과 사회적 불명예는 보이지 않는 상태에 대한 가장 빤하면서 가장 식상한 요소다. '자르댕 시크레Jardin secret(비밀 정원)'는 식물을 기르는 곳이 아니라 일종의 영적인 상황을 의미하는 프랑스어 용어다. 소소하고 개인적인 의례부터 마음 상태까지, 개인적인 일이나 생각 혹은 사람들이 자신만을 위해 하는 활동을 뜻하기도 한다. 창문 너머로 보이는 특정 풍경일 수도 있고, 은신처나 휴양지, 이른 아침의 산책, 다리 근처 강 위의 한 지점, 카페 안의 탁자, 음악 한 곡이나 직접 수집한 깃털, 돌멩이, 책, 부채일 수도 있다. 자르댕 시크레에서는 사생활이라는 개념이 정말 중요하다. 소유와 친밀함이 모두 작용할 수도 있고, 에로틱할 수도 있지만, 반드시 그렇지만은 않다. 소소하고 개인적인 일들을 언제나 다른 사람들에게 이야기할 필요는 없다는 사실, 인간의 경험과 상상력은 때때로 개인적인 의도와 행동, 보상의 문제라는 사실, 사회적으로 관계를 맺으며 경험을 나누는 건 개인적인 영역을 잘 간직하고 있느냐에 달려 있을 수도 있다는 사실이 자르댕 시크레에 암시되어 있다.

모호해 보이는 자르댕 시크레의 경계는 보이지 않는다는 개념 자체에 내재된 모호함을 반영하는 것이기도 하다. 아마도 어른들이 보이지 않는 상태에 대해 껄끄럽게 여기는 건 이런 모호함 때문일 수도 있다. 보이지 않는 상태에 대해 아이들은 괴로워하지 않지만, 무엇이든 좀 더 명확하게 정의하고 싶어 하는 어른들은 불안해한다. 그러나 보이지 않는다는 개념 자체가 모호하다. 보이지 않는 존재가 상상 속에 분명히 있을 수도 있고, 전혀 알 수 없을 수도 있다. 보이지 않는다는 건 온갖 범죄를 가능하게 할 뿐 아니라, 기쁨, 지식, 정신의 성장, 발견, 사생활, 신중함, 침묵, 자율성, 자신만의 생각 지키기, 시끌벅적한 세상에서 조용히 지내기, 너무 빨리 움직이는 세상에서 가만히 있기와도 관련이 있다. 그리스 신화에서 지혜의 여신 아테나와 페르세우스는 모습을 가려주는 모자를 쓰기도 했다.

남아프리카공화국 예술가 윌리엄 켄트리지William Kentridge는 드로잉과 애니메이션을 결합시킨 작품 활동으로 유명한데, 보이지 않는 상태의 의미에 대한 미묘한 관점을 보여준다. 단편영화 〈보이지 않는 수선Invisible Mending〉에서 예술가는 붓과 지우개를 이용해 자신의 목탄 초상화를 수정하는 모습으로 등장한다. 그다음 완성된 초상화 안의 인물이 종이 밖으로 걸어 나오고, 그 예술가가 다시 나타나고, 화면 밖에서 그에게로 날아온 초상화 조각들을 다시 한 번 이어 맞춘다. 그다음 그는 또 다시 그림을 수정하기 시작한다. 그렸다 지웠다 하는 과정을 계속 되풀이하여 생겼다 사라졌다 하면서 예술가와 초상은 서로 영원한 존재가 된다. 이 작품은 프랑스 마술사이자 영화감독인 조르주 멜리에스Georges Méliès에게 경의를 표하기 위해 만든 시리즈 중 하나이다. 멜리에스는 특수효과의 선구자로 작품 속에 희극적인 감성이 배어 있는 유령 같은 인물들을 자주 만들어냈다.

켄트리지가 〈보이지 않는 수선〉에서 인간 정체성의 덧없음을 탐구했다면, 다른 영화들에서는 사회적, 정치적 그리고 지리적인 정체성의 바탕에 깔린 미세한 특징을 다룬다. 그의 작품들은 종종 요하네스버그라는 도시의 역사를 만들고 그 아래 흐르고 있는 금맥金脈을 언급한다. 이 드러나지 않는 금맥, 땅 밑에 굴을 판 광산들, 광산으로 쏟아지는 물, 갑작스러운 땅 꺼짐, 파헤친 땅의 불안정함이 그 도시의 보이지 않는 풍경이자 남아프리카공화국 정치의 불안함을 은유한다.

18세기 프랑스 철학자이자 작가 장자크 루소Jean-Jacques Rousseau의 유작 《고독한 산책자의 몽상Les Rêveries du promeneur solitaire》은 생애 마지막에 인간의 영혼, 선과 악에 대해 고찰하고 쓴 글들인데 '기게스의 반지'에 대한 대안적인 해석을 제시한다. 여섯 번째 산책을 하던 루소는 인간이 어떻게 서로를 공정하게 대할 수 있는지 성찰하면서 익명성에 대해 거의 열광적인 주장을 펼친다. 익명성으로 도덕적인 힘을 얻을 수 있고, 우리가 사회 정의를 위해 노력할 때 보이지 않는 게 도움이 될 수 있다고 그는 주장한다. "내가 본성대로 자유롭고, 무명이고, 고립되어 있다면 선한 일만 했을 것이다. 내 마음속에는 해로운 욕망의 씨앗이 없기 때문이다. 내가 하느님처럼 보이지 않고 강한 힘을 가졌다면 하느님처럼 자비롭고 선했을 것이다."[1] 완전히 설득력 있는 건 아니지만, 루소는 '마음이 가벼운 순간'에 때때로 행할 수밖에 없었던 기적을 더없이 행복하게 떠올린다. 그다음 보이지 않게 해주는 기게스의 반지를 꼈다면 해냈을 자비롭고 정의로운 일들을 수없이 생각하고, 그 반지가 자신의 손에서 인간 화합을 위한 장신구가 되었을 거라고 확신한다. 그러다 루소는 결국 보통 사람보다 뛰어난 기술과 능력을 가지게 된 사람은 누구나 타락했다고—마지못해서—믿게 된다. 그는 그 반지를 버려야 한다고 결론을 내리지만, 익명이 악한 역할만큼 선한 역할도 쉽게 할 수 있다는 그의 주장은 두드러진다.

16세기 르네상스 시대의 이탈리아 서사시 〈광란의 오를란도Orlando Furioso〉에서 시인 루도비코 아리오스토 Ludovico Ariosto 역시 마법 반지의 어마어마한 힘을 크게 꺼림칙하게 여기지 않는다. 방대한 모험담 내내 오를란도는 안젤리카 공주를 사랑해서 미칠 지경인데, 서사시의 앞부분은 "마법 반지를 가진 사람이 종종 반지의 도움으로 뜻을 이루고, 반지의 마력이 사악한 주술에 걸리지 않도록 막아준다"라고 우리에게 알려준다. 실제로 그 반지를 손에 끼거나 입안에 넣고 다니면 모습을 감출 수 있다. 모험담 내내 여러 등장인물들은 반지를 도난당하고, 잃어버리고, 반지가 어디에 있는지 알기도 하고, 모르기도 한다. 기발하고, 터무니없고, 시끌벅적하고, 지구뿐 아니라 달나라까지 등장할 정도로 초현실적이며 초월적이었다가 기괴했다가를 되풀이하는 이야기 속에서 반지는 선물, 징표, 뇌물 등 다양한 용도와 의미를 가지고 있다. 반지를 가진 사람들은 잡히지도 않고, 갇히지도 않는다. 반지는 연인들을 만나게도 하고 헤어지게도 하는 힘을 가지고 있다. 반지는 보호해주기도 하고, 위험에 빠뜨리기도 한다. 연인들을 서로 보게도 하고, 보지 못하게도 한다. 반지는 범죄에만 힘을 발휘하는 것도 아니고, 그저 해방의 수단만도 아니다. 그보다는 자유분방한 창의력, 거리낌 없는 생각과 기발한 행동의 원천이다. 그리고 보이거나 보이지 않는 게 온갖 낭만적인 광기를 정당화할 수 있다는 사실을 보여준다. 그래서 질문하게 된다. 기게스의 반지를 오를란도의 반지로 바꿔야 할 때인가? 많은 사람이 노출에 집착하는 데다 소셜 미디어 문화가 지배적인 지금, 보이지 않게 해주는 반지를 창의적인 생각과 행동을 하게 하는 장신구로 보는 것이 맞을까?

우리는 어린 시절에 대상 영속성—혹은 이야기 영속성이나 친구 영속성 혹은 관계 영속성—이라는 개념을 처음 깨우치지만, 그 수수께끼는 일생 동안 남아 있다. 무언가를 잃어버리고 찾는 건 끊임없이 계속된다. 친구, 일, 책, 아이디어, 대화, 식사, 티켓, 기회, 과거에 대한 느낌, 미래에 대한 생각, 구름, 폭풍우, 토마토, 달걀 등 무언가나 누군가가 내 삶에 들어왔을 때 "여기 있네!"라고 놀라서 생각하게 된다. 그다음 그만큼 자주 외친다. "사라졌다!"

할머니의 금귀걸이를 창문 밖으로 던졌던 아들은 이제 뉴욕에서 영화 편집자로 일한다. 그는 사람, 나무, 동물, 집, 가구, 벽지, 창문, 얼굴, 빛 등 온갖 형상을 추가하고 지우는 일을 한다. 영화 편집은 영화 산업에서 종종 보이지 않는 예술로 불린다. 관람객은 그 영상이 어떻게 형성되었는지 알 수 없다. 편집을 잘하면 보이지 않는다.

어느 부분을 잘라서 편집했는지 눈에 띄지 않는다. 내 아들은 "영화를 볼 때 편집이 눈에 띄지는 않아요. 눈에 띄면 안 되죠. 편집자는 관람객과 내용 사이의 경계를 없애서 몰입하게 하죠"라고 말한다. 나는 아들이 보이지 않아도 존재하는 대상 영속성을 자유자재로 다루는 전문가라고 생각한다. 한편 누군가를 사랑해보았다면 보이지 않아도 존재한다는 주제를 진지하게 생각해본 적이 있을 것이라고 여긴다.

행복은 많은 요인들에 좌우되지만, 그것들이 어떻게 오고 가느냐가 큰 역할을 한다. 인간 경험에서 보이고, 인정받고, 알려지는 건 정말 중요하다. 사회적으로 눈에 띄는 건 우리 행복에 꼭 필요하고, 그게 충족되지 않으면 우리는 힘들어한다. 우리 모두 인정받고 싶어 한다. 시선은 인간관계에 정말 중요하다. "우리는 서로 바라보고 있다We are seeing each other"는 사귀고 있다는 뜻이고, "또 봐See you"라고 작별 인사를 할 때는 당신이 보이고, 다시 보일 거라는 뜻이다. 이것은 당연한 일들이다. 우리는 보고 보이기 위해 산다.

그러나 보이지 않아야 할 필요도 그만큼 정말 중요하다고 확신한다. 한 수술실 기사는 멸균과 위생 때문만 아니라 심리적인 이유로 환자의 얼굴과 수술 부위 사이에 가림막을 설치한다고 내게 말했다. 환자의 얼굴이 보이면 외과의사와 간호사들이 인간의 살과 뼈, 장기를 파헤치는 수술을 하기가 불편해진다. 고해소에서 신자와 사제를 분리하는 가림막은 잘못을 인정하고 죄를 사하여줄 때 중요한 역할을 한다. 전통적인 정신분석에서 정신분석가는 환자의 눈에 띄지 않도록 뒤에 앉는다. 그래야 환자가 더 편안하게 무의식을 탐색할 수 있다. 보이지 않을 때 우리는 더 쉽게 비밀을 털어놓는다.

정신분석가가 아니라도 눈 맞춤이 불편할 때가 많다. 일상생활에서 서로 바라보지 않는 게 좋을 때가 셀 수 없이 많다. 함께 십자말풀이를 하는 가족의 모습을 떠올려보라. 서로 눈을 마주치지 않고 무언가에 집중하고 있을 때 훨씬 자유롭게 이야기할 수 있다. 도예를 가르치는 내 친구는, 학생들이 흙으로 그릇과 꽃병을 빚거나 접시에 유약을 바르면서 자신이 만드는 작품에 시선을 고정한 채 결혼, 이혼, 성공과 실패 등 지극히 개인적인 이야기들을 털어놓아 언제나 놀란다고 한다. 나는 차 안에 함께 앉아 대화를 하는 것이 심리치료 못지않은 효과를 내는 경험도 했다. 백 살이 넘자 노환으로 점점 말을 못하게 된 지인을 모시고 시골길을 드라이브하곤 했었다. 어느 해 가을, 그분은 차창 밖 햇빛에 반짝이는 단풍잎들을 바라보며 아주 행복해하셨다. 그리고 내가 쳐다보지 않을 때 생각을 가다듬어 천천히 말을 잘 이어가셨다. 내 아이들이 청소년이었을 때는 식탁에 앉아 얼굴을 마주볼 때보다 차에서 내가 앞을 바라보며 운전하고 있을 때 훨씬 편하게 대화를 나눌 수 있었다. 나는 아이들의 얼굴을 볼 필요가 없었다. 그들의 말만 들으면 되었다. 엄마가 **보고 있지 않으니** 아이들은 더 쉽게 여자 친구나 대마초, 속도위반 딱지에 대해 내게 이야기했다.

　보이지 않는 건 심리 상태에 영향을 줄 뿐 아니라 문학적인 장치, 은유가 되며 물리학에서는 실제 현상이 될 수도 있다. 로체스터대학 물리학과 교수 존 C. 하월John C. Howell은 2014년에 평범한 광학 렌즈들을 이용해 뒤에 있는 것을 보이지 않게 하는 은폐 장치, 일명 '로체스터 망토Rochester Cloak'를 고안했다. 볼록렌즈 네 개를 일정한 간격으로 나란히 겹쳐두면 빛이 물체 주위에서 굴절되며 그 뒤의 배경만 보인다. 물체가 사라진 것처럼 보이는 현상이다.

최근 새로 생겨난 변환광학transformation optics이라는 학문은 물체 주위에서 전자파가 휘게 하는 연구를 한다. 이 연구에서는 메타물질들—자연에서 찾거나 얻을 수 없는 공학 재료—을 활용해 빛이 물체 주위에서 구부러지고 휘고 아니면 방향을 바꾸게 한다. 개울물이 돌 주위를 돌아서 흐르지만, 반대편에서는 하나의 물줄기로 보이는 현상과 거의 같다. 메타물질의 원자 구성 때문에 이론적으로는 이런 현상이 가능하다. 그러나 군사용 양자 스텔스 재료처럼 오랫동안 적용하려고 했던 분야에서는 쉽지 않다고 판명되었다. 특정 파장 하나의 마이크로파 방향을 바꾸어 물체를 보이지 않게 할 수는 있지만, 대규모로 보이지 않게 하는 일은 아직 불가능한 것이다. 가시광선 파장은 짧아서—전파나 전자파보다 짧다—몸이나 자동차, 건물이나 제트기를 가릴 정도가 되지 않는다.

듀크대학 교수 데이비드 R. 스미스David R. Smith는 모든 기술에는 강점과 약점이 있기 마련인데, 물체 주위에서 빛의 방향을 바꾸는 기술의 심각한 약점 중 하나는 빛의 속도보다 빨라야 하는 점이라고 설명한다. 단일 주파수에서는 가능하지만, 그럴 때는 많은 정보를 전달하지 못한다.[2] 그래서 은폐 장치는 본질적으로 언제나 주파수의 대역폭이 좁아 빨간색은 가릴 수 있지만, 빨간색과 파란색을 동시에 가릴 수는 없다. 그는 "이 물질들이 에너지를 흡수하는 게 또 다른 문제다. 만약 규모를 늘리면 모든 에너지를 흡수할 것이다. 물체를 가리기 위해 마이크로파 영역까지는 성공했는데 앞으로 다양한 프로젝트가 가능하다. 하지만 해리 포터의 투명 망토를 만들어내기는 아직 멀었다고 생각한다"[3]고 덧붙인다.

로체스터대학에서 만난 하월 교수 연구팀의 대학원생 조지프 최는 변환광학이 가시광선의 전체 범위에서 작용하지 않을 뿐 아니라 다양한 각도를 수용할 수 없는 점을 지적했다. 로체스터대학의 은폐 장치는 전혀 다르게 작용해서 기존의 다른 장치들과 달리 주변 물체들을 확대하거나 왜곡하지 않는다. 여러 겹의 렌즈를 활용해 광선의 초점을 맞추거나 방향을 바꾸면 여러 각도와 위치에서도 작용할 수 있다. "뭐든 있는 그대로 보입니다. 유리 혹은 공기와 같죠."

조지프 최는 대학 연구실 지하에 있는 방으로 나를 데려가더니 검은색 금속 카트를 끌고 나왔다. 카트 위에 두 줄의 렌즈가 고정되어 있는데 렌즈 한 줄은 거울에 맞추어 비스듬히 놓여 있다. 복도 흰색 타일 벽에는 여러 색의 작은 격자무늬가 인쇄된 종이 한 장이 테이프로 붙어 있다. 조지프 최는 벽에서 조금 떨어진 곳에 카트를 놓고 렌즈 사이에 손을 넣었다. 렌즈를 통해 보니 그의 손이 보이지 않고 렌즈들 뒤 벽에 붙은 격자무늬가 있는 그대로 잘 보였다.

이들이 만든 장치는 작은 크기이지만, 렌즈 크기에 따라 가릴 수 있는 규모도 달라진다. 100달러도 안 되는 쉽게 구할 수 있는 재료를 활용해 물리학을 전공하지 않은 일반인도 초보적인 수준에서 은폐 장치를 만들 수 있다

(위키피디아에도 만드는 법이 게시되어 있다). 이 장치의 기술이 충분히 더 발전하면 외과의사가 자신의 손 뒤에 가려졌던 수술 부위를 볼 수 있고, 트럭 운전사가 사각지대를 볼 수 있을지도 모른다. 그러나 물리학자 하월은 "꼭 어떻게 응용할지를 생각하면서 연구한 건 아닙니다. 그저 문제를 해결하고 싶었어요"라고 말한다. 그는 이것이 간단한 광학 시스템이라고 처음부터 인정했다. "나는 그저 뭔가를 보이지 않게 하고 싶었어요." 대중은 그의 은폐 장치에 많은 관심을 보였지만, 다른 과학자들은 그가 간단한 착시 현상을 연구하는 데 쓸데없이 많은 시간과 노력을 들였다며 종종 비난해왔다. 그리고 그 연구는 어떤 보조금 지원도 받지 못했다.

하월은 사람들이 이러한 비밀스러운 기술을 언제나 군사적인 활용으로 연결시키려는 경향을 안다. 보이지 않는 상태라는 주제가 '책임감 부족, 여성 탈의실을 훔쳐보는 남자들' 같은 윤리적인 우려로 이어진다는 사실 역시 잘 안다. 그러나 그는 건축이나 풍경 감상 등 긍정적으로 활용할 여지도 많다고 지적한다. 눈에 거슬리는 다리들, 보기 흉한 육교, 표지판 모두 시야에서 사라지게 할 수도 있다. 그런데 그것이 풍경을 더 좋게 만드는 일일까 아니면 그저 우리의 현실 감각을 왜곡시키는 일일까? "벽을 가릴 수 있을까?" 그는 고민한다. 어떤 것은 보고 싶지 않고 다른 것은 보고 싶을 때 언제든 보이지 않게 하는 기술을 사용할 수 있을까?[4] 아마도 특별히 어디에 활용하려는 목적을 가지고 연구하는 게 아니기 때문에 하월이 고민하는지도 모르겠다. 〈스타 트렉〉 시리즈를 보며 자란 그는 이제 어린 아들 둘을 키우며 여전히 보이지 않는 상태에 대한 기본적인 호기심을 가지고 있다. 그는 자신의 팀이 만든 은폐 장치에 한계가 있다는 사실을 인정한다. "아직 모든 범위로 넓게 작용하지는 않습니다. 그러나 5년이나 10년 안에는 가능하게 만들 거예요."

흰색 타일 벽 연구실 복도에 있던 단순하고 평범하고 실용적인 검은색 카트는 계시가 실현되는 신성한 무대로 보이지 않았다. 그러나 여기에서 아주 중요한 일이 벌어지고 있었다. 나는 펜과 공책, 손을 차례차례 렌즈 뒤에 놓았고, 그것들은 곧 보이지 않게 되었다. 이 보이지 않는 상태는 문학적 은유나 심리 상태가 아니라 물리적인 현상이었다. 그 연구실을 나와 나무들이 줄지어 서 있는 오솔길을 따라 캠퍼스를 가로질러 주차장까지 걸어가며 덤불, 벤치와 울타리를 지날 때 물질세계와 나의 관계가 아주 조금은 변한 것 같았다. 나는 주변 사물들이 투명해지면서 뒤편까지 볼 수 있다고 계속 상상했다. 그리고 뒤편을 볼 수 있다고 해서 주변 사물들이 사라지는 건 아니라는 사실을 깨달았다.

연구실을 찾을 때는 현실에서 일어나기 어렵다고 생각하는 현상이 내가 아는 이 세계에서 실제로 일어나는 순간을 직접 경험하고 싶은 마음이었다. 나는 제한속도를 상당히 잘 지키면서 소형 승용차를 운전해 뉴욕주 북부를 가로질러 고속도로를 달려 로체스터대학까지 갔다. 돌아오는 길에 스테이크 식당, 해산물 식당, 약국과 복합상업지구가 들어선 거대한 주차지역에 자리한 홀리데이 인 익스프레스 호텔에서 묵었다. 어디에서나 볼 수 있는 단조롭고 평범한 풍경이었다. 그곳에서는 아무도 나를 눈여겨보지 않았다. 누구든 이보다 더 투명인간이 될 수 있는 곳이 있을까? 나는 궁금했다. 그렇게 상징적으로 보이지 않게 되는 방법을 알고 있었지만, 이제 **진짜** 보이지 않게 되는 방법까지 눈으로 확인했다.

자신의 몸이 보이지 않게 된 것처럼 느끼게 하는 실험을 통해 2,000여 년 전 플라톤이 제기한 사회적 그리고 도덕적 관점의 질문을 다시 검토하는 연구를 진행한 스웨덴의 신경학자들도 있다. 인간은 보이지 않을 수 있는 힘을 어떻게 다룰까? 그 힘을 잘 다스릴 수 있을까? 새로운 기술들이 나오면서 인간이 보이지 않을 수 있을 날이 멀지 않았음을 알려주는 요즘, 그게 옳고 그름에 대한 우리의 이해에 어떤 영향을 줄까? 실험 참가자들은 가상현실 고글을 착용하는데 그것은 아무것도 없는 공간을 비추기 때문에 참가자들은 고개를 숙여도 자신의 몸이 아니라 허공만 보게 된다. 연구자들이 붓으로 실험 참가자의 몸과 허공을 동시에 쓸어내렸다. 참가자들은 자신의 몸을 붓이 쓸고 가는 것을 느끼는 동시에 눈으로는 붓이 허공을 쓸어내리는 것을 보자 몸에 붓이 닿는 느낌이 감소한다고 느꼈다. 뇌가 실제 몸을 붓으로 쓸어내리는 감각을 허공으로 전달했고, 이를 통해 연구자들은 정신이 육체에서 벗어나는 유체이탈 경험을 쉽게 만들 수 있다고 믿게 되었다. 육체와 우리 존재의 연결성은 생각보다 불안정하다. 우리 몸이 투명해졌다고 시각적으로 감지하면 우리 두뇌는 그 사실에 동의하고, 우리가 보이지 않는 존재가 될 수 있다는 전제를 비교적 빨리 받아들인다.

다음 실험 역시 마음과 몸의 연결성이 불안한 상황으로 이어질 수 있음을 보여준다. 먼저 자신의 몸을 볼 수 없는 실험 참가자들에게 허공을 칼로 위협하는 모습을 보여주자 심박동 수, 땀으로 측정한 스트레스 수준이 상당히 높아졌다. 그리고 가상현실 헤드셋을 쓰고 자신의 몸이 보이지 않게 되는 걸 경험한 참가자들을 수많은 모르는 사람들 앞에 서게 했는데 그들은 별로 불편해하지 않았다. 자기 모습을 볼 수 없는 데다 자신이 보이지 않는다고 느끼기 때문이었다. 이 연구팀을 이끄는 아르비드 구테르스탐Arvid Guterstam은 이 실험들로 다양한 응용이 가능하다고 말한다. 불안장애를 줄일 뿐만 아니라 환상통을 경험한 척수 손상 환자들을 치료하는 데도 활용할 수 있을 것으로 기대한다. 보이지 않는 상태가 우리의 자의식과 도덕적 힘에 어떻게 영향을 끼칠 수 있는지는 아직 명확하지 않다. 그러나 이제 우리 존재에 대한 육체적 감각과 외부 세계에 대한 이해가 유동적이라는 사실을 알게 되었으니 우리가 사라질 수 있다는 주장[5]을 그리 어렵지 않게 받아들일 수 있다.

물리학자와 신경과학자들의 연구가 보이지 않는 상태와 관련된 이야기나 신화와 만나는 지점이 있을까? 필립 볼은 책《보이지 않기: 보이지 않는 상태의 위험한 매력》에서 "둘은 서로 다른 영역의 경험이고, 새로 생기는 기술과 보이지 않기에 대한 오랜 신화 사이에는 넓고 깊은 틈이 있으며 아마도 그런 틈이 필요하다"라고 말했다. "우리는 변환광학과 무선 마이크로 기술 덕분에 과학소설이나 마술에서 등장할 것 같은 눈속임을 상상할 수 있다. 그러나 실제 가능성을 신화적 상상력에 꿰어 맞추기는 어려울 수 있다." 보이지 않는 인간에 대한 신화적인 이야기와 그 이야기를 실현시키려는 최근의 기술은 구별된다[6]고 그는 결론을 내린다. 말하자면, 기술과 은유는 서로 다른 세계에 존재한다는 뜻이다.

몇 달 후 나는 조지프 최가 로체스터대학 연구실에서 내 아이폰으로 촬영해준 사진을 다시 보았다. 연구 장비 옆에 서 있는 한 여자를 찍은 평범한 사진으로 보인다. 사진 속 나는 팔을 뻗어 손을 내밀고 있는데, 손은 완전히 사라져 보이지 않는다. 몸의 중요한 부분이 사라져 보이지 않는 사진 그리고 그 사진이 불러일으키는 느낌이 낯설다. 손 하나가 사라졌고, 그 사람이 하고 싶고 해야 할 일을 하는 능력도 함께 사라졌다. 그 사람은 이제 가장 기본적인 일들조차 못한다. 이게 나의 평상시 마음 상태는 아니다. 그러나 대부분의 다른 사람들처럼 나의 필수적인 부분이 사라지고 있고, 그래서 내가 쇠약해졌다고 가끔 느꼈다. 그 사진이 그걸 보여준다. 은폐 장치는 눈속임이 될 수도 있지만, 무언가 진짜를 포착하기도 한다. 대상 영속성이라는 개념을 우리 몸의 일부에도 적용할 수 있다.

우리가 보지 못해도 무엇인가가 거기에 있을 수 있고, 바로 눈앞의 사물들이 그만큼 쉽게 우리 눈에 띄지 않을 수도 있다는 직감적인 지식 때문에 우리는 아마도 그렇게 쉽게 보이지 않는 상태와 타협할 수 있을 것이다. 우리의 인식은 때때로 결함이 있을 수 있고, 어떤 때는 마술처럼 좋아지기도 한다. 나는 보이지 않는 상태에 대한 우리의 감정이 너무 복합적이기 때문에 상상력을 더 자극한다고 짐작하곤 했다. 우리는 자신이 없고, 두렵고, 창피하고, 그저 사라지고 싶어서 보이지 않기를 바랄 때가 있다. 반면 보이지 않아서 크게 실망할 때도 있다. 보이지 않고 싶기도 하고, 보이지 않는 상태여서 압박감을 느끼기도 한다. 보이지 않는 상태에 대한 우리의 감정은 인간의 정체성 자체처럼 변덕스러울 수 있다.

남편은 젊었을 때 필리핀에서 살았는데, 그 지역 설화 중에 모로족 이야기가 있었다. 민다나오 섬에 사는 모로족은 대부분 이슬람교도이고, 여러 세대에 걸쳐 독립 투쟁을 해왔다. 본토 사람들과의 갈등으로 인한 그들의 적대감은 극도로 심해졌고, 수십 년 전에는 마닐라를 공격하기 시작했다. 마닐라 항구까지 배를 저어간 후 해안을 향해 창을 던지는 게 그들의 전략 중 하나였다. 그들은 주술사의 축복을 받은 자갈돌을 입안에 넣고 있으면 자신들이 보이지 않게 된다고 믿고 전투에 임했다. 모로족이 군사 전략으로 믿고 입에 넣은 그 자갈돌들이 서로만 알아볼 수 있는 방법, 상호유사성, 부족의 자주성, 말하자면 집단 정체성을 부여했다고 생각한다.

모로족의 생각은 물론 터무니없었다. 그러나 제트 전투기를 투명 망토로 씌운다는 계획보다 터무니없을까? 아니면 '보이지 않는다'고 광고하는 니베아의 체취 제거제보다 터무니없을까? 아니면 보닛이 투명하다는 콘셉트카(새로운 기술, 디자인 등을 보여주기 위한 홍보용 차—옮긴이)를 선보인 랜드로버의 보이지 않으려는 노력보다 터무니없을까? 사실 투명 보닛은 자동차 앞에 설치한 카메라들이 바로 아래와 바로 앞의 길을 촬영한 후 동영상 스트리밍 기술을 활용해 보닛 위에 그 영상을 씌우는 일종의 눈속임이다. 그런데도 투명한 보닛을 통해 자동차 바로 아래 길이 보이는 것 같은 착각을 하게 된다. "랜드로버는 가상으로 자동차 앞면을 보이지 않게 만들면서 앞길을 디지털로 보여주는 첨단 기술을 개발하고 있다"라는 게 그 콘셉트 카의 홍보 문구다. 랜드로버는 그 보닛이 "운전자들에게 증강현실을 보여준다"고 주장한다. 나에게 묻는다면 모로족의 자갈돌 역시 거의 같은 목적을 가졌다고 말하고 싶다.

모로족의 작은 돌이 신념과 믿음을 훈련하는 도구였다면, 랜드로버 콘셉트 카의 투명 보닛은 디지털 장치이자 기업의 브랜드 홍보이다. 분명히 다른 세계다. 그러나 둘 다 인간이 보이지 않는 세계와 관계를 맺을 수밖에 없다고 말한다. 나는 자동차나 체취 제거제는 좋아하지 않지만, 모로족의 돌은 하나 가지고 싶다. 그 돌들은 어떤 모양일까? 투명할까 아니면 여러 색깔로 얼룩덜룩할까? 마노처럼 불투명한 녹색일까? 회색의 매끌매끌한 돌일까? 줄무늬 돌일까? 나는 모른다. 존재하지 않는 우리를 쓰다듬는 지각적 붓을 원하지 않는 사람이 있을까? 그러나 나는 이들 중 어느 것도 곧 보게 되리라고 기대하지 않는다. 애플이 가까운 장래에 조약돌 모양의 '아이페블'이나 '아이브러시'를 내놓으리라고 기대하지 않는다. 인간의 상상력 속에서 만들어질 가능성이 더 높다.

그것이 보이지 않는 상태의 순수한 아름다움일 것이다. 보이지 않는 상태는 렌즈와 거울 혹은 더 기본적인 물건들의 단순한 배치로 만들어질 수도 있다. 고대 아이슬란드에는 보이지 않는 상태로 만들어준다는 훌린히알무르Hulinhjalmur라는 문양이 있다. 그 마술적인 힘을 발휘하려면 손가락과 젖꼭지에서 짜낸 피에 까마귀의 뇌와 피, 인간의 위 한 조각을 섞어 만든 혼합물을 갈색 석탄 덩어리와 함께 사람의 이마에 그리면 된다. 농구 선수 팀 덩컨Tim Duncan은 아주 간단한 방법으로 보이지 않는 상태가 되었다. 19년 동안 농구선수로 활동하면서 NBA에서 다섯 차례나 우승했던 덩컨은 2016년에 은퇴할 때 기자회견, 파티, 언론 행사와 선물을 모두 생략하고 조용히 마무리했다. 며칠 후 올드 네이비 옷가게 계산대 앞에서 줄을 서 있는 그의 사진이 트위터에 올라왔다. 경기장에서 옷가게 계산대까지의 그의 조심스러운 이동은 어쩌면 보이지 않는 상태로 가는 방법을 제시해주는 것 같다. 보이지 않게 된다는 것은 평범한 삶의 문제이기도 하지만 신화적인 성격도 띨 수 있다는 점이다.

하월은 로체스터대학의 은폐 장치를 설명하는 짧은 유튜브 동영상을 만들었다. 영상 속 그는 여러 개의 거울을 이용해 은폐 장치를 만들어 자신의 두 아들들에게 자유롭게 움직이게 했다. 아이들의 몸이 다 보였다가 사라졌다. 또 머리만 불쑥 나타나기도 했다. 소년들은 은폐 장치 앞과 뒤를 이리저리 걸어 다니면서 보였다 보이지 않았다 한다. 그들은 웃고, 놀고, 사라진다. 나타났다 사라지는 아이들의 모습이 내면 깊숙한 곳의 뭔가를 건드리며 넋을 빼놓는다. 이 발랄한 아이들! 보이지 않는 친구가 등장하는 동영상이다! 이 동영상의 배경은 어렴풋한 나무와 그림자들이 있는 신비의 숲이 아니라 무미건조한 하얀색 타일 벽에 환한 조명이 비추는 연구실이다. 그러나 이 3분짜리 동영상은 과학, 신화와 이야기가 어떻게 협력해서 보이지 않는 세계를 설명할 수 있는지 보여준다. 가능한 일과 불가능한 일을 엮고, 일어나는 일과 일어나지 않는 일을 엮고, 우리가 볼 수 있는 세계와 보지 못하는 세계를 겹쳐 놓으면서 인간의 독창성이 어떻게 작용하는지를 보여준다.

여기 조약돌 식물이 있다

03

자연의 역사에서 사물들은 우리 시야에서 벗어난다. 무대는 아주 크고 배우는 작은 데다 거의 가려지거나 차단되어 있기 때문이다. 드러내기보다 감추는 경향이 있는 배경을 가로질러 재빠르게 움직인다.

존 버로스

JOHN BURROUGHS
미국 자연주의 철학자

여러 해 동안 내 책상 위 창턱에 작은 은빛 식물이 자라는 화분이 놓여 있었다. 연한 회색에 베이지색과 장미색이 얼룩덜룩 뒤섞인 둥글납작한 잎을 가지고 있다. 부드러운 표면의 잎들이 모두 타원형이어서 돌들이 모여 있는 것 같았다. 부드럽고 유연한 이 다육식물이 얼마나 딱딱한 돌처럼 행세하는지 모른다. 그러나 그 식물이 그런 모습인 데는 분명한 이유가 있다. '조약돌 식물'로 불리는 그 식물의 원산지는 아프리카 평원이어서 그곳에서 풀을 뜯는 동물들의 눈에 띄지 않게 진화되었다고 한다. 그 식물의 기발한 모습은 노출 중심인 우리 삶의 대안을 보여주는 것 같아 경이로운 눈으로 매일 바라보았다. 이 작은 식물은 노출과는 정반대의 방법을 보여준다. 세포 구조에서부터 사라지는 요소가 들어 있는, 물러서는 데 전문가라 할 그 식물은 환경에 적응하는 방법에 대한 메시지를 전달한다. 보이지 않는 상태의 아름다움, 용기, 상상력에 대한 독창성을 드러내 보여준다.

보통은 원예에 관심이 없지만, 나는 이 식물에 완전히 빠져들었다. 그것은 단순히 무게나 물질, 색깔의 문제가 아니라 심오한 분자 수준에서 뭔가 달라지려는 시도로 보였다. 남편은 매년 토마토, 바질, 민트, 베리, 각종 꽃들을 심는데, 더 멋진 정원을 만들려고 묘목들을 사 오며 그동안 내가 탐내왔던 그 식물을 내게 주었다. 남편은 화분을 내게 내밀며 말했다. "내가 본 식물 중 가장 식물 같지 않아." 남편은 잠시 눈을 굴리더니 덧붙였다. "이 식물은 영원히 자란다고 묘목상이 그랬어. 그것도 맞는 말 같아."

그랬다. 원예사들이 '살아 있는 돌'로 부르는 타원형 다육식물은 몇 달 동안 1센티미터도 자라지 않는 것 같았다. 싹이 나지도 않고, 꽃이 피지도 않고, 변화가 없었다. 나는 흙에 물이 잘 빠지는지, 화분이 놓인 자리가 햇빛을 듬뿍 받는지 확인했다. 사실 본성에 충실하게 정말 잘 적응해서 놀라울 정도로 눈에 띄지 않았기 때문에 결국 죽어갈 때가 되어서야 돌이 아닌 살아 있는 생물과 비슷해 보였다. 동물의 간처럼 괴상하게 불그죽죽한 색깔로 변하고, 감촉이 고깃덩어리 같아지면서 스스로 파괴되어갔다. 그러나 마지막 순간까지도 이렇게 '식물이 아닌 척'하려는 시도가 아주 마음에 들었다. 돌처럼 위장했기 때문에 내 관심을 끌었을 수도 있다는 생각이 들었다. 사실 원예에 무관심한 사람에게 돌이 되는 게 유일한 목적인 식물보다 더 좋은 식물이 있었을까?

자연계에서는 생물의 이런 능력을 은폐라고 부른다. 유기체가 눈에 띄거나 들키지 않으려고 모습, 냄새, 소리, 촉감과 빛 등을 활용해 주변 환경과 뒤섞이는 능력이다. 자연에서는 이렇게 눈에 띄지 않는 상태가 유익한 경우가 많다. 조개, 식물, 양서류, 곤충, 새, 포유류, 눈이 오기 전에 하얗게 변하는 북극여우 들이 그렇다. 인도네시아 게의 껍데기에는 그들이 살고 있는 산호초와 비슷한 화려한 무늬가 들어가 있다. 문어의 피부 밑 세포는 주변 해양 생물과 비슷한 색깔로 바뀔 수 있다.

보이지 않게 되는 건 존재하지 않는 것과 다르다. 창조적인 개인주의를 부정하는 일도, 우리를 독특하고 독창적이고 유일무이하게 만드는 특징을 포기하는 일도 아니다. 보이지 않는 상태는 짝을 유혹하고, 집과 서식지를 보호하고, 사냥하고, 방어하기 위한 전략이다. 자연계에서 위장은 미묘하고, 창의적이고, 세심하고, 영리한 특성이다. 무엇보다 강력한 특성이다.

고대 그리스 철학자 헤라클레이토스는 기원전 5세기에 자연은 숨는 걸 좋아한다고 분명히 말했다. 자연계를 살펴보면 주변 환경과 조화를 이루는 게 얼마나 값진지 이해하게 된다. 특히 위장하기와 흉내 내기는 아주 실용적인 전략인데, 익살스럽고, 용기 있고, 우아하고, 재치 있기도 하다. 오스트레일리아의 금조琴鳥는 다른 새들의 소리뿐 아니라 자동차, 트럭, 머리 위 제트기 모터의 소음까지 흉내 낼 수 있다. 미묘한 새소리와 삐걱거리는 기계 소리를 우아하게 또는 대담하게 흉내 내는 금조는 "나는 파랑새가 될 수 있어. 그리고 전기톱도 될 수 있어!"라고 노래한다. 겨울이 되면 긴꼬리족제비의 털은 까만 꼬리 끝부분만 빼고 하얗게 변한다. 머리 위에서 빙빙 돌며 그들을 노리는 맹금류가 볼 때 어디가 꼬리이고 어디가 머리인지 어리둥절하게 만들어 멋지게 속이기 위해서다.

나는 직접 금조의 노랫소리를 들어본 적도 없고, 긴꼬리족제비의 계략을 본 적도 없지만 자연의 다른 평범한 속임수에는 익숙하다. 4월의 어느 날 오후, 나는 친구 제인과 카약을 타다가 황갈색 비버를 우연히 발견했다. 개울의 습지 위에 눈에 띄지 않게 몸을 늘어뜨리고, 꼬리는 흙더미 주위에 잘 말아놓고 있었다. 족제비의 황금색 털과 족제비가 앉아 있는 습지 풀의 잎들이 오후의 햇살을 받아 비슷하게 반짝이고 있었다. 동물과 식물이 똑같지는 않지만 그들의 조화는 주변 환경과 잘 어울렸다. 코스타리카에서는 길이가 180센티미터가 넘는 나무뱀을 본 적이 있다. 나는 우리 집 뒤 돌담에서 가장 작은 가터 뱀을 봐도 주춤주춤 물러날 정도로 보통 뱀을 무서워한다. 그런데 나무껍질과 야자나무 잎과 비슷하게 선명한 남파랑 바탕 몸통에 섬세한 가리비 무늬의 비늘을 가진 그 뱀이 나무 사이로 내려가 작은 두꺼비를 잡아먹는 동안 눈을 뗄 수가 없었다.

지난여름 우리 집 현관 근처를 둘러싸고 있는 등나무 가지에 가볍게 얽혀 있는 대벌레를 알아봤던 사실이 신기하다. 색깔이나 모양, 잔가지 같은 가벼움 등 모두가 등나무 가지와 똑같아서 처음에는 눈에 띄지 않았다. 일단 대벌레가 거기 있다는 것을 알아차리자 섬세한 형태와 차분한 색깔 때문만이 아니라, 미세한 떨림 때문에 우아하게 보였다. 산들바람에 나뭇가지가 살짝 흔들리듯 떠는 것 같았다. 형태, 색깔 그리고 움직임 때문에 기가 막힐 정도로 나뭇가지와 비슷해서 구분이 되지 않았다. 이 모든 요소들이 모여서 새로운 존재가 되었다. 그걸 눈에 띄지 않는 경이로움이라고 부르는 게 맞지 않을까.

이런 자연의 속임수에 감탄하는 것은 당연하다. 영국의 범죄소설 작가 루스 렌델Ruth Rendell은 모든 인간에게 어느 정도 범죄자와 같은 부분이 있기 때문에 살인 이야기에 매력을 느낀다고 말했다. 마찬가지로 자연 생물들에 대해서도 부러움과 감탄을 보내지 않을 수 없다. 우리는 그런 속임수를 쓸 능력이 없으면서 분명히 그렇게 하고 싶기 때문이다. 일부 심리학자들은, 우리가 거짓말에 속는 것 역시 그 속임수의 공범자가 되는 것이라고 말한다. 물론 모든 거짓말쟁이에게는 믿어주는 사람이 필요하다. 하지만 나는 거짓말에 속아 넘어가는 걸 누구보다 싫어한다. 그러면서도 거짓말을 능수능란하게 잘하고 싶기도 하다. 우리 대부분은 자신이 아닌 다른 무엇인가가 되고 싶어 한다. 내가 졸고 있는 비버, 떨고 있는 대벌레나 두꺼비를 삼키는 나무뱀에서 눈을 떼지 못하는 건, 나 역시 그런 속임수를 더 잘 구사하고 싶기 때문이다.

미국의 화가, 동식물 연구가, 사냥꾼, 박제사인 애벗 핸더슨 세이어Abbott Handerson Thayer는 "모든 동물은 위장되어 있다"[1]라고 믿었다. 그는 동물들이 포식자의 눈길을 피하기 위해 서식지에서 몸을 숨기는 수단인 보호색에 대한 치열한 연구를 화폭에 담았다. 하얀 눈밭에서 쉽게 눈에 띌 수 있는 푸른색 어치 두 마리가 늦은 오후의 나무 그늘에 가려 잘 보이지 않는 장면을 그린 그림, 악어의 눈에 띄기 쉬운 눈부신 분홍색 홍학의 모습이 노을 지는 하늘과 하나가 된 장면을 보여주는 그림 등이다. 숲속 연못에 있는 미국원앙을 그린 작품은 새와 배경이 명확하게 구분되지 않는다. 수련 잎들 사이를 미끄러지듯 지나가는 그 새의 검은 깃털은 검게 칠한 수면과 하나가 된 반면 밝은 색 깃털은 물에 반사된 햇빛 옆에서 빛난다. 그의 그림에서는 나뭇잎, 새의 깃털, 물과 하늘이 뒤섞여 모호하다. 보는 사람은 '내가 무얼 보고 있는 거지?'라고 물을지도 모른다.

숨기 위한 방법으로 햇빛에 노출되는 윗부분은 어두운 색, 햇빛에 노출되지 않는 아랫부분은 밝은 색이나 흰색인 생물종이 많다고 세이어는 설명했다. 윗부분의 어두운 색 때문에 빛과 그림자가 혼동되고, 포유류, 파충류나 새의 형태가 납작하나 흐릿하게 보인다. 강렬한 무늬가 포식자의 눈을 어지럽혀 동물의 윤곽과 모양을 알아차리지 못하게 하고, 동물의 색깔과 무늬가 주변 환경과 비슷해 구분되지 않게 하는 등 다른 방법으로 숨을 수도 있다.

세이어의 이론은 제1차 세계대전에서 군사 전략으로 활용되었다. 그는 먼지와 모래를 떠올리게 하는 카키색 군복을 얼룩덜룩한 색감으로 바꾸라고 제안하면서 불규칙한 무늬가 적군의 눈을 더 어지럽힐 가능성이 높다고 주장했다. 세이어가 그린 여성 초상화들도 위장 효과를 잘 보여준다. 1918년, 그는 자신의 며느리를 모델로 초상화 〈녹색 벨벳 옷을 입은 여성Woman in Green Velvet〉

을 그렸는데 그림 속 여성이 입은 드레스 소매의 질감과 색깔은 그녀 뒤의 소나무 가지들과 뒤섞여 있다. 벨벳 드레스는 이탈리아의 르네상스 시대 의상이지만, 주변 환경과 하나가 되어 눈에 띄지 않는다는 점에서 제1차 세계대전에 참전했던 젊은 병사들이 입었던 군복과 비슷해 보인다.

조용하고 조심스럽게 행동해야 여성스럽다고 여기던 시대였기 때문에 그 그림은 여성에 대한 억압을 상징적으로 보여주었을 수도 있다. 그러나 1세기 후에 보니, 성차별에 대한 고발보다는 존재의 방식, 주변 환경을 받아들이는 태도를 보여주는 것 같다. 세이어의 그림들은 어쩌면 열대 습지, 숲, 전쟁터, 집의 거실 등 어디에서나 보호받아야 한다는 더 깊은 신념을 보여주는 것 같기도 하다. 나무 그늘과 구분되지 않는 푸른색 어치들, 노을빛 하늘과 하나가 된 홍학, 얼룩덜룩한 군복으로 위장한 병사처럼 녹색 옷을 입은 여성은 어쩔 수 없이 자신을 감춘다.[2] 세이어의 그림 그리고 동물의 행동에 대한 그의 연구는 제1차 세계대전의 공포로 인해 영적으로 허덕이던 시대에 예술과 과학을 융합하려는 노력이었을지 모른다고 추측하는 미술사학자들도 있다.

20세기 초 영국의 동물학자 휴 B. 콧Hugh B. Cott은 생물종의 창의적인 속임수를 포괄적으로 체계화했다. 그가 1940년에 발간한《동물의 적응적 보호색Adaptive Coloration in Animals》은 보호색을 은폐, 위장과 눈에 띄기advertisement 등 세 개의 범주로 나눈 백과사전 같은 책이다. 그는 동물들의 모습이 대체로 주변 환경과 비슷하다는 명백한 사실을 지적하면서 시각적 속임수의 사례를 열거한다. 북극여우는 눈처럼 하얗고, 열대의 나무뱀은 강렬한 녹색이고, 누른도요는 떡갈나무 낙엽색이다. 사는 장소와 비슷해 보이는 게 기본적인 전략이다. 색이 비슷한 건 시작에 불과하다. 음영을 이용해 형태를 달리 보이게 하고, 어지러운 색깔로 윤곽을 흐릿하게 만드는 게 필수다. 날개를 접은 채 쉬는 나비처럼 그림자를 조작할 수도 있다. 햇빛과 일직선을 이루면 그림자가 "눈에 잘 띄지 않는 선으로 축소된다."[3]

시간과 계절에 따라 그때그때 다른 전략을 구사하기

도 한다. 주변 풍경에 따라 잠시 혹은 며칠, 몇 주 아니면 몇 달씩 색깔이 바뀔 수도 있다. 원래는 선명한 색깔이었지만, 살고 있던 초원이 화재로 검게 타버리자 어두운 색깔로 변한 아프리카 곤충들부터 늦여름이면 노란 미역취 꽃처럼 진노랑이 되는 미국 메인주의 거미들까지 콧은 여러 사례를 든다. 햇빛에 노출된 부분은 어두운 색, 노출되지 않는 부분은 밝은 색이 되는 현상, 빛과 어둠의 상호작용으로 음영이 생기면 형태가 흐릿해질 수 있다. 크기와 면적을 줄여서 물고기가 수생 잡초처럼, 숲속 새끼 사슴의 얼룩덜룩한 반점이 나뭇잎에 떨어지는 햇빛 같아 보일 수도 있다.

동물의 줄무늬, 반점 혹은 깃털, 털이나 비늘의 현란한 무늬가 눈을 어지럽힐 수도 있다. 새로 부화한 물떼새 새끼의 몸을 고리처럼 에워싼 희고 검은 솜털은 새끼의 윤곽이 잘 보이지 않게 해 포식자의 눈에 띄지 않게 한다. 콧은 '적극적인 동화同化'라고 부르는 현상과 은폐를 구분한다. 예를 들어 뱀들이 칡인 척하고, 나방이 나무껍질이나 새의 배설물인 척하는 것은 적극적인 동화다.

브라질의 나비는 찢어지고 쭈글쭈글해진 잎처럼 보일 수 있고, 연체동물들에는 서식지 해조류와 같은 색깔의 돌출부, 반점과 띠가 있다. 단순히 색깔과 무늬뿐 아니라 행동과 존재 자체에 눈에 띄지 않게 하는 요소가 있는 것이다.

콧의 주장들은 제2차 세계대전에서 전함, 탱크, 군복을 디자인할 때 지침이 되었다. 제1차 세계대전에서 처음 사용한 '위장 도색Dazzle camouflage'이라는 용어는 물떼새 새끼의 솜털을 흉내 낸 전함의 무늬에 붙인 명칭이었다. 물떼새 새끼의 솜털이나 전함의 무늬 모두 콧이 '표면의 연속성'이라고 부르는 형태를 분해해서 목표물을 찾기 어렵게 만드는 게 목적이었다. 적을 교란하기 위해 표면에 검은색과 흰색의 기하학적 무늬—커다란 줄무늬, 물결무늬나 마름모꼴, 체크무늬—를 그린 전함은 크기와 속도, 형태와 눈에 띄지 않으려는 목적에 부합하는지 의문을 사기도 했다. 영국군을 위해 전함을 디자인한 화가는 점묘파와 입체파 같은 현대 미술의 기법을 반영했으며, 실제로 파블로 피카소Pablo Picasso도 관련성을 인정했다고 한다. 군사 전문가, 동물학자, 미술가가 이렇게 같은 목적을 위해 협력한 때는 역사상 드물 듯하지만, 콧은 "전쟁에서나 자연에서나 이상적인 상황은 거의 없다. 상황이 항상 변해서 완벽하게 유지되지 않는다"라고 잘 관찰했다. "물체를 알아보지 못하게 막거나 알아보기까지 가능한 오랜 시간이 걸리도록 만드는 게" 어지럽히는 무늬의 목적이었다. 그리고 광학과 심리학이 함께 작용해 목적을 이룰 수 있었다.

어느 가을 아침에 허드슨 강에 떠 있는 군함을 보았다. 지금은 관광객을 위한 유람선으로 활용되는 USS 슬레이터는 제2차 세계대전에 해군 구축함으로 활약했다. 그 구축함의 외부 표면은 암청색, 담청색 그리고 회색의 불규칙한 무늬로 칠해져 있었다. 햇빛, 물의 반사면, 움직임과 물리적인 거리를 고려한 무늬 때문에 도시 강 위에서 까닥거리며 떠 있는 입체파 그림 같은 인상이었다. 시시각각 달라지는 아침 햇살을 받는 강 위에서 거리를 두고 보니 이 색깔과 형태가 어떻게 눈을 어지럽힐 수 있는지 상상할 수 있었다. 입체파 화가 조르주 브라크Georges Braque가 보았다면 분명 좋아했을 것이다. 그날 아침 강

위에 떠 있던 군함은 미술관에 걸린 어떤 그림보다 물질, 형태, 색감과 빛에 대한 아주 매력적인 담론으로 보였다.

콧의 작품은 그가 기대하지 않았을지도 모를 방식으로 오늘날에도 영향을 주고 있다. 2016년 프랑스 오픈 테니스 대회에서 선수들은 크게 소용돌이치는 흰색과 검은색 줄무늬의 아디다스 옷을 입었다. 앞에서 이야기한 물떼새와 전함처럼 상대 선수를 혼란시키고 집중을 방해하기 위한 복장이었다. 같은 해, 영국 예술가 콘래드 쇼크로스Conrad Shawcross는 런던 남동부의 그리니치 반도에 사는 1만 5,000명의 주민들에게 에너지를 공급하는 저탄소 에너지 센터의 높이 50미터 거대한 연통을 가리는 희미한 신기루 같은 옵틱 클로크Optic Cloak를 디자인했다. 그것은 수백 개의 구멍이 뚫린 무광 알루미늄 패널로 만든 덮개로, 레이저로 절단하고 서로 엇갈린 각도로 접은 표면 때문에 쳐다보면 눈이 부시고 어지럽다. 여러 면으로 구성된 탑 같은 덮개는 일출과 일몰 때 특히 빛 속에서 물결치듯 일렁이는 무아레moiré 현상을 나타낸다.

스칸디나비아 예술가 리타 이코넨Riitta Ikonen과 카

롤리네 요르트Karoline Hjorth는 〈아이즈 애즈 빅 애즈 플레이츠Eyes as Big as Plates〉 프로젝트에서 해초로 만든 드레스, 다시마로 만든 망토, 잡초를 엮어서 만든 모자, 이끼 담요, 꽃봉오리로 만든 모자 등 주변 자연을 활용한 옷차림의 노인들 사진으로 노르웨이와 핀란드 신화에 등장하는 인물들을 재현했다. 오래된 주제와 그들이 입은 옷, 그들 얼굴의 주름과 잎, 풀, 꽃의 질감 사이에는 말로 표현하기 힘든 연관성이 있다. 풍경 그 자체에 그 땅과 정신이 모두 담겼다고 말하는 것 같다. 시간과 자연 모두를 주제로 삼은 사진들은 오묘한 노화 생태계, 인간은 모두 자연계로 돌아갈 수밖에 없다는 불가피성을 암시한다.

중국 예술가 류보린刘勃麟의 최근 연작 〈도시에서 숨기Hiding in the City〉에는 배경과 완전히 하나가 된 모습의 작가가 등장한다. 베이징의 어떤 집 앞마당이나 잡지 판매점 혹은 과일 가게 진열대나 벽돌담 앞에 서 있는 그의 피부와 옷은 뒤의 배경과 완전히 똑같이 칠해져 있다. 그는 억압적인 공산 정권에서 개인의 정체성이 상실되는 문제에 대해 정치적 발언을 하고 있는지도 모른다. 한

편 그 사진들은 인간이 배경과 하나가 되었을 때 얼마나 놀랍도록 아름다운지를 보여주기도 한다. 고급 의류회사 몽클레르를 위해 애니 리버비츠Annie Leibovitz가 촬영한 사진에서도 류보린은 낡은 책 더미와 책장 등으로 어수선한 서점에서 위장으로 몸을 숨겨 희미한 윤곽으로만 드러난다. 서점은 허름하지만 오래전부터 전해오는 지식과 교양을 여전히 간직하고 있는 분위기이다. 류보린의 얼굴은 머리 뒤 유리창을 닮은 푸른색이고, 윗도리와 바지는 그를 둘러싸고 있는 책과 비슷하고, 목이 긴 신발은 바닥과 같은 색깔이다. 광고는 이 패딩 의류의 고급스러움을 차분하게 가라앉은 느낌으로 표현하고자 하는 것 같다.

얼마 전 버몬트 숲을 몇몇 친구들과 함께 산책했다. 한 친구의 호주머니에 그 친구 개의 장난감이 들어 있었고 그 플라스틱 장난감은 눌릴 때마다 꽥꽥거리는 소리를 냈다. 그 장난감이 꽥꽥거릴 때마다 숲에 사는 개똥지빠귀가 재빨리 울음소리로 대답했다. 새와 장난감이 몇 분 동안 계속 대화했다. 햄버거 모양의 플라스틱 장난감이 6월 저녁에 새와 수다를 떠는 걸 들으니 기분이 이상했다. 소리 위장 방식은 이상하고, 황당하고, 종잡을 수 없는데도 효과적이다. 우리가 무엇을 믿을지 누가 알까? 현대 소비자로서 우리는 변덕스럽고 제멋대로이고 놀라운 물건들에 적응할 방법들을 제법 잘 찾는다.

찰나의 순간을 포착한 류보린의 사진 속 그의 차림에는 고요함이 느껴진다. 휴 B. 콧은 이것을 적응하는 침묵이자 적응하는 동작이라고 부른다. 그리고 그는 단순한 분장으로는 부족하다고 지적한다. "만약 동물들이 완벽하게 위장하려면 자신이 맡은 역할로 보일 뿐 아니라 연기도 해야 한다." 죽은 잎처럼 보이려고 움직이지 않는 도마뱀, 수초의 가볍고 부드러운 움직임을 흉내 내는 장어나 수평으로 떠다니다 산호초에 들어가면 몸의 방향을 수직으로 바꾸는 물고기처럼 생물들은 주변 환경과 비슷해 보이려고 창의적으로 위장한다. 몇몇 곤충들처럼 꽃을 흉내 내기 위해 무리를 짓기도 한다. 갈색 파나마 나비가 날아가는 모습은 떨어지는 낙엽처럼 보이고, 알락해오라기는 백합 밭에서 남실바람의 파동에 따라—가만히 있다가 흔들리고, 다시 가만히 있는다—움직인다. 오늘날 사냥 복장으로 활용하는 길리 슈트ghillie suits는 주변 환경의 색깔과 질감뿐 아니라 움직임까지 흉내 내기 위해 천조각과 그물코를 나뭇잎, 모래, 흙과 눈처럼 배열해 입체적으로 위장한다. 21세기 군대가 활용하는 디지털 위장술은 규모와 거리에 더 신경을 쓴다. 위장을 픽셀화하여 나뭇잎이나 풀잎 무늬처럼 가까운 거리에서 볼 수 있는 미세한 패턴과 멀리에서 애매하게 보이는 커다란 패턴을 혼합하는 식이다.

공기와 빛의 시시각각 미묘한 변화에 즉각 능동적으로 반응하는 위장도 많다. 피부의 색깔을 바꾸는 해양생물도 있는데 예를 들어 오징어는 빛을 반사하는 단백질인 리플렉틴을 함유한 세포의 크기를 주변 환경에 따라 늘리거나 줄이면서 사실상 자신의 실루엣을 바꿀 수 있다. 제2차 세계대전의 군사 전문가들은 빛을 반사해서 자신을 보호하는 오징어처럼 전투기의 앞면과 가장자리를 비추는 작은 조명들을 활용하는 방안을 검토했다. 빛이 사방으로 흩어지게 해서 땅과 바다에서 전투기가 잘 보이지 않도록 하는 것이다. 더 최근 연구에서는 오징어의 세포에서 빛을 반사하는 단백질을 분리하는 방법을 찾아냈다. 그 단백질을 다른 재료와 혼합해 적외선 탐지를 피할 수 있는 합성섬유를 만들었고 그 재료는 이미 위장 테이프를 만드는 데 활용되고 있다. 테이프를 잘라서 군용 장비에 붙이면 빛의 파장에 반응하는 위장 무늬가 만들어진다.

콧은 또한 "수수께끼 같은 모습이 눈을 속인다면 수수께끼 같은 고요한 침묵이 귀를 속인다. 여기서 고요한 침묵은 그저 움직이지 않아서 소리가 들리지 않는다는 뜻이 아니다. 사냥하는 동물들이 적극적으로 활용하는 중요한 특성으로, 몸의 변화나 환경에 적응하는 행동으로 나타난다"고 말한다. 밤에 풀밭을 헤치고 다니는 고양이는 움직이지 않아서 조용한 게 아니라 움직이면서도 조용하다. 콧은 "그것이 가만히 있기와 소리 죽이기의 차이다"라고 지적한다. 이런 여러 단계의 고요함은 해럴드 핀터Harold Pinter의 난해한 부조리 연극을 떠올리게 한다. 그 연극에서 배우들은 잠시 멈춤과 고요함이 어떻게 다른지, 불확실함에 의한 침묵이 해결되지 않은 의문에 의한 침묵과 어떻게 다른지 그리고 이 두 가지가 불신의 완전한 침묵과 어떻게 다른지 구별한다. 핀터는 "우리가 듣는 것은 곧 우리가 듣지 못하는 것을 암시한다"라고 말하기도 했다.

눈에 띄지 않기는 드러남, 가만히 있기와 움직임에 관한 것이자 빛과 소리와 고요함, 그리고 전기톱 소리를 흉내 내는 새나 소리를 내지 않는 새에 관한 것이다. 우리가 우리 아닌 다른 무언가가 되려고 할 때 코미디가 될 수도 있다. 찰리 채플린Charlie Chaplin의 영화 〈어깨총Shoulder Arms〉에서 나무처럼 위장한 남자가 아무 소리도 내지 않고 적진에 숨어 있다. 그의 팔에서 가지들이 뻗어 나오고, 그의 모자는 나무 꼭대기가 된다. 그는 군인이 다가와 장작으로 쓰려고 자신을 베어버리려고 하자 나뭇가지를 몽둥이처럼 활용해 딱 적당한 순간에 군인을 때린다. 관객은 적군의 이등병이 자신의 눈앞에 뭐가 있는지 알아차리지 못한다는 사실 그리고 나무가 진짜 나무가 아니라는 사실에 똑같이 매료된다. 또한 무엇보다 완전히 공포에 질린 표정을 한 채플린이 딱 맞춰 능숙하게 병사를 때리는 동작에 빠져들 것이다.

그러나 우리 주변 환경과 밀접한 관계를 맺는 것은 그렇게 우스꽝스럽지 않으며 그저 받아들여야 할 수도 있다. 생물학자인 내 친구 엘리자베스 셔먼Elizabeth Sherman은 자신의 일을 이렇게 대한다고 말한다. "사람은 숲, 초원, 사막 그리고 특히 나처럼 물속을 보고 싶을 때면 적극적으로 눈에 띄지 않으려고 하지. 그래야 그 장소에 대해 더 잘 알 수 있어." 셔먼은 그랜드케이맨 섬 앞바다의 물속에서 산호초의 생태를 연구한다. 물속에 뛰어들어 무중력 상태에서 조용히 연구하는데 주위에 떠 있는 갖가지 열대어들과 무척추동물들은 아는 척도 하지 않는다. 친구의 수중 동영상을 지켜보며 잠수부들이 경험하는 보이지 않는 상태를 상상하고는 한다. 물속에 있는 친구의 모습은 한편으로는 리타 이코넨의 사진들을 연상시킨다. 물론 친구가 있는 바닷속은 아름다운 소품으로 꾸민 자연이 아니고 해초 옷을 입지도, 산호 모자를 쓰지도 않았지만 자연을 대하는 태도가 리타 이코넨의 사진과 비슷하다. 물속에 들어간 친구는 그곳에 흡수되는 것 같다. 친구는 자신의 분야에서 존경받는 과학자이고, 가르치는 대학에서 아주 인기 있는 교수이다. 그런데 물속에서 가장 중요한 연구를 하고 있을 때는 연구 대상들에게 거의 보이지 않는 존재가 된다. 쏠배감펭, 열대어, 거북, 성게 들이 모두 그녀의 존재에 관심이 없다. 그녀는 그곳에 있기도 하고, 없기도 하다.

나는 물속이 아닌 땅 위에서도 이렇게 존재감이 없어질 수 있는지 궁금했다. 아마도 작가 피터 매티슨Peter Matthiessen이 티베트 고원에서 전설적인 동물을 찾아다니는 여정을 담은 일기문 형식의 책《눈표범The Snow Leopard》(한국어판 제목《신의 산으로 떠난 여행》)에서 상상했듯 장소에 대한 통찰력이 필요할지도 모른다. 검은 장미 무늬가 얼룩덜룩 섞인 부드러운 회색의 눈표범은 신비하고, 조심스럽고, 냉담하고, 보이지 않으며, 숨을 장소를 너무 잘 찾아내 몇 미터 앞에 있는 인간의 시선도 피할 수 있다. 그 동물과 같은 고요함의 경지에 이르는 사람들도 있다. 매티슨은 눈표범의 보이지 않는 상태가 "존재와 존재의 떨림이 너무 완벽하게 고요해서 신체적인 측면이 다른 사람들의 마음이나 기억에 아무런 인상을 주지 않는다"고 하는 요가 수행자들의 무아지경 상태와 비슷하다고 생각한다. 사람들이 **아무런 인상을 남기지 않기**를 열망할 수도 있다는 그의 주장은 타당하다. 우리 주위의 세계와 이렇게 하나가 되면 지속적으로 일체감을 느끼며 현대 생활의 단절감 속에서도 소속감을 다시 확인할 수 있다. 오늘날 너무 만연한 자기 홍보의 매력적인 대안이 되면서 자아와 이미지에 대한 집착에서 벗어날 수 있다.

방문객들이 숨어서 동물들을 관찰할 수 있는 자연보호 지역의 작은 공간에 대한 에세이에서 작가 헬렌 맥도널드Helen Macdonald는 이렇게 썼다. "야생동물들이 자연스럽게 행동하는 모습을 지켜보려고 투명인간이 될 필요는 없다. 미어캣과 침팬지를 연구하는 과학자들이 보여주었듯, 시간이 지나면 그들이 우리 존재에 익숙해질 수 있다. 그러나 '숨기'는 고치기 힘든 습관이다. 우리 모습을 숨기고 지켜보는 행위에는 수상쩍은 만족감이 있다. 그리고 그것은 우리 문화에 깊이 뿌리내리고 있다."
그녀는 영국의 작은 마을에서 산책하다가 공원의 얕은 개울에서 헤엄치는 수달 떼를 갑자기 발견하고 놀랐다고 설명한다. 잘 잡히지 않는 동물들은 보통 눈에 띄지 않는 걸 좋아하는데, 수달 떼는 지켜보는 사람들을 의식하지 않으면서 전혀 방해받지 않고 평화롭고 자유롭게 물에서 놀았다. 수달을 자주 보아온 마을 사람들은 그런 장면을 스스럼없이 즐겼지만 위장복을 입고 장거리용 렌즈 카메라를 갖춘 야생동물 사진작가들은 어쩐지 바보 같아 보이고 그곳에 어울리지 않았다.[4]

자연스럽게 되지 않을 수도 있지만 주변과 하나가 되는 창의적인 방법을 찾아낼 수도 있다. 일본 건축가 세지마 가즈요妹島和世가 상상한 '보이지 않는 기차'는 아직 구상 단계일 뿐이지만, 거울처럼 비치는 표면으로 덮여 있어 달리는 동안 아침 하늘, 한낮의 태양, 황혼의 구름, 멀리 있는 언덕들의 희미한 윤곽, 푸른 들판의 풍경이 담긴다. 어느 곳을 지나가든 주변 풍경이 그대로 비친다. 아무도 그게 풍경 속을 달리는 금속 물체 이상이라고 생각하지 않지만, 분명히 그 기차는 주변 환경과 하나가 될 수 있다. 시인 캐서린 라슨Katherine Larson은 "사물이 숨겨지는 방식에 대해서. / 더 큰 진리 앞에서 / 작은 진리들은 어떻게 사라지는지"[5]라고 썼다. 아마도 보이지 않는 기차의 좌석에 앉으면 우리는 더 큰 진리 앞에서 사라질 수 있을 것이다.

생화학에 끊임없이 관심을 가져온 영국 디자이너 로런 보커Lauren Bowker는 주변 환경에 따라 반응하는 잉크를 개발했다. 처음에 개발한 것은 특정 독소와 접촉하면 노란색에서 검은색까지 점점 색깔이 짙어지는 오염 물질 흡수 잉크였다. 그녀는 계속해서 열, 빛, 습기, 기압 등 환경의 갖가지 요소에 반응하는 변색 잉크를 개발하고 그 잉크를 이용해 착용자의 뇌 상태와 정서 상태를 나타낼 수 있는 장치도 만들었다. 파란색은 슬픔을, 하얀색은 평온함을 나타내는 신호가 되는 식이다. 그녀의 회사 더언신THE UNSEEN은 무지갯빛이 일렁이는 숄과 깃털 모양으로 뒤덮인 머리쓰개를 만드는데 이 제품들은 디자이너 세계에서 이국적이고 호사스러우며 색다른 물건, 마음의 움직임에 따라 색이 변하는 최첨단 제품으로 해석된다. 물론 이것은 패션이지 은폐를 위한 물건은 아니다. 그런데 이런 물건들은 우리 주변의 상태를 알아차리고 반응하는 것이 아름다움이라고 정의할 수도 있다는 사실을 보여준다. 평범하면서 동시에 사치스럽기도 한 그녀의 잉크를 달리 사용하는 방법도 상상할 수 있다. 평범한 옷의 색깔이 독소에 반응해서 변하거나 아니면 심한 온도 변화를 알려주거나 환경 변화에 대한 경고 장치로 기능을 한다면 어떨까? 아니면 그저 우리 모습이 눈앞의 풍경에 흡수될 수 있도록 색깔이 바뀐다면 어떨까? 그런 옷차림이 우리와 주변 세상의 불안정한 관계를 재조정하는 데 도움을 줄 수 있을까?

색이 변하는 잉크와 보이지 않게 하는 스티커는 확실히 매력적이지만 보이지 않는 상태가 그런 속임수 재료만의 문제 같지는 않다. 쉽게 설명하기가 어렵다. 조약돌 같은 내 다육식물은 말이 없고, 콧이 관찰한 생물들은 우리가 이해할 수 없는 언어로 말한다. 다만 시인이자 수필가인 웬들 베리Wendell Berry가 켄터키 숲에서 며칠 동안 야영한 후 쓴 글에서 어느 정도 힌트를 얻을 수 있을지 모른다. 그는 자신의 에세이 〈숲의 입구An Entrance to the Woods〉에서 이렇게 썼다. "나의 자아는 더 이상 줄어들 수 없을 만큼 작아졌다. 방금 체지방 22킬로그램을 뺀 남자처럼 몸이 가벼워진 느낌이다. 넓은 암벽 지대를 벗어나 다시 나무들 밑으로 들어갈 때 내가 풍경의 일부가 되어 움직인다는 걸 안다."[6]

베리는 보이지 않는 테이프를 붙인 캠핑 장비나 색이 변하는 잉크로 염색한 옷옷 때문에 풍경의 일부처럼 움직인 게 아니다. 그저 야생에 들어갔을 때 자연스럽게 침묵과 고요를 지키고, 뭔가 발걸음을 가볍게 내딛게 되고, 뭔가 원시적인 감각으로 조심하게 되고, 뭔가 날렵해지면서 눈에 띄지 않게 되었던 것이다. 베리도 이야기하듯 그것은 "이곳의 실재에 빠져들어 둥지 안의 다람쥐처럼 보이지 않는 상태가 되는" 문제다.

이전 시대의 한 작가는 다른 접근 방법을 알려준다. 영국의 낭만주의 시인 존 키츠John Keats는 1818년에 친구 리처드 우드하우스Richard Woodhouse에게 보낸 유명한 편지에서 시인은 카멜레온 같다는 생각을 곰곰 되짚는다. 시인은 자신만의 특징을 내세우지 않는 존재로, 그 대신 "그게 반칙이든 공정하든, 높든 낮든, 부자이든 가난하든, 보잘것없든 고상하든 열정 속에서 살면서 빛과 그림자를 모두 즐긴다. 정숙한 이머젠Imogen만큼 음험한 이아고Iago를 상상하면서도 즐겁다(이머젠과 이아고는 셰익스피어의 희곡 〈심벨린〉과 〈오셀로〉의 등장인물이다—옮긴이). 도덕적인 철학자는 충격을 받는 일에 카멜레온 시인은 즐거워한다." 자신의 정체성을 고집하지 않아서 시인은 "해, 달, 바다, 남자와 여자"의 가면을 쓸 수 있다. 키츠는 창의적인 상상력을 통해 다른 종류의 존재가 될 수 있다고 편지에 적었다. 그는 뚜렷한 자아가 없는 시인은 실재에 더 잘 적응할 수 있고, 경험에 더 민감하고, 나이팅게일이든 영국 정원이든 여성이든 상대의 정체성을 더 잘 상상할 수 있다고 주장했다.

존 키츠가 휴 B. 콧과 대화를 나눌 수 없었던 게 안타깝다. 존 키츠의 편지 그리고 동물들의 보호색과 행동에 대한 콧의 연구는 예술과 과학이 교차하는 지점을 보여준다. 두 사람 모두 자아의 바깥 세계를 온전히 인식하는 데 필요한 정확하고 깊은 예술성을 잘 알고 있다.

사하라 사막에는 가혹한 주변 환경에 가장 잘 적응하게 하는 털을 가진 은색 개미가 있다. 그들의 몸 중간 부위는 열을 반사하는 털로 덮여 있는데 마치 작고 빛나는 갑옷 같아 보인다. 이 털 덕분에 은색 개미들은 섭씨 65도가 넘는 기온에서도 살아남을 수 있다. 이렇게 극단적인 환경에서 적응하는 사례들은 점점 우리에게 중요한 문제가 된다. 지구 온난화가 심해지고, 인구가 90억 명에 이르면서 우리가 지구라는 환경의 주민으로 계속 살 수 있을지에 대한 질문을 계속 던지게 되기 때문이다. 자기 영역을 지키려는 우리의 뿌리 깊은 가치관이 시대에 맞지 않아 보일지도 모른다.

조약돌처럼 보였던 나의 작은 식물. 환경에 철저히 적응하려는 의지가 정체성 자체에 내재되어 있던 그 식물이 왜 그토록 인상적이었을까. 아마도 주변 환경과 어우러지고 싶은 욕망과 변화하고 싶다는 욕망, 아주 기본적이면서 또 대조적인 두 가지 욕망을 모두 보여주었기 때문이었던 것 같다. 내가 대벌레와 비버에 매료된 이유도 이들이 두 가지 욕망을 쉽게 충족해내고 있다고 보였기 때문일 것이다. 그들에게는 자신이 살고 있는 세상을 파악할 수 있는 상상력이 있다고 생각하고 싶다. 이 생물들은 자신이 어디에 속해 있는지 확실하게 이해하고, 주변과 공존하면서 어울리는 능력을 가지고 있다. 그들은 조용히 순응하는 법을 보여준다. 그리고 우리 인간성의 척도는 세상에 우리를 얼마나 드러내느냐가 아니라 우아하고 조화롭게 우리 자리를 찾는 것에서 비롯될지 모른다.

물속에서 보이지 않기를 선택하다

04

그들이 수면 위로 올라왔다. 푸른 물밑에 무엇이 있는지 아무것도 보이지 않았다. 그녀는 햇빛을 보고 자신들이 물속에 한 시간도 있지 않았다는 걸 깨달았다. 물속에서 체중이 느껴지지 않으면 기준점으로서 자신을 잃고, 이윽고 자신의 자리도 잃는다.

루시아 벌린

Lucia Berlin
미국의 소설가

노란 물고기가 내 왼쪽에서 맴돌고 있다. 산호초에 사는 무지갯빛 자주색 물고기 떼가 시야에 들어온다. 감청색 열대어가 미끄러지듯 헤엄쳐 사라진다. 바다 바닥을 휩쓸고 지나가는 거대한 노랑가오리는 가까이에 있는 나를 알아보지 못한다. 옷자락 같은 노랑가오리의 얇은 가슴지느러미가 잔물결을 이루는 모래바닥 위에서 펴졌다 접혔다 한다. 이 모든 바다 생물들은 나를 의식하지 않는다. 웬들 베리는 켄터키 숲속에서 지낼 때 사흘 만에 풍경의 일부가 되었지만, 나는 카리브 해의 12미터 아래 바닷속에서 3분 정도 만에 풍경의 일부가 되었다. 보통 물속에 있으면 땅 위에서보다 시간이 더 천천히 흐르는 것 같은데 이상한 일이다.

엘리자베스 셔먼의 잠수 동영상—물속에서 인간 존재가 변화하는 방식을 매혹적이면서 반짝이는 영상으로 기록한—이 나를 이곳으로 이끌었다. 그녀는 파랑비늘돔 떼 사이에서 떠다니거나 쏠배감펭 사진을 찍고 있었다. 그녀는 분명히 그곳에 존재했다. 그런데 또한 뭔가 본질적인 방식으로 그녀의 존재가 희미해지고 있었다. 잘 보이지 않는다는 뜻이 아니다. 그곳 생물들이 의식하지 않게 하려면 그런 변화가 꼭 필요한 것 같다. 물속으로 들어간 지 몇 분 만에 나는 우리가 물속에서 어떻게 다르게 행동하는지 이해하기 시작한다. 우리 존재는 변한다. 우리는 그곳에 있기도 하고 없기도 하다. 그저 중력의 변화 때문만은 아니다. 물이라는 환경이 우리에게 친숙하기 때문이다. 우리 존재의 60퍼센트가 물로 구성되어 있으니 바닷속 환경에 흡수되거나 최소한 흡수된다고 느끼기가 쉽다는 게 이해가 된다. 우리 주위에 흐르고 있는 해류가 우리 혈관의 피와 조화를 이루며 흐를 수 있다고 생각하면서 잠수한 물속의 입자들을 인식한다. 분자 구조가 비슷하지는 않지만 친밀하게 느껴진다. 우리는 물속에서 주변 환경과 새로운 관계를 맺는다.

주변이 나에게 무관심하다고 느낀다. 12미터 아래 바닷속에서 줄무늬 파랑비늘돔은 나를 의식하지 않는다. 노랑자리돔이나 휑하니 지나가는 은줄멸들도 무관심하다. 무지갯빛 자주색의 작은 망둥이들은 아주 무심하게 파닥이며 지나간다. 노랑촉수 한 마리는 거대한 분홍색 말미잘 주변에서 하릴없이 머뭇거린다. 삶이 느긋해지고, 시간이 정지하고, 평범한 삶의 리듬에서 벗어나는 느낌이 뭔지 우리 모두 안다. 물속에서는 그게 현실이 된다. 청록색의 같은 공간에 있는데도 완전히 동떨어진 느낌이다. 우리 안에 남아 있는 양서류 같은 속성 때문에 주위를 둘러싼 물에 대해 깊은 친밀감을 느끼지만, 동시에 헤아릴 수 없는 거리감도 느낀다. 물속에서 나는 보이는 세상에서 탈출한 난민이 된다.

물속에서는 바깥세상을 다시 생각하게 된다. 우리와 세상의 관계는 제한되기도 확장되기도 한다. 물은 우리가 사물을 보는 방식을 바꾼다. 사물을 확대하면서 동시에 왜곡하고, 색깔도 바꾼다. 물속에서 우리는 냄새를 맡을 수 없다. 물속에서 우리는 말을 할 수 없다. 그래서 뭔가 본질적인 방식으로 고요해진다. 인간의 목소리가 사라지는 대신 숨소리만 들리고, 반복적으로 들리는 그 부드러운 소리에 더 마음이 차분해진다. 다른 소리들은 더 줄어든다. 우리 귀는 공기 중에서 기능을 발휘하도록 설계되었기에 물속에서는 소리가 나는 방향을 인식하거나 소리의 진동을 해석하기 어렵다. 들을 수는 있지만, 확실하게 들을 수는 없다.

촉각은 더 예민해진다. 수온은 섭씨 25도 전후, 피부의 촉각 수용기 덕분에 부드럽고 차가운 느낌과 움직임, 질감, 떨림과 압력을 느낄 수 있다. 촉각은 언어적, 감정적 접촉보다 열 배 더 강하다고 한다.[1] 움직일 때마다 여러 방향에서 천천히 조금씩 더 촉감이 느껴졌다. 첫 다이빙 체험에서 내게 수신호로 "기압계를 점검하세요" "올라가세요" 같은 단순한 정보를 전달하는 젊은 여성 강사의 몸짓은 발리 섬 무용수처럼 유연하고 우아했다. 나의 육체적 존재감은 바뀌어서 내 몸이 본질적인 방식으로 보이지 않게 된 것처럼 최대한 물의 흐름에 몸을 맡긴다. 물속 세상에서 '보이지 않기'란 눈에 띄지 않는 문제라기보다 자아가 희석되고 적응하고 동화되는 느낌이다. 이상하게 들리겠지만, 물속에 있으면 연대감까지 느끼게 된다.

육체적 존재감은 또한 포유류 잠수 반사Mammalian Diving Reflex(MDR)에 의해 바뀐다. 물속으로 들어가면 인간의 심박동 수는 10퍼센트에서 20퍼센트 정도 느려진다. 혈액 순환도 느려진다. 심장 박동과 혈액 순환이 재조정되면서 우리 신경계도 재조정되고, 육체적인 휴지기를 가지는 느낌은 정신적으로도 영향을 준다. 그게 사람들이 깊은 바닷속에 있을 때 고요하고, 평화롭고, 마치 명상을 하는 느낌이라고 말하는 이유다. 마음이 어지럽거나 큰 충격을 받은 사람에게 차가운 물이 담긴 세숫대야에 얼굴을 푹 담그라고 조언하는 이유이기도 하다. 공기탱크 없이 숨을 참고 한 번에 몇 분씩 잠수하는 프리다이버들이 고요한 느낌에 대해 이야기하는 이유다. 그들의 경우 호흡하면서 생기는 리듬이 없기 때문에 시간 감각이 더욱더 희미해진다. 프리 다이버 타냐 스트리터 Tanya Streeter는 바다 깊이 잠수하는 게 자신을 찾는 길이면서 그만큼 자신을 완전히 잊어버릴 수 있는 방법이기도 하다고 말했다.

혈압을 낮추고 불안을 줄여 스트레스를 예방하는 베타 차단제인 프로프라놀롤에도 비슷한 효과가 있다. 그 약을 먹으면 내 심장이 더 이상 두근거리지 않고, 손이

떨리지 않고, 속이 뒤틀리지 않고, 입이 마르지 않는다는 사실을 알게 되었다. 나는 존재하지만, 조금 덜 물질적인 몸이 되니 그곳에 완전히 존재하지는 않는다. 카리브 해 물속에서 육체의 무게와 의미가 줄어들면 마음의 평정에 어떤 영향을 주는지를 아주 생생하게 느낄 수 있었다. 마스크를 쓰고, 공기탱크와 부력 조절기와 웨이트 시스템을 갖추고, 물속으로 들어가서 숨쉬기 시작하자. 그리고 우리 자신을 희미한 존재로 여기기가 얼마나 쉬운지 확인하자.

심해 해류의 멋진 주민들 사이에 낀 관광객인 나는 어색한 몸짓으로 계속 실수하고 있다는 걸 안다. 나는 마스크를 기울여 바닷물을 빼내는 방법을 정확히 기억하지 못하고, 물속에서 꼭 필요한 정보를 전달하기 위해 활용하는 간단한 수신호들을 빨리 보내지 못한다. 나는 수영할 때 팔을 사용하지만 잠수에서는 전혀 쓸 일이 없고, 수영할 때의 발차기도 별로 도움이 되지 않는다. 나는 부력에 문제가 있어 벨트에 무게추를 더 달고 또 추가해야 했고 공기 소모가 빨라졌다. 이퀄라이징Equalizing은 깊은 바다로 내려갈 때 고막 바깥쪽의 압력과 맞추려고 콧구멍을 막거나 침을 삼키면서 기계적으로 하는 행동을 지칭하는 용어다. 숙련된 다이버들에게 이걸 관리하는 건 제2의 천성이다. 나는 경험의 한 영역에서 새로운 영역으로 넘어갈 때 마음의 평정을 유지하기 위해 필요한 노력에도 그 용어를 적용할 수 있다고 생각한다. 하지만 나는 이퀄라이징을 제대로 하지 못하고 있다.

산호 궁전들의 어떤 생물도 그런 나를 알아차리거나 관심을 가지지 않았다. 작가 로버트 맥팔레인Robert Macfarlane은 물에 들어가는 것에 대해 "국경을 넘는 일이다. 호수의 가장자리, 해변, 강가를 지나고 그렇게 다른 왕국에 도착한다. 그곳에서는 몸이 달라진다. 그래서 마음도 달라진다"[2]라고 말했다. 몸이 달라져서, 거의 육체에서 분리되어, 말하자면 정말 자신을 더 가볍게 여기게 되면서 다른 것들도 가벼워지는 걸 알게 된다. 기대, 희망, 욕구, 두려움, 걱정……. 몸이 가벼워지면서 이 모든 게 줄어드는 것 같다.

셔먼은 이 모든 걸 이미 알고 있다. 그녀는 20년 넘게 그랜드케이맨 섬 앞바다의 산호초 생태계를 연구해왔기 때문에 산호초들이 모여 있는 곳은 물론 그곳에서 사는 각종 생물들을 잘 안다. 특정 수온에서 해양 생물들의 행동, 특정 아침에 새끼 파랑비늘돔의 수, 산호초의 특정 부분에 살아 있는 산호의 비율, 성게 개체수의 감소율까지도 정확하게 안다. 그녀는 "바다의 소리를 들으면 마치 지구가 호흡하는 소리를 듣는 것 같다"며 헤아릴 수 없고, 형언할 수도 없는 바닷속에서의 느낌을 이야기하곤 한다.

물속에서의 나른한 느낌은 여러 생각과 인상으로 이어진다. 나는 서두르지 않고 천천히 오가며 관찰한다. 말미잘의 촉수들이 물살에 따라 흔들린다. 엄청나게 긴 촉수를 가진 연보라색 부채꼴 산호의 흔들림은 거의 알아차리기 힘들 정도로 희미하다. 청록색 파랑비늘돔이 내 옆을 지나간다. 눈부신 노란색 꼬리를 가진 보라색의 작고 예쁜 물고기들이 내 밑에서 떼 지어 지나간다. 물속 세상에서는 방향을 살피고, 가늠하고, 길을 알아내는 방법이 바뀐다. 이곳에서 저곳으로 일직선으로 수영해 갈

수 있지만, 왜 그렇게 하겠는가? 이탈리아 소설가 이탈로 칼비노Italo Calvino의 《보이지 않는 도시들Le città Invisibili》에는 상상의 도시들이 여럿 등장하는데 그중 에스메랄다는 물의 도시다. 그곳에서는 운하와 거리가 끊임없이 서로 중첩되고 교차한다. "길들이 똑같은 높이로 연결되어 있지 않고 오르내리는 계단, 계단참, 가운데가 반원형으로 솟은 다리, 공중에 떠 있는 길로 이어진다. 사람이 지나갈 때마다 새로운 길이 열린다." 또한 "에스메랄다 지도에는 육로든 수로든, 눈에 띄든 감춰졌든 모든 길이 각각 다른 색깔로 그려져야 한다"[3]라고 칼비노는 제안한다. 나는 이 물의 왕국 회랑을 일렁이며 통과하는 열대어들의 왕래를 지켜보면서 에스메랄다의 무궁무진하고 다양한 길과 통로를 상상한다.

몇 년 전 친구가 내게 보여준 유튜브 동영상에서 인간이 이런 해양 생물들과 같은 방식으로 떠도는 장면을 자세히 보았다. 밝은 색의 전신 수영복을 입은 일본 10대들이 물 위를 떠돌며 맴돌고 서로 부딪친다. 반짝거리는 노란 소녀가 빛나는 푸른 소년을 감싸고 있다. 강렬한 녹색 수영복을 입은 또 다른 소년은 그들 옆에서 천천히 움직인다. 일본에서는 신축성이 있는 재료로 만든 전신 타이츠로 얼굴까지 가리고 모이는 일명 '젠타이 파티'가 열리기도 하는데, 익명성이 감각을 고조시키기 때문에 선호하는 사람들이 있다. 하지만 이 '얼굴 없는 노출'이 항상 성적인 쾌감이나 페티시를 위한 것만은 아니며, 오히려 익명성에 의지해 아무 제약 없이 행동하고 싶기 때문일 때도 있다. 내가 보았던 영상 속 나른하고 자유로워 보이는 10대들도 마치 그런 파티를 즐기는 듯 느껴졌다. 하지만 바닷속 세계에서 익명성이나 노출증, 절제는 낯설고 추상적인 용어들이다. 물속 풍경에 적응하고 흡수되기는 어렵지 않다. 온갖 현란한 색깔의 이 해양 생물들은 화려함과 절제를 신중하게 적절히 섞는 데 전문가들이기 때문이다.

1920년대 뉴욕수족관 관장이었던 찰스 해스킨스 타운센드Charles Haskins Townsend는 열대어들이 색깔과 무늬를 바꾸는 방식을 기록했다. 뉴욕동물학회를 위해 쓴 1910년 에세이 〈바다의 카멜레온들Chameleons of the

Sea〉에서 그는 몇몇 열대어의 피부 밑 색소 세포들이 먹이를 잡고, 구애하고, 위험 신호를 보내는 여러 행동들에 반응하는 것을 자세히 썼다. 환경이 다채로울수록 물고기의 색깔도 알록달록 다양하다. 그는 물고기들이 바위, 모래나 물 같은 환경뿐 아니라 기분과 흥분 상태에 따라 색깔이 바뀌는 현상을 관찰했다. 물고기가 사는 곳의 색깔과 무늬, 물고기가 느끼는 불안, 두려움, 놀라움, 고통이 모두 영향을 주어서 색깔이 시시각각 바뀔 수 있다.

회청색 전갱이 떼의 은빛은 금방 희미해지면서 물빛에 가까워진다. 그러나 전략적으로 더 눈부신 색깔이 되는 물고기들도 있다. 노란색의 길쭉한 주벅대치는 주변 산호의 촉수처럼 보이려고 수직으로 이동한다. 또 먹잇감을 따라다니는 더 큰 물고기와 보조를 맞출 수도 있다. 산호게의 장밋빛은 게가 지내는 고착 조류에 군데군데 박힌 분홍색 부분을 닮았다. 도다리 표피의 섬세한 갈색 장미 무늬는 해저에 깔린 자갈들과 거의 구분하기 어려울 정도다. 곰치의 얼룩덜룩한 무늬는 그것이 사는 산호에 아로새겨진 균열의 색깔, 질감과 비슷하다. 쏨뱅이의 여러 색깔로 얼룩덜룩한 표피는 그것이 살고 있는 해조류와 잘 구분되지 않는다. 점박이 나비고기의 점들은 그 물고기의 눈이 정확히 어디에 있는지 포식자들이 금방 알아차리지 못하도록 혼란을 준다. 파랑비늘돔은 야행성 포식자한테 들키지 않으려고 밤에 점액을 분비하여 자신의 냄새를 감춘다. 요란하게 자신을 과시하는 물고기들일수록 자신을 감추는 데도 능하다. 아마도 생물의 종류만큼 다양한 은폐 전략이 있을 것이다.

해안이나 바위, 산호초에서 멀리 떨어진 깊은 바다에는 은폐 전략이 더 발달한다. 몸을 숨길 장소가 없으니 생물들은 색깔을 바꾸는 대신 빛의 특징을 이용하는 전략을 개발했다. 납작한 물고기는 최소한의 빛만 통과시키거나 은빛의 작은 수직 비늘들이 거울처럼 작용하면서 빛을 바깥쪽으로 반사하는 현상을 이용할 수도 있다. 아니면 빛을 생산하는 기관인 발광기로 스스로 빛을 내면서 그들 위에서 떠다니는 포식자 물고기들의 방향 감각을 혼란시킬 수도 있다.[4] 해양 환경은 빛의 파장이 직선으로 움직이는 편광 지역인데 물속에서 편광을 흩어지게 하는 물고기도 있다. 전갱이는 빛을 찾아내 유리하게 이용할 수 있는 물고기로 피부 안의 미세한 혈소판 덕분에 편광을 반사해 포식자들을 혼란시킬 수 있다. 잠수함 위장을 연구하는 군사 전문가들이 오늘날 관심을 가지는 시각적 조작이기도 하다.[5]

이곳의 해양 생물들은 현란해 보이지만, 사실 평범한 일들을 하고 있다. 물론 그렇다고 중요하지 않은 일은 아니다. 먹이 활동, 에너지 소모 그리고 일상생활과 관련된 온갖 활동들은 나름대로 목적과 기능, 이유가 있는 일들이다. 내 왼쪽에 떠다니는 남양쥐돔은 먹이로 삼을 조류를 찾고 있다. 점박이 나비고기도 먹이인 작은 무척추동물을 찾아다니고 있다. 불산호의 촉수에 스치면 쏘일 수 있다. 암초 바닥에 있는 파이어웜 털을 건드려도 고통스러운 독침을 맞을 수 있다. 보이지 않는 삶에도 일상적인 측면이 있기 마련이니 물의 왕국에서 자신을 보이지 않게 하는 전략은 평범한 일상이면서 생존에 꼭 필요한 일이기도 하다.

어느 날 아침에 잠수를 끝낸 셔먼은 180센티미터가

넘는 수염상어를 보았다고 말했다. 그녀는 사진을 잘 찍으려고 상어 가까이로 헤엄쳐갔다. "물론 거대한 백상아리나 뱀상어나 황소상어였다면 겁이 났을 거야." 그녀는 물속에서의 자신의 태도에 대해 "나는 존재하지만, 나를 의식하지는 않아. 모든 걸 알고 있지만 그것의 일부가 되지"라고 말하기도 한다. 며칠 후 함께 수영하던 우리는 사슴뿔산호가 자라는 암초를 우연히 발견했다. 성장이 빠른 산호지만, 이 지역에서는 최근 몇 년간 계속 줄어들고 있던 종이다. 기대하지도 않았는데 그 산호들이 잘 자라고 있는 걸 보고 친구는 흥분했다. 물속인데도 친구가 지르는 기쁨의 탄성을 알아차릴 수 있었다. 노란색과 은색 줄무늬가 있는 작은 물고기 프렌치그런트 떼가 녹황색 해초와 그 옆에서 자라는 노란 연필 같은 산호 무리를 오락가락하며 헤엄쳤다. 희미하게 빛나며 가물대는 물고기 떼의 존재 덕분에 역동적이고 활기찬 느낌이었다. 서로 다른 종끼리 에너지를 주고받기라도 하는 장면 같아 짜릿했다.

얼마 후 우리는 거대한 꼬치고기 몇 마리 옆에서 수

영하고 있었다. 제일 큰 것의 길이는 거의 150센티미터에 이르는 꼬치고기들은 무심한 태도로 부드럽게 떠다녔다. 해가 질 무렵 먹잇감을 찾고 있던 그들과 반대 방향으로 우리는 천천히 헤엄쳤다. 우스꽝스러울 정도로 커다란 머리를 가진 점박이 가시복이 바로 우리 발아래에 떠 있었다. 얼마 지나지 않아 나는 모래 바닥에서 종종걸음을 치며 해초와 조류를 뜯어먹는 거대한 매부리바다거북을 보았다. 90센티가 넘는 거대한 거북은 점박이 다리로 코끼리처럼 균형을 잡으며 앞으로 나갔다. "잠수할 때 나는 **나를** 조금 잃는다"라고 셔먼은 말했다. 무중력 상태에서 그런 즐거움을 느낀다는 게 이해가 된다. 무중력의 짜릿함, 색다른 감각 때문이 아니라 아마도 영적인 자아를 가지는 느낌, 일상생활의 물질성을 잃는 게 좋은 일이 될 수도 있다는 느낌은 누가 알려주지 않아도 알 수 있는 즐거움일 것이다.

물속 세상은 살바도르 달리Salvador Dalí가 상상한 어떤 풍경보다 초현실적으로 느껴진다. 그가 1929년에 그린 〈보이지 않는 남자L'homme Invisible〉는 작가가 '편집증적 비판 방법 단계'라고 부르는 시기에 그린 작품으로, 한 남자의 금발을 구름, 다리를 폭포 그리고 몸통을 건축 유적으로 표현하여 주위 환경에 사로잡히는 공포를 보여주었다. 예술가의 정체성은 주위 환경에 포위되고, 용해되고, 집어삼켜진 것으로 보인다. 달리가 열대 바다에 와서 잠수를 한 적이 없다는 게 정말 유감이다. 아니면 포유류 잠수 반사에 대해서라도 알았다면 어땠을까? 산호 촉수에 휘감긴 삼천발이를 보았다면 어떻게 그렸을까? 별 모양 해면은? 주황색 코끼리 귀처럼 보이는 건? 공, 통, 관, 꽃병, 밧줄처럼 보이는 다른 생물들은? 은색 깃털 먼지떨이처럼 보이는 벌레들은? 아니면 연필, 나뭇잎, 상추, 혹, 코르크 따개, 사슴뿔, 손가락, 촛대, 철사, 끈, 접시, 손잡이, 선인장, 컵, 뇌, 단추, 깃털 모양으로 생긴 산호는? 그래도 편집증을 고집했을까? 그가 만약 수면에서 40미터 아래로 내려와 이렇게 멋진 광경을 관찰했다면 '비가시성공포invisiphobia'가 '비가시성애호invisiphilia'로 바뀌었을지도 모른다.

육지로 올라온 후 셔먼은 이렇게 말했다. "나는 하찮

은 존재야. 그렇지만 동시에 뭔가 대단한 존재의 일부이기도 해." 육지에서 바다로, 인간에서 동물과 식물로, 수면 위에서 아래로 이어지는 경험으로 뚜렷하고 별개의 존재였던 자아가 점차 사라지며 주변에 녹아드는 걸 인식한 것이다. 바다에서는 느끼는 이런 인식에는 생리학적 근거가 있다는 게 밝혀진 바 있다. 연구자들은 최근 몇 년 동안 우리가 물의 왕국에서 어떻게 이런 느낌을 갖게 되는지에 대해 연구해왔다. 다른 운동과 마찬가지로 수영과 잠수는 아드레날린과 엔도르핀을 만들어내는데, 둘 다 기분을 좋아지게 하는 신경전달물질이다. 그리고 수중에 들어가면 피의 흐름과 스트레스에 대한 우리의 무의식적인 반응을 좌우하는 호르몬인 카테콜아민의 균형에 영향을 미친다.[6] 말하자면, 그저 물속에 있기만 해도 평온한 느낌이 생기는 것이다.

글래스고대학의 엘리자베스 스트라우건Elizabeth Straughan은 촉각학haptics, 즉 인간이 촉각 자료를 처리하는 방식을 연구한다. 그녀의 연구는 신체가 자신의 상태를 인식하고 주변 환경에서 자신의 위치에 대한 정보를 흡수하는 방법인 접촉, 방향, 균형, 움직임에 대한 것이다. 특히 피부가 외부 환경을 인식하는 데 어떤 역할을 하느냐가 주요 관심사이다. 이 연구들에 따르면, 촉각을 통해 파악한 외부 세계의 재료, 질감, 공간과 다양한 물리적 특성이 인간의 인식과 경험, 생각과 감정에 관여하고 영향을 끼친다.[7]

스트라우건은 우리가 수중에 있을 때 고요하면서도 적극적인 방식으로 방향을 유지한다고 말한다. 신체의 어느 부분이 어떻게 움직이는지, 즉 사물의 물리적 위치를 감각하는 능력인 운동감각도 작용한다. 물은 공기보다 밀도가 높기 때문에 물속으로 내려갈수록 압력이 커진다. 수면 12미터 아래로 내려간 다이버들은 수압에 의해 신체적인 압착을 경험하게 되는데 "그 환경의 물질적인 질감—물속에 들어갔을 때 피부와 내장에서 느끼는—때문에 지상에서의 평상시 감각에서 벗어난 강렬한 감각을 느낀다"고 스트라우건은 말한다.

다이버들은 호흡을 이용해 부력을 조절한다. 숨을 들이마셔 폐에 공기를 채우면 약간 위로 올라갈 수 있고,

숨을 내쉬어서 폐에서 공기를 내보내면 더 깊이 내려간다. 숨 쉬는 방법에 따라 직접적으로 몸의 위치가 달라지는 것이다. 육지에서는 보통 명상을 할 때에나 그렇게 집중해서 천천히 지속적으로 심호흡을 하겠지만 물 밑에서는 호흡, 움직임 그리고 몸의 위치가 더 밀접한 관계를 맺는 것을 볼 수 있다. 잠수했을 때 속귀의 일부인 전정계가 좌우하는 공간적 방위에 대한 감각이 부력과 함께 물리적 공간에서 우리의 움직임을 조절하는데 잠수할 때 몸을 수평으로 눕히면 날아다니는 기분이 든다는 사람이 많다. 스트라우건은 깊은 물속의 고요함, 물속에서의 운동감각과 함께 물의 감촉이 우리의 심리 상태를 바꾸어 놓는다고 말한다. 이런 모든 감각이 "색다른 감정을 불러일으킬 수 있다." 바로 그것이 많은 사람에게 물속 세상이 치유의 풍경이자 치유에 도움이 되는 장소가 되는 이유라는 것이다.

이것은 사라지는 문제라기보다 무게, 물질과 공간이 근본적으로 재배열되는 문제이다. 헤아릴 수 없이 깊고 푸른 심연을 보고 있으면 이 무한함에서 자유를 떠올릴 수 있다. 우리는 물속에서 주변과 하나가 되며 자유로워지고, 동시에 더 넓은 세상에 안기는 경험을 한다. 물속에서는 우리의 공간감뿐 아니라 인간을 바라보는 관점도 바뀐다. 조망효과overview effect란 우주 탐험 때 우주비행사들이 우주에서 지구를 보면서 경험하는 인지적 전환을 말한다. 우주 궤도에서 푸른 구슬 같은 지구를 보면서 우주비행사들은 지구에서의 삶을 재평가하고, 지역과 국가의 경계가 중요한지, 그 안에서 우리의 위치는 무엇인지에 대해 다시 생각하게 된다. 그리고 본질적으로 우리가 그렇게 중요한 존재인지에 대해 의문을 품게 된다고 한다. 1940년대 말, 우주에서 본 지구를 처음 촬영하면서 인간 의식이 크게 변화함을 느꼈다는 것은 그리 놀랍지 않다. 깊은 바닷속으로 잠수하면 필연적으로 '바닷속 조망효과'를 가지게 되는 것 같다. 바다 위가 아니라 아래에서, 우주에서가 아니라 물에서 바라보는 것이고 거리를 두기보다 흡수되고 연결되는 경험이지만, 우리 인간의 위치를 재평가할 수 있다는 점은 같다.

스트라우건은 구체적인 환경에 따라 정서적인 경험

이 달라질 수 있다고 주장한다.[8] 그런 변화된 느낌을 어떤 방법으로 계속 유지할 수 있을까? 그런 느낌들을 기억해내거나 다른 경험에 적용까지 할 수 있을까? 우리가 언제나 눈에 띌 필요는 없다. 언론인 릴리언 로스Lilian Ross는 보도하는 사람이 눈에 보이지 않을 것이라고 여기는 건 바보 같은 생각이라고 말한 적이 있다. 그 현장에 있으면서 아마도 그 사건의 일부가 되고, 관찰하는 과정에서 사건에 영향을 끼치기까지 할 수 있기 때문이다. 그렇기는 하지만, 보도하는 사람이 그 사건의 중심이 되지는 않는다. 아니면 셔먼의 말처럼 "당신이 사건의 중심이 아니라는 사실을 알아차려야 한다." 아니면 물에 들어갈 때마다 "나 자신에서 벗어난다"는 다이버들의 말처럼.

노랑자리돔이 스쳐 지나간다. 파랑비늘돔은 내 밑에서 지나간다. 내 존재는 그들에게 아무 의미가 없다.

보이지 않는 잉크

05

~~모든 게~~ 지워진다.

프레드 모튼

Fred Moten
미국의 시인, 문화이론가

많은 아이들처럼 나 역시 레몬즙과 백열전구를 이용해서 글자를 증발시켜 사라지게 하는 간단한 방법을 배웠고 이쑤시개에 레몬즙을 묻혀 편지, 시, 일기를 써서 모두 보이지 않게 만들어 보관했다. 무슨 내용이었는지는 하나도 기억나지 않는다. 고백의 내용이 중요하다기보다는 글자들이 물리적인 존재감을 가질 수 있고, 보이다 보이지 않았다 할 수 있고, 때때로 한꺼번에 사라질 수도 있다는 사실을 확인하기 위해 썼다. 그러나 언어의 덧없음에 대해 더 확실하게 알게 되었던 건 내가 10대였던 어느 아침, CIA의 기밀문서에서 해제된 아버지 관련 자료가 우편으로 도착했을 때였다. 내 아버지는 기자이자 전기 작가로《타임Time》잡지에 글을 썼고, 그 후에는《라이프Life》잡지의 종군 기자로도 일했다. 50대에는 일본에서 살았고, 그다음 태국에서 아시아재단The Asia Foundation의 방콕 지부를 설립했다. 아시아재단은 제2차 세계대전 후 미국과 아시아 국가들 사이 관계를 개선하기 위해 설립한 조직이다. 회고록을 집필하려고 준비하던 아버지는 자신의 삶 중 이 시기에 대한 정보가 CIA 기록보관소에 어떻게 수집되어 있는지 궁금했다.

그 보고서는 해독할 수 없었다. 단어, 문장 그리고 전체 단락들이 군데군데 검게 지워져 있었다. 페이지마다 문자와 그걸 가리는 기하학적 그림자가 무작위로 조합되어 있었다. 아버지가 눈썹을 치켜 올린 다음 어깨를 으쓱하고 그 서류철을 넘기던 모습을 기억한다. 어머니도 폭소를 터뜨렸다. 어느새 가족들의 웃음거리가 되어 거실 탁자에 던져진, 읽을 수 없는 서류철이 기억난다. 물론 우리는 가려진 내용들이 궁금했다. 그러나 그걸 굳이 밝혀내려고 노력하지 않았다.

우리 가족이 호기심이 없는 사람들이어서가 아니라 알려지지 않는 사실들이 있다는 것에 거부감이 없었기 때문이었다. 오히려 즐기기까지 했다. 전기 작가였던 아버지는 한 사람의 삶을 구성할 때 얼마나 자세한 내용까지 수집할지, 그렇게 밝혀진 사실들을 어떻게 보여주거나 또는 폐기할지에 대해 잘 알았다. 동남아시아에서 지낸 몇 년 동안 아버지는 자신이 누구를 만났고, 누구와 술을 마셨는지, 무엇을 보았는지를 이미 알고 있었지만 CIA가 그중 어떤 정보를 기밀로 여겼는가에 대해서는 호기심을 가졌을 것이다. 그러나 가정생활—우리나 당신, 또 누구의 가정생활이든—이 알려지지 않은 일이나 알 수 없는 일에 얽혀 있을 때가 많다는 사실을 우리 모두 체험적으로 알고 있다. 은밀한 일은 평범하고 진부할 수도 있지만, 여전히 그 나름의 가치가 있었다. 군데군데 지워져 해독할 수 없는 글들은 1960년대 말의 문화와 통하는 데가 있었다. TV 리모컨의 음소거 버튼이 도입된 지 얼마 되지 않았고, 부조리극과 사뮈엘 베케트Samuel Beckett의 연극들에서 이해하기 어려운 침묵과 중단이 무게와 의미를 지니던 때였다. 이 모든 요소가 현대 문학의 최전선에 있었다. 그래서 책에 쓰인 단어만큼 지워진 단어에 대해서도 깊이 공감할 수 있었다.

네덜란드 북 디자이너 이르마 봄Irma Boom은 2013년, 샤넬 넘버 파이브 향기에 대한 헌사를 담은 책을 잉크를 하나도 사용하지 않고 만들었다. 그리고 그 책을 이렇게 설명했다. "당신은 그걸 볼 수 없어요. 그러나 그것은 거기에 있죠." 저작권 페이지부터 장미와 재스민 꽃잎의 윤곽, 코코 샤넬과 피카소가 한 말의 인용문들까지 모든 글과 그림이 단색의 300페이지에 양각되어 있다. 각 페이지는 모두 새하얀 색이고, 어떻게 단어들이 잘 보이지 않으면서 각인될 수 있는지를 보여준다. 희미하고, 암시적이고, 미약하고, 말할 수 없는 것들을 표현하고 있어 우리 주위를 맴도는 향수의 역사를 쓰기에 적합한 것 같다. 더 나아가 디지털화가 진행되면서 인쇄된 책들이 어떤 식으로든 사라지고 있는 21세기 도서관의 현실을 보여주기도 한다. 어쩌면 여러 색 잉크로 그린 칼비노의 지도에는 전혀 보이지 않는 잉크로 그린 지역도 있을 것 같다.

2017년 겨울, 러시아 바이칼스크에 문을 연 얼음도서관은 전 세계 사람들의 소망과 꿈을 420개의 얼음덩어리에 기록하여 미로 같은 벽으로 만들었다. 1월에 표면에 단어를 새긴 얼음들은 4월에 녹아버렸다. 중국 예술가 쑹둥宋冬 역시 사라지는 작업을 했다. 먹고살기 빠듯한 집안에서 성장한 그에게 아버지는 종이와 먹물을 아끼기 위해 붓에 물을 적셔 돌에 쓰면서 서예를 연습하라고 권했다. 어른이 된 그는 돌판, 도로, 인도 등 여러 표면에 물로 글을 쓰고 단어들이 서서히 사라지는 것을 보여주는 작업을 시작했다. 그가 2005년에 미국 타임스스퀘어 콘크리트 포장도로에 쓴 글은 도로의 열기 때문에 거의 곧바로 증발되었다. 그의 작품 사진을 보면 사라지고 있는 단어들이 보인다. 그 단어들은 거기에 있었지만 곧바로 없어졌다.

사라지는 글은 새로운 발상이 아니다. 역사를 통틀어 사라지는 글은 실제로, 때로는 절실히 필요한 상상력에 영향을 주었다. 로마 시인 오비디우스Ovidius는 연인들에게 잉크 대신 우유로 편지를 쓰라고 권했다. 편지를 받은 사람은 숯가루를 칠해 내용이 다시 나타나게 할 수 있다. 미국 독립전쟁 동안 조지 워싱턴George Washington은 붉나무의 벌레집인 오배자에서 추출한 타닌산으로 비밀 내용을 썼다. 화학자 라이너스 폴링Linus Pauling은 박테리아로 보이지 않는 잉크를 만들려고 노력했다. 최근 기밀 해제된 93만여 건의 CIA 서류에는 1969년부터 보이지 않는 잉크를 만드는 갖가지 제조법들이 기록되어 있는데, 의외로 소박하고 감상적인 내용들이 많았다. “묽은 전분 용액에 요오드팅크를 조금 섞어 물들인다. 이걸 이용해 푸르스름하게 쓴 내용은 얼마 지나지 않아 사라진다.” 또 염화코발트 용액으로 쓴 글자들은 체온 정도의 온기에도 나타났다가 식으면 사라진다거나 “양파, 리크, 아티초크, 양배추, 레몬 등의 식물성 기름이나 과일즙으로 쓴 글은 뜨거운 다리미로 다림질하면 보이게 된다”는 내용도 발견할 수 있다. 조건에 따라 보이지 않게 하는 방법도 달라지는데 죄수들은 때때로 소변을 이용한다. 우크라이나 시인 이리나 라투신스카야Irina Ratushinskaya는 수용소에 유배되어 있는 동안 성냥개비의 끝부분을 이용해 고체 비누에 시를 썼고, 시를 외운 다음에는 그 내용이 씻겨 나가게 했다.

정보 과부하 시대가 되자 인간의 의사소통에서 사라지는 말과 글의 가치가 더 커졌다. 의외의 방식으로 빈 페이지, 희미해진 말, 지워진 문장 등 사라지는 말과 글이 설득력 있고 시의적절함을 암시해서 우리의 상상력을 더 많이 사로잡는다. 충분히 이해된다. 우리는 자신의 메시지를 어떻게든 전달하려고 애쓰는 죄수는 아닐지 모르지만 통신량이 헤아릴 수 없을 정도로 늘어난 정보화 시대의 포로들이기도 하다. 트위터, 페이스북, 인스타그램, 텀블러나 핀터레스트를 통해 끊임없이 정보를 교환하는 게 이제 평범한 삶의 일부가 되었다. 한때는 저녁 뉴스만 제공하던 곳이 이제 24시간 내내 뉴스를 제공한다. 지역 예보 웹사이트에서 겨울 날씨를 확인할라치면 폭풍 예보가 동물 구조 단체 배너 광고, 오렌지 주스 광고 그리고 지역 은행의 금리와 함께 화면에 나타난다. 배우인 내 친구는 이제 완성된 영화를 보는 것만으로는 영화적 경험을 충분히 흡수할 수 없고, 뒷이야기와 다른 결말들이 포함된 디렉터스 컷도 봐야 한다고 말한다. 이전에는 발간되는 잡지들의 표지가 하나였지만 오늘날에는 표지가 세 가지인 잡지를 이메일로 받는다.

그러니 우리가 빈 페이지를 좋아하게 되는 건 당연하지 않을까? 디지털 영상 저장 장치의 빨리 감기 기능이든 광고 차단 소프트웨어든 글과 영상을 지우는 일이 그걸 만드는 일만큼 요즘 의사소통의 중요한 부분이 되었다. 물론 내 아이폰에도 문자 메시지를 숨기는 보이지 않는 잉크 기능이 있다. 가볍게 두드리면, 이리저리 흩어진 점들이 잠시만 합쳐져 알아볼 수 있는 단어와 이미지가 된다. 물론 지금은 사용자 관련 자료를 지우고, 특정인 이외에는 아무도 이해하지 못하는 방식으로 전자 메시지를 암호화하는 시그널Signal이라는 메시지 서비스가 있다(2016년 미국 대통령 선거 이후 이 서비스를 이용하는 고객이 400퍼센트 증가한 걸로 알려졌다). 물론 이제 텔레비전 화면 아랫부분에서 최신 뉴스를 끊임없이 알려주는 뉴스 크롤을 차단하는 장치도 있다. 물론 우리 동네의 스테이플스 사무용품점에는 자동 공급과 걸림 방지 기능이 있는 고성능 전동 문서 세단기들이 통로 하나를 모두 차지하고 있다. 물론 글자와 이미지들을 지워버리는 게 홍수를 이루며 우리를 둘러싸고 있는 글자와 이미지들에 대한 해독제 역할을 한다. 물론 오늘날 우리는 인간이 실제로 할 수 있는 일처럼 '보이지 않는 일들'과 '말하지 않는 일들'에 대해 이야기한다.

그런 새로운 기술들이 독창적이기는 하지만, 그보다는 예술가와 작가들이 이해하기 어려운 표현들을 가장 설득력 있게 주장할지도 모른다. 1953년, 로버트 라우션버그Robert Rauschenberg는 잭 다니엘 위스키 한 병을 손에 들고 화가 빌럼 더코닝Willem de Kooning을 만나러 갔다. 자신이 지울 수 있는 그림을 그려달라고 부탁하기 위해서였다. 더코닝은 잉크, 크레용, 연필, 목탄과 유화물감으로 마지못해 그린 그림을 내밀었다. 라우션버그는 몇 달 동안 그 그림을 지웠다. 그가 완성한 작품 〈지워진 더코닝 그림Erased de Kooning Drawing〉은 추상표현주의, 예술과 문화의 파괴, 훼손에 대한 비판부터 존속 살해, 허무주의 행위까지 갖가지 의미를 생각나게 했다. 그러나 라우션버그 자신은 그것을 '순수한 시'로 묘사했다. 그 흔적들—문지르고, 긁어내고, 거의 사라지게 해서 결국 원래 작품의 희미한 흔적만 남게 한—은 그림의 물리적인 과정이 뒤집히고 뒤바뀔 수 있다는 걸, 빈 화면으로 되돌리는 과정이 우아하고, 선택적이고, 능숙하고 세련될 수 있다는 걸 보여준다.

사이 트웜블리Cy Twombly의 서예 같은 유화 작품은 칠판에 쓰듯 휘갈겼다 지운, 순식간에 금방 사라지고 즉흥적으로 지나가는 몸짓처럼 보인다. 브루노 야코프Bruno Jakob의 보이지 않는 그림들에는 빛, 공기와 물의 자국밖에 없다. 지워지지 않는 '보이지 않음'이다. 장환張洹은 물질적 변형과 감소의 전형적인 예라고 할 수 있는 재를 이용한다. 그는 절에서 향을 피우고 남은 재들을 모아 점자로 새긴 성경 구절 위에 발랐다. 제니 홀저Jenny Holzer의 검열 회화 연작은 포로 학대, 국가 기밀 그리고 군사 정보를 숨기고, 가리고, 조작해서 보여주는 방식에 초점을 맞추면서 기밀 해제된 전쟁 문서들을 적나라하게 폭로한다.

온 가와라河原温의 〈오늘〉 연작은 빨간색, 파란색이나 회색 등 단색 바탕에 흰색 산세리프 서체로 날짜를 기록한 작품이다. 그날의 주요 뉴스와 사건들은 그 날짜가 적힌 각각의 상자 안에 밀봉되어 있다. 어린 시절에 히로시마와 나가사키 원자폭탄 투하를 겪었던 예술가는 날짜들을 표시하고, 시간의 흐름을 기억하는 행위에 사로잡혔다. 그리고 그 작품은 인간 경험이 봉쇄와 은폐로 표현될 수도 있다는 사실을 보여준다. 그는 인터뷰를 거의 하지 않고, 사진에 등장하는 일도 거의 없다.

미술가 앤 해밀턴Ann Hamilton이 2004년에 매사추세츠현대미술관에 설치한 작품 〈말뭉치Corpus〉는 천장에 부착한 기계 장치가 반투명의 얇은 양파껍질종이onionskin paper 수백만 장을 커다란 빈방의 바닥 전체에 한 장씩 차례차례 뿌리는 게 인상적이다. 종이들은 흩날리며 쌓이고, 잠시 후 다른 기계가 종이들을 거둬들인다. 그런 과정이 며칠, 몇 주, 몇 달 동안 계속된다. 앤 해밀턴은 이 작품에 대해 이렇게 설명했다. "그 종이에 아무것도 쓰여 있지 않다고 말할 수도 있고, 공간을 꽉 채우고 있다고 말할 수도 있어요. (…) 빈 종이는 열린 입처럼 말하거나 글을 쓸 수 있는 가능성이죠." 어느 날 오후, 하얀 정사각형 종이들이 떠다니는 모습을 본 나는, 말없는 존재가 방 하나 또는 삶 전체를 충분히 채울 수 있음을 알게 되었다.

아마도 현대 시에서 고요함이 가장 절실하게 표현될 것이다. 수전 하우Susan Howe의 시집 제목《놀이 건축물Frolic Architecture》은 어지럽게 내리는 눈에 대한 랠프 월도 에머슨Ralph Waldo Emerson의 표현에서 따온 제목이다. 하우는 남편이 갑자기 사망한 후 느끼는 상실감을 표현하기 위해, 18세기 여성 해나 에드워즈 웨트모어 Hannah Edwards Wetmore의 글에서 가져온 단어와 문장들을 모아놓는 방식으로 실험적인 작품을 만들었다. 글을 토막토막 나누어 변경하고, '보이지 않는' 스카치테이프를 붙여 단어들을 들어 올리고, 단어들을 서로 겹쳐 놓고, 어떤 단어들은 페이지 중앙에 배치하고, 어떤 단어들은 잘라서 가장자리 여백에 흩어 놓고, 줄마다 글자체를 달리했다. 그리하여 모든 글자들이 머뭇거리고, 해체되고, 침묵하면서 겹겹이 쌓여 있는 것처럼 보인다. 시인이자 시각예술가 젠 버빈Jen Bervin은 시집 《그물Nets》에 셰익스피어의 소네트들을 이용해 만든 연작시들을 실었다. 페이지에 희미하게 셰익스피어 소네트들이 보이는데, 버빈은 그중 일부 단어들을 진한 색으로 끄집어내 표시했다. 사실상 원문을 정제해서 재창조한 작품이다.

메리 루플Mary Ruefle의 '삭제 책erasure books'들은 단어들을 없애고 오래된 글들—안내서, 기억에서 사라진

소설, 연감, 고대의 교훈서들—의 의미를 바꾸어 놓는다. 수정액과 테이프 조각으로 단어들을 지워 각 페이지마다 약간의 단어들만 남기는데 그것들이 재배열되면서 새롭고 다르고 이해하기 어려운 의미를 전달한다. 그 책은 단어들, 구절들이나 전체 글이 시간이 지나면서 기억 속에서 재구성될 수 있는 방식을 그리고 기억 자체가 쉽게 문질러 지울 수 있는 부드러운 연필로 쓰인 것과 같을 수도 있다는 생각을 보여준다. 나는 그 책들 중 하나를 가지고 있다. 1870년에 출간된 페이션스 카드놀이(보통 혼자 즐기는 카드놀이 솔리테어solitaire를 유럽에서는 페이션스patience라고 한다—옮긴이)에 대한 자그마한 설명서로 만들어진 것이다. '정통주의자'라는 이름의 장에서 한 페이지의 단어들은 "당신이 부주의할 때는 주의 깊게 관찰해야 한다"라는 구절만 빼고 모두 수정액으로 지워져 있다. 이렇게 줄인 페이지들이 계속 잇따른다. 생각, 지식과 인식이 수십 년에 걸쳐 어떻게 지워질 수 있는지 그리고 무엇보다 인내patience 즉 기다림의 행위 자체가 왜 시간의 지우개인지에 대한 기록이다.

루플은 자신의 작업에 대해 이렇게 설명한다. "인생은 필요 이상으로 너무 복잡하다. 아무도 견디기 어려울 정도로 너무너무 복잡하다. 그래서 우리가 그걸 지우거나 우리가 지워진다. 우리 자신은 우리가 잊었거나 모르거나 경험하지 못한 모든 것들의 지워진 부분이다. 그렇게 제한되고 지워진 '전체'조차 죽음을 앞두고 더 줄어들게 된다. 다른 단어들은 모두 지워지고, 운이 좋으면 '물'이라는 단어 하나만을 기억할 것이다. 운이 좋으면 한 장소나 한 사람을 기억할 것이다. 어느 누구도 죽기 직전에는 글 전체를 온전하게 제대로 읽지 못할 것이다."[1] 지워지고 사라지는 것을 표현하는 루플의 작품은, 촉각적이다. 독자가 손으로 만져볼 수 있는 실물의 책은, 말과 글이 좀먹기 쉽다는 물질적인 증거이다. 그게 그녀가 "내가 이 작업을 할 때 아무것도 지우고 있는 것 같지 않다. 뭔가 창조하고 생겨나게 하고 있는 것 같다. 뭔가 부정적인 없애기 작업이 아니다. 나는 보이지 않는 것보다 보이는 것을 더 많이 생각하고 있다"[2]라고 말하는 이유다. 지운 부분이 기이하게도 손으로 만져지고, 중요하기까지 하다.

더욱 개념적인 삭제들도 있다. 시인 조슈아 베넷Joshua Bennett은 시 〈가정 폭력 : 사망 추정Home Force : Presumption of Death〉에서 플로리다의 '스탠드 유어 그라운드 법stand your ground law(거주지나 사적인 영역은 물론 공공장소에서도 위협을 받을 시 총기 사용을 정당방위로 인정하는 법으로 그 범위가 지나치게 자의적이고 넓다는 이유로 논란과 반발이 거세다—옮긴이)'의 몇몇 단어들을 지우고 남은 단어들을 재구성해 '무방비 상태로 당한 폭력에 대한 강력한 기소'라는 말을 만든다. 작가 닉 플린Nick Flynn은 시 〈일곱 가지 증언(삭제된)Seven Testimonies(Redacted)〉에서 아부 그라이브 교도소 정치범들의 증언들을 재구성하여 고문이 정체성을 훼손하는 방법들을 새롭고 신랄하게 기록했다. 그는 정치범들의 증언 녹취록 원문을 책 뒷면에 싣기도 했다. 조너선 사프란 포어Jonathan Safran Foer의 《암호의 나무Tree of Codes》는 유대계 폴란드 작가 브루노 슐츠Bruno Schulz의 《악어의 거리The Street of Crocodiles》를 도려내 재구성한 작품이다. 《악어의 거리》는 신화적인 도시에 대한 소설 연작이다. 문제의 거리는 탐험되지 않은 극지방의 순수함을 지닌 곳으로 지도에 표시된다. 포어가 반복하여 잘라내 지워나간 방식은 촉각적이며 본능적으로 문학적인 폭력에 가깝다. 그는 페이지들을 날카롭고 어지럽게 도려내 글을 조각조각 냈다. 포어는 "내가 그렇게 많은 구절을 외운 적도, 책을 도려내면서 그렇게 많은 구절을 잊어버린 적이 없다"[3]라고 말하면서 그 과정을 묘비 탁본 혹은 책에 있었을지도 모를 꿈을 기록하는 일과 비슷하다고 설명했다. 사라진 단어들은 보이는 단어들만큼 의미를 전달한다.

요즘은 보이지 않는 단어들을 이용한 평범하고 상업적인 의도의 장난들도 있다. 예를 들어 《모든 남자가 섹스 말고 생각하는 것들What Every Man Thinks about Apart from Sex》《늙어가는 즐거움The Joys of Getting Older》 혹은 《세라 페일린의 지혜와 기지The Wisdom & Wit of Sarah Palin》 같은 그럴싸한 제목들의, 하지만 사실 빈 페이지로만 구성되어 있는 '속임수 책gag book'들이다. 2006년, 크로아티아 광고 대행사 브루케타앤지니치는 한 식품업체의 연례 보고서를《잘했어Well Done》라는 제목으로 디자인했는데 그 안에는 모든 페이지가 비어 있는 것 같은 소책자가 삽입되어 있다. 그것은 온도에 반응하는 잉크로 인쇄되어서 은박지로 싸서 오븐에 25분 동안 구워내면 요리법과 삽화 등을 읽을 수 있게 만들었다.

문학 출판사 웨이브북스는 웹사이트 방문자들이 버지니아 울프Virginia Woolf, 헨리 제임스Henry James, 허먼 멜빌Herman Melville, 이마누엘 칸트Immanuel Kant 같은 작가들의 원작을 재구성해서 문자놀이 하듯이 시를 지을 수 있는 링크를 제공한다. "삭제하거나 어떤 글에서든 가져온 글자를 이용해 시를 지을 수 있"는데, 작가의 원문이 화면에 나타나면 그 단어를 클릭해서 사라지게 하거나 다시 나타나게 하는 식이다. 웹사이트 방문자들은 재구성된 시들을 보거나 원문을 클릭할 수도 있고 기존의 삭제 시들을 선택해서 반복적으로 연습할 수 있다. 그 웹사이트는 또한 무작위로 시들을 제공하는데 링크를 클릭하면 어떤 논리와 순서 혹은 내용에 대한 고려가 전혀 없이 그 페이지의 단어들 중 50퍼센트가 사라진다. 짠! 시가 발견된다!

구워야 읽을 수 있는 글처럼, 처음에는 단순하고 이상해 보였다. 지식인의 말장난이나 문학적인 농담, 또는 스크래블이나 보글Boggle 같은 보드게임이 변형된 것 같기도 하다. 웹사이트 방문자들은 단어들을 즉흥적으로 쉽게 결합하거나 지워버릴 수 있다. 이 경우 그들이 조작하는 건 단지 글자가 아니라 글자들을 둘러싼 공간이다. 나는 이 링크를 여러 번 방문하고, 공간을 채우는 대신 빈 공간을 만드는 매혹적인 역逆 십자말풀이 퍼즐이라고 생각하게 되었다. 나는 결코 시를 쓰고 있는 게 아니다. 그보다는 침묵이 어떻게 언어의 일부이고, 페이지에서 사라진 부분들이 어떻게 의미를 전달할 수 있는지 발견하고 있다.

삭제 행위는 전쟁터에서 중요한 단어들을 빼고 보내는 편지, 민감한 정보를 없앤 전쟁 보도같이 일반적으로 검열과 함께 시작되었다고 생각된다. 그러나 1973년에는 녹음된 대화의 공백이 심각한 문제가 되었다. 리처드 닉슨Richard Nixon 대통령과 비서실장 H. R. 홀드먼H. R.

Haldeman의 대화를 녹음한 테이프 중 18분 이상이 지워진 사실이 발견되어 수사 대상이 되었고, 결국 닉슨 대통령이 물러났다. 누가 어떻게 지웠는지에 대해서는 아직까지 의문이 남아 있지만, 대통령이 물러나는 데 역할을 했다는 사실은 의심의 여지가 없다. 지워진 것이 어떤 말이나뿐만 아니라 몇 분의 시간이 증발된 게 그 사건에 더 큰 영향력을 준 것 같다. 녹음테이프의 그 공백은 정치적 이슈로만 그친 게 아니라 예술계에서 라우션버그가 빌럼 더코닝의 그림을 지운 일처럼 획기적인 사건이었다. 오늘날까지도 **18분 30초**라는 말은 법을 무시하는 대통령만을 의미하지 않고 지운다는 행위가 얼마나 지속적으로 수수께끼 같은 힘을 발휘하는지를 떠올리게 한다.

뉴욕 거리를 걷다 보면 기름, 종이, 옷을 판다는 흔적만 남은 표지판—한때는 벽돌 건물 벽에 페인트로 쓰여지곤 했던 광고 문구—을 보게 된다. 이제 그 표지판들에는 유물 같은 글씨가 희미하게 남았지만, 보존을 주장하는 사람들은 낡고 희미하다는 이유로 더 좋아하는 흔적들이다. 희미해졌지만 거의 잊히지 않은 단어들은 인간의 상상력에 중요하게 작용한다. 내가 자주 방문하는 동네의 한 건물 벽에는 커다랗게 울프 페이퍼 앤 트와인 컴퍼니Wolf Paper & Twine Co.라고 쓰여 있다. 이미 이 회사도 사라졌고 단단한 벽돌 벽에 새겨진 글씨도 희미해져가며 무상함을 느끼게 한다.

단어를 잃어버리는 방법은 얼마나 많을까? 관심을 갖지 않거나 별로 사용하지 않으면 또는 주의를 기울이지 않고 외면하면 단어들은 쉽게 사라진다. 로버트 맥팔레인은 언어와 풍경을 함께 다룬 책《랜드마크Landmarks》라는 책에서《옥스퍼드 주니어 사전Oxford Junior Dictionary》개정판을 만들 때 편집자들이 삭제하기로 결정한 단어들에 주목한다. **acorn(도토리), adder(살무사), ash(물푸레나무), beech(너도밤나무), bluebell(블루벨), buttercup(미나리아재비), catkin(버들개지), cygnet(백조의 새끼), dandelion(민들레), fern(고비), hazel(개암나무), heather(헤더), heron(왜가리), ivy(담쟁이), kingfisher(물총새), lark(종달새), mistletoe(겨우살이), nectar(감로수), newt(도롱뇽목 영원과 동물), otter(수달), pasture(꿀을 먹이다), willow(버**

드나무). 그 대신 추가된 단어들은 이렇다. **attachment, block-graph, blog, broadband, bullet-point, celebrity, chatroom, cut-and-paste, MP3 player와 voice-mail.**

테리 템페스트 윌리엄스Terry Tempest Williams는 《여자가 새였을 때When Women Were Birds》(한국어판 제목 《빈 일기》)라는 책에서 자신의 어머니가 남겨준 일기장들에 대해 이야기한다. 어머니는 딸에게 반드시 자신이 죽은 후에 일기를 펼쳐보라고 당부했다. 어머니가 세상을 떠나고 한 달 후, 윌리엄스는 드디어 기운을 내서 "아름다운 천으로 감싼 일기들이 꽂힌 세 개의 책꽂이에 다가갔다. 어떤 건 꽃무늬 천, 어떤 건 페이즐리 무늬 천, 어떤 건 단색 천으로 감싸여 있었다." 차례차례 열어보았더니 모든 일기장에 아무것도 적혀 있지 않았다. 윌리엄스는 그 사실을 강렬하게 보여주기 위해 자신의 책에 열두 장의 빈 페이지를 넣었다. 윌리엄스는 그다음 빈 일기장들에서 무수히 많은 정체성을 찾는다. 그것들은 위반 행위, 흰색의 스캔들, 흰 손수건 모음, 침묵의 조화, 영사막, 눈부신 빛, 종이에 베이는 것, 상처, 무대다.

그녀는 그 일기들을 종이 묘비로도 여긴다. 그리고 나는 묘비에 새겨진 이름과 날짜가 비, 눈, 모래, 바람과 여러 기후 조건들에 의해 여러 세기에 걸쳐 침식되면서 지우기 전통이 시작되지 않았을까 생각한다. 사실을 가장 많이 왜곡하는 게 시간이기 때문이다. 우리 부모님 모두 30여 년 전에 돌아가셨다. 그분들의 이름 그리고 태어나신 날짜와 돌아가신 날짜가 화강암 묘비에 또렷이 새겨 있다. 그러나 오래된 묘지라서 바로 앞에는 산성비로 이리저리 패인 석회암 묘비들이 있고, 사암으로 만든 다른 비석들은 너무 오래되어 이제 가루가 되어가고 있다. 묘비들에 새긴 글자와 숫자들은 알아보기 어렵게 되었다. 촉감으로 글자를 느끼기 위해 만져보는 게 도움이 될 때도 있지만, 늘 그렇지는 않다.

사물과 단어 중 뭐가 먼저 소멸될까? 하나가 다른 하나를 구할 수 있을까? 그게 영국 케임브리지 생물다양성 연구센터가 데이비드 애튼버러 빌딩에서 2016년에 연 〈붉은색 보기… 초과 인출된Seeing Red…Overdrawn〉이라는 제목의 전시가 제기한 질문이었다. 8만 종 정도의 동식물이 점점 더 멸종 위기를 맞고 있다는 사실을 알리기 위해 그 전시는 지우는 과정을 거꾸로 뒤집어 희미하게 지워지고 있는 이름을 다시 써서 잘 보이게 한다. 가로 6.7미터, 세로 2.7미터 벽에는 현재 심각한 멸종 위기를 맞고 있는 4,734종의 이름들—콜롬비아에서 발견된 개구리(Niceforonia adenobrachia), 열대 지방의 육지 달팽이(Partula guamensis), 일본에서 발견된 관코박쥐(Murina tenebrosa) 등—의 라틴어 학명이 읽기 어려울 정도로 흐리게 인쇄되어 있었다. 젠 버빈이 셰익스피어의 소네트에서 선택한 단어들을 끄집어낸 과정과 다르지 않게, 관람객들에게 지워지지 않는 펜으로 희미한 학명 위에 겹쳐 쓰게 하여 잘 알아보기 어려운 멸종 생물들의 이름을 눈에 잘 띄게 하고, 많은 사람들이 의식하게 만들었다.

우리 모두 꼭 해야 하지만 절대로 입 밖에 내지 않았던 말, 잊혔거나 절대로 하지 않았으면 좋았을 말에 대해 안다. 언젠가 공부할 내용을 읽어오지 않은 학생이 답 대신 정곡을 찌르는 글을 적은 시험지를 제출한 적이 있다. 시험지 맨 위에는 작은 글씨로 촘촘하게 "읽지 않아서 이 내용을 하나도 몰라요"라고 적혀 있고, 시험지는 그 말을 증명하듯 비어 있었다. 나는 그 시험에 대해 생각했다. 우리 누구든 그런 상황이 될 수 있다. 그런데 빈 시험지라고 꼭 아무 말도 하지 않는 건 아니다. 무슨 말을 할지 알고, 모든 말을 할 수는 없다는 걸 정말 알아야 인간이 하는 말에 힘이 생긴다. 바로 '**행간을 읽다**'라는 말이 그 뜻이다. 소설가 셜리 해저드Shirley Hazzard는 언젠가 "말—문학에서나 삶에서나—은 말하지 않은 걸 결정적으로 암시할 수 있다"라고 이야기했다. 어니스트 헤밍웨이Ernest Hemingway는 의도적인 생략을 바탕으로 전체 문체를 고안했고, "빙산의 움직임이 위엄을 가지는 건 빙산의 8분의 1만 물 위로 나와 있기 때문"이라고 설명했다.

정보화 시대에 산다는 건 말하지 않은 걸 되새겨야 한다는 의미이기도 하다. 그것은 언젠가 어머니가 했던 말의 억양, 어릴 때부터 가장 친했던 친구의 말, 어떤 의심이나 두려움, 배경 음악 몇 곡, 머릿속에서 윙윙거리는 소음이 담긴 어떤 내면의 목소리일 수도 있었다. 모든 내면의 목소리들에서 들리는 또는 들리지 않는 어떤 메아리들은 지금도 우리가 생각하는 방식에 희미하게 남아 있다. 이르마 봄은 "당신은 그걸 볼 수 없어요. 그러나 그것은 거기에 있죠"라고 말하면서 우리에게 그 사실을 떠올리게 한다. 그녀는 모든 걸 노골적으로 드러내는 시대에 드러내지 않는 아름다움에 대해 일깨우고 있다. 그녀가 만든 '보이지 않는 책'은 그저 프랑스 향수의 역사에 대해서만 이야기하는 게 아니다. 당신이 이야기하고 싶은 모든 것, 당신이 절대 이야기하지 않을 것이나 이야기하고 싶었지만 하지 않았던 혹은 이야기했지만 지워야 할 모든 것, 말할 수 없는 모든 것, 당신이 내게 말했지만 나는 잊어버린 모든 것, 언젠가 내가 당신에게 말하고 싶거나 당신이 내게 말하고 싶은 모든 것, 물로 돌에 쓰는 게 나을 것 같은 모든 것에 대해 이야기하고 있다.

말하지 않은 것에도 그 나름의 정확성이 있다. 나의 아버지의 삶을 정리한, 군데군데 지워져서 잘 읽히지 않는 책은 그 모호함 때문에 더 정확하고 뚜렷한 프로필이 되었다. 현대 어떤 퍼스널 브랜딩 전략가도 반세기 전의 CIA 직원들보다 더 잘 해낼 수 없었을 것이다. 뉴잉글랜드 출신의 아버지는 유전학과 지리학 모두에 능통했고, 인간 경험이 기억에 의해 어떻게 달라지는지에 대해 평생 관심을 가졌다. 아버지는 기억과 망각이 분리될 수 없다는 사실을 이해했고, 프루스트 다음에는 다른 소설을 거의 읽으려고 하지 않았다. 내가 어릴 때 아버지는 인간 정신은 잊어버리면서 정보를 거르고, 중요한 일을 선택하도록 설계되었다고, 그게 성공할 때도 있지만 늘 성공하는 건 아니라고 여러 번 이야기했다.

나는 최근 한 과학 논문을 읽으면서 아버지를 생각했다. 수면의 기능 중 하나가 기억을 증류하면서 그날 만들어진 신경 연결을 꼼꼼히 살펴 추려내고, 비본질적인 정보는 없애서 뇌를 재충전할 수 있게 하는 일이라고 주장하는 논문이었다. 뇌가 보관하는 정보보다 버리는 정보가 훨씬 많다고 아버지는 이야기하곤 했다. 그래서 내용을 알아볼 수 없는데도 군데군데 지워진 CIA 서류에 아버지는 완전히 매료되었다.

내가 없는 자화상

06

내 작품 속의 나는 익명이라고 느낀다. 그 사진들을 볼 때 절대 나 자신을 보는 게 아니다. 그것들은 자화상이 아니다. 때때로 나는 사라진다.

신디 셔먼

CINDY SHERMAN
미국의 사진작가

얼마 전에 고등학교 동창이 오래된 졸업반 사진을 이메일로 보내주었다. 향수, 기쁨, 호기심, 경탄같이 일반적인 수준의 감정이 나를 덮쳤다. 여름날 아침에 흰 드레스를 입고 예배당 계단에 늘어선 60명 정도의 소녀들. 누구는 카메라를 똑바로 바라보고 있고, 누구는 웃고 있다. 딴 데 정신이 팔려 머리를 휘날리며 눈길을 돌리고 있는 아이들도 있고, 어떤 아이는 완전히 등을 돌리고 있다.

당연히 나는 사진에서 내가 어디에 있는지 열심히 찾았다. 얼굴이 일부 가려진 긴 갈색 머리 소녀가 나일까. 확대된 픽셀이 일그러져서 아무 정보도 없는 추상적인 형태가 될 때까지 노트북의 화면을 키우면서 내 얼굴을 찾았다. 한참 생각하니 나는 그때 사진 촬영을 하지 않았다! 하루라도 빨리 학교를 떠나고 싶어 안달이 난 10대만의 지나친 감상주의 때문에 공연히 짜증이 나고 화가 나고 까칠해져서 모든 과정을 건너뛰었다. 아마도 나는 졸업사진에서 빠지면 더 빠르고 신속하게 세상으로 나올 수 있다고 생각했던 것 같다. 수십 년이 지난 지금은 이 집단 초상화에 포함되고 싶다. 그게 우리 자신의 사라짐에 대해 우리가 너무 자주 느끼는 이중적인 감정의 전형이라는 걸 깨닫는다. 우리는 때때로 사라지기를 갈망하고, 때때로 사라진 걸 후회한다.

몇 년 전부터 이미 비슷한 감정을 경험하고 있다. 부재不在는 사회적 발언으로 보일 수도 있다. 반면에 그 자리에 없음을 디지털 아트로 변화시킬 수도 있다. 내가 정상적으로 졸업식에 참석한 것처럼 보이려고 포토숍을 이용해 그 사진 속에 나를 손쉽게 집어넣을 수도 있다. 아니면 내 사진이 온갖 소셜 미디어 사이트에 흩어져 있는 걸 알기에 이 사진에서 없다는 사실에 관심을 갖지도 않고, 아무 시도도 하지 않을 수도 있다. 오늘날에는 왔다 갔다, 나타났다 사라졌다 하는 정체성과 이미지가 시각문화의 일부분이 되었다. 1980년대 이후 신디 셔먼Cindy Sherman의 초상 사진들은 현대인의 페르소나가 얼마나 복잡다단한지를 보여주었다. 신디 셔먼은 사진 속에서 옛날 영화배우, 르네상스 시대 화가, 《플레이보이》 잡지에 등장하는 섹시한 여자, 광대, 전문직 여성, 주부, 사교계 명사인 척한다. 화장, 의상, 보형물, 암실 기술과 디지털 조작 등으로 수없이 많은 인물들로 변신한다. 셔먼은 이 작품들을 통해 자아에는 여러 요소가 섞여 있을 수 있다는 사실을 보여주고 또한 자신이 창조한 수많은 인물들 속에서 사라지는 요령, 익명성에 주목한다.

신디 셔먼 이후 정체성에 대한 주제는 더욱 중요해졌다. 우리는 인종, 민족과 성별의 다양성을 인정한다. 마이클 잭슨Michael Jackson이 아이와 어른, 동성애자와 이성애자, 흑인과 백인의 경계를 뛰어넘은 후 자아 정체성에 대한 개념이 유연해지지 시작했고, 올림픽 금메달리스트인 성전환 여성 케이틀린 제너Caitlyn Jenner와 백인이지만 흑인이라는 정체성을 주장했던 레이철 돌레잘Rachel Dolezal 시대에는 더욱더 유연해졌다. 성적 정체성이 처음 그대로 고정되지 않을 수도 있다는 걸 안다. 전통적인 성별 구분은 이제 옛이야기가 되어 생물학적인 성별 말고도 문화적인 태도와 행동을 반영하는 사회적 산물로서의 성별이 있으며 인종과 민족성도 유동적이다.[1] 2015년, 퓨Pew 리서치 센터의 보고서에 따르면 모든 성인의 7퍼센트 가까이가 복합 인종이었고,[2] 그 수는 2060년까지 세 배로 늘어날 것으로 예상된다. 이런 정체성이 유전적으로만 형성되는 건 아니다. 퓨 센터의 팀장 킴 파커Kim Parker는 "복합 인종 정체성은 그저 가족의 혈연관계만이 아니라 경험이나 태도의 산물이기도 하다. 그 결과는 우리에게 일종의 눈을 뜨게 하는 경험이었다"[3]라고 말한다.

동시대 문화가 동시에 상반된 방향으로 움직이는 것처럼 보일 때가 너무 많은 요즘, 우리 정체성이 유동적이라는 사실을 인정할수록 우리의 특성들을 잘 찾아내서 분류할 수 있다. 비디오 게임, 디지털 미디어, 소셜 미디어 플랫폼 덕분에 우리는 아바타를 상상하고 새로운 자아들을 고안할 수 있다. 많은 경우 순전히 상상의 산물이어서, 페이스북은 2017년에 600만 계정 정도가 허구의 정체성을 바탕으로 만들어졌다는 사실을 인정했다. 딥페이크deepfakes는 유명인의 동영상에 디지털 자료를 합성하는 새로운 기술을 가리키는 용어다. 선전을 위해서든 외설물을 만들기 위해서든 목소리, 몸짓과 얼굴 표정 모두 디지털로 복제해서 감쪽같이 합성하고 조작할 수 있다. 이렇게 조작하는 방법이 발달하는 한편 우리의 유전적, 생물학적 자아를 확인하기 위한 다른 새로운 기술들 역시 진화를 거듭한다. 보안, 감시 그리고 스마트폰 암호에 일상적으로 사용하는 얼굴 인식 기술은 눈과 눈 사이 거리, 코의 기울기 그리고 턱의 각도 같은 걸 측정한 후 페이스 데이터 뱅크의 정보와 짝을 맞춘다. 생체 인식—지문, 홍채 스캔, 귀 모양, 피부 패턴 및 발광 정도, 심박수, 호르몬 수치 및 뇌파 등과 함께 얼굴 치수 및 윤곽 등을 사용하는—은 꼭 감시만을 위한 것이 아니라 다양하게 점점 더 많이 이용되고 있다. 페이스북의 포괄적인 얼굴 인식 소프트웨어인 딥페이스DeepFace는 노화 정도, 몸가짐, 조명과 표정까지 고려하여 얼굴이 흐릿하거나 렌즈를 외면해도 같은 인물인지를 판별한다. 미국에서는 대부분 규제되지 않는 데다 대상의 동의 없이 사용되지만, 얼굴 인식 기술은 아직 오류가 생기기 쉽고 유색 인종 여성보다 백인 남성을 확인하는 데 능숙하다. 미국시민자유연맹ACLU은 아마존의 얼굴 인식 서비스인 레코그니션Rekognition을 법 집행에 사용하는 것은 시민의 자유에 대한 위협이라고 비난했다. 그러나 금융과 의료 서비스에서 엔터테인먼트와 마케팅까지 각종 미국 기업은 이런 프로그램의 사용을 주저하지 않는다.

인간은 자신을 무한정 드러내야 할 필요는 없고, 그렇기 때문에 이런 기술은 개발되자마자 사생활 침해 위험이 생긴다. 우리를 확인하는 데 사용하는 특징들을 해커들이 찾기 어렵게 하려고 온갖 기술을 활용할수록 우리의 가장 중요한 정보를 모아서 내주게 되기 때문이다. 여기서 의문이 생긴다. 왜 생체 인식 시스템을 정치 첩보원, 마케팅 책임자 그리고 쇼핑몰의 보안 요원과만 연관해서 생각할까? 시각적 이미지는 정체성을 확인하는 데뿐 아니라 그게 어떻게 생겨나 드러나고 사라지는지에 대해 곰곰이 생각하는 데도 도움이 되며 요즘 디지털 매체는 정체성을 탐구하는 수없이 많은 방법들을 제공할 수도 있다. 그러나 여전히 결론은 내리기 어렵다. 정체성은 확고하지 않지만, 그래도 여전히 당신은 당신이다. 정체성은 고정되어 있기도 하고, 유연하기도 하다. 잡지 《컬러스Colors》의 편집장 티보 칼먼Tibor Kalman이 교황을 아시아 남자로, 엘리자베스 여왕을 흑인 여성으로 표현했던 1990년대 중반 이후 컴퓨터 그래픽의 범위는 점점 더 넓어졌다.

정체성을 조합하고 해체하려는 충동은 카메라만큼이나 오래되었다. 사진들은 우리가 가족의 역사에 대해 다시 생각하고 또 다시 쓰는 데 언제나 도움이 된다. 남편 가족의 사진들 중 한 흑백 사진은 절반이 찢겨 나갔다. 카메라를 향해 웃고 있는 젊은 시절의 시어머니 옆자리 시아버지 부분을 이혼 후 잘라냈기 때문이다. 헤어진 배우자, 관계가 멀어진 부모와 형제는 관계의 단절만큼이나 인정사정없이 가족사진에서 찢어낼 수 있다.

오늘날에는 기술 덕분에 삭제할 뿐 아니라 덧붙일 수도 있다. 주말에 열린 대학 동기 연례 모임에 참석하지 못한 친구들도 사진 속에서 우리와 함께 있을 수 있다. 한 친구가 포토숍으로 그들을 사진 속에 집어넣었기 때문이었다. 그곳에 없었던 친구들이 아주 조금 어색하긴 하지만, 계단 위나 현관 난간 옆에 앉아 있는 모습으로 우리와 하나라는 걸 재확인하는 사진이다. 모두가 빠짐없이 참석한다는 걸 상상만이 아니라 증명도 할 수 있다.

몇 년 전 촬영한 연례 모임 사진에는 그 주말에 뉴욕에 있어서 참석하지 못했던 한 남자가 버몬트 현관에서 농구공을 던지는 모습으로 등장했다. 지리적으로 멀리 떨어진 삶에 우리의 오랜 우정을 융합한 방식—상상 이상의, 신비하고, 매끄러운—이 마술적 리얼리즘이었다.

수정된 사진과 해체되고 있는 자화상은 우리 시대의 친숙한 상징이 되고 있다. 1987년에 사망하기 직전, 앤디 워홀Andy Warhol은 아크릴 물감과 실크 스크린 기법으로 자화상 연작을 찍어냈다. 검은색 바탕에 떠 있는 그의 얼굴에는 군사 위장 무늬가 그려져 있다. 녹색과 베이지색 혹은 분홍색, 진홍색, 청록색으로 얼룩덜룩한 그 자화상은 멀리 떨어져 있고, 숨어 있고, 보이지 않고, 서로 알지 못하면서도 정체성을 계속 보여주는 방법에 대해 표현했다.

일본 미술가 고키타 토무伍木田智央는 2016년 흑백 그림 연작에서 옛날 영화배우와 유명 인사들의 사진들과 비슷한 모습으로 느긋하게 누워 있는 여성, 플레이보이 클럽 웨이트리스, 게이샤, 핀업 걸, 칵테일 드레스를 입은 여성이나 가족 또는 그리고 결혼식 하객들을 그렸다. 그러나 이들 중 많은 인물의 얼굴이 얼룩, 페인트 자국, 물건에 가려 잘 보이지 않는다. 이렇게 얼굴이 보이지 않는 인물들의 정체성은 그들이 입은 의상, 그들이 가진 물건, 그들의 몸가짐, 장신구 그리고 함께 있는 사람들로 확인된다. 얼굴의 특징 대신 정체성을 확인하는 데 주로 활용하던 수단이었던 이 모든 요소를 통해 오늘날에 정체성을 만드는 것은 정확히 무엇이냐고 미술가는 묻는다.

사진작가 마이아 플로르Maia Flore는 2016년, 자신을 모델로 《뉴욕New York》 잡지에 실릴 '내가 없는 초상화Self-Less Portrait'라는 제목의 패션 촬영을 했다. 그 사진들에서 그녀는 반짝반짝 윤이 나는 머리카락으로 얼굴을 감싸고, 카메라를 외면하고, 닫히는 문 뒤로 물러나면서 자신의 얼굴을 숨겼다. 수줍어하고 조심스러워하는 모습을 담은 게 아니라 개인 정보를 빼가는 스파이웨어와 딥페이크 시대에는 사진 모델조차 어느 정도 자신을 가리는 게 당연하다는 걸 보여준다. 사진작가 스테퍼니 시주코Stephanie Syjuco 역시 〈지원서 사진Applicant Photos〉

이라는 연작에서 스스로 모델이 되어 난민들이 이민과 망명 신청을 위해 제출해야 하는 신분 확인 사진에 대해 발언했다. 그녀는 선명한 무늬의 천을 뒤집어쓴 얼굴 없는 페르소나가 되어 사회적으로 보이지 않는 존재인 난민의 상황, 숨어야만 하는 그들의 상태를 모두 묘사했다. 강렬한 무늬의 천은 눈을 현혹시키는 위장이 되기도 해서 피사체의 정체성을 더욱 오해하게 만든다. 난민이 새로운 나라에 받아들여지더라도 눈에 띄지 않아야 할 때가 많다는 고통스러운 수수께끼를 통해 인간의 더 큰 문제에 대해 발언하는 것이다.

'퍼포먼스 캡처 기술'로 인물 사진을 제작하는 예술가인 에드 앳킨스Ed Atkins는 얼굴 인식 소프트웨어를 이용해 자신이 준 대본을 읽는 사람 100명의 목소리와 몸짓, 얼굴 표정을 담았다. 그다음 그는 이 모든 정보—대사, 그 억양, 그들의 얼굴 특징—를 하나의 아바타, 실체가 없는 가상의 인물(남자)에 집어넣었다. 그것은 유령 같은 머리와 팔다리가 빈 화면에 떠 있는 모습으로 몇 년 전 핼러윈 때 내가 본, 검은색 전신 수영복을 입은 아이를 생각나게 했다. 한 평론가는 이렇게 썼다.

"우리가 보는 그 몸은 여러 사람이 하나로 합쳐진 아바타다. 한때는 개인적이었던 얼굴 표정이 이제 음성 기호처럼 보편적인 모습이 되었다. 다른 미술가들이 펜이나 종이를 사용할 때 앳킨스는 우리 각각을 독특하게 만드는 특징들을 탐구하면서 기억과 익숙한 신체 구조는 벗겨냈다. 그것은 무無의 궁극적인 도플갱어로, 하나의 절단된 몸으로 존재를 제시하고 현실을 암시한다."[4]

앨릭 소스Alec Soth의 자화상은 온천을 찾을 때처럼 뿌옇게 가려지는 정체성을 보여준다. 인스타그램에 올린 그의 '언셀피unselfies'는 물, 안개, 눈, 얼음 결정, 자욱한 수증기, 물잔, 갑작스러운 움직임, 재구성된 픽셀, 공중에 던진 공, 얼굴 앞에 들고 있는 카메라, 호수 위에 떠 있는 수련의 잎 등 온갖 것들에 살짝 가려진 그의 얼굴을 담았다. 알아보기 어려운 얼굴 사진은 안면 인식 기술과 정반대인 '안면 기억상실 기술'이나 '안면 소멸 기술'이라고 할 수 있을 텐데 얼굴의 특징을 정확히 측정하여 파악하는 대신 시적으로 가린다. 그의 사진들을 보니 부엌에서 커다란 냄비에 물을 넣어 끓이다가 스위스 산 약초를 한 줌 집어넣고, 약초 성분이 섞인 증기를 피부가 흡수하도록 얼굴에 수건을 뒤집어쓰고 있던 어머니가 떠오른다. 어머니는 달걀흰자나 요구르트, 진흙이나 돌가루 한 줌, 해초로 만든 녹색 반죽, 꿀, 귀리가루와 파파야를 사용하기도 했다. 집에서 사용하는 이런 평범한 재료들이 충분히 인간 얼굴을 바꾸고 변형시킬 것처럼 보인다. 그중 어떤 것은 피부 세포, 얼굴 근육과 표정 그리고 때로는 한 사람의 존재 방식까지 바꾸어놓을 마스크처럼도 보였다.

소스의 자화상은 다른 방식의 인식 재구성을 제시한다. 그의 사진들은 얼굴 인식 시스템과 조금은 거리가 먼 대안으로 존재한다. 무엇이 우리의 정체성을 흐리게 할까? 그 사진들은 묻는다. 한 줄기의 연기, 잔물결이 이는 물, 슬픔, 불안, 두려움? 어떤 조건에서 우리는 사라질까? 우리를 알리는 건 뭘까? 그리고 우리를 모르는 존재로 만드는 건 뭘까? 그 사진들은 눈에 띄지 않고 파악되지 않으려면 때때로 상상력 그리고 눈에 띄게 할 때와 똑같은 능력, 정확성이 필요하다고 암시한다. 소스의 자화상은 속속들이 보이는 시대에 쉽게 잊히는 어떤 증거이다. 그저 우리가 어떻게 보이느냐가 아니라, 어떻게 보이지 않느냐 역시 우리의 정체성이다. 명료하지 않은 게 우리 자신의 이미지를 다시 만드는 정당한 방법일 수도 있다. 우리 존재는 우리 자신을 어떻게 드러내느냐뿐만 아니라 어떻게 숨기느냐와도 관련이 있다.

미국 화가 케리 제임스 마셜Kerry James Marshall의 그림들이 아마도 보이지 않는 얼굴의 가장 강력한 이미지일 것이다. 랠프 엘리슨 소설의 투명인간 이미지를 재현한 마셜의 그림 속 인물의 얼굴은 검은색 물감을 칠한 바탕으로 사라지지만 그의 눈과 웃음은 계속 빛난다. 그는 보이지 않을 수도 있지만, 말할 수 있고 볼 수 있다. 그는 그곳에 있으면서 그곳에 있지 않다. 그리고 검은색 바탕 때문에 잘 보이지 않지만, 하얗게 빛나는 눈은 그가 골똘히 응시하고 있다는 걸 확인해준다. 그는 보이지 않을지도 모르지만, 목소리와 밝은 시야를 갖추고 있다. 마셜이 그린 인물은 존재하지 않으면서 동시에 존재하고, 그 보이지 않는 상태는 빛나는 권위가 된다.

윌리엄 해즐릿William Hazlitt은 1821년 에세이 〈자기 자신으로 사는 일에 대하여On Living to One's Self〉에서 주목과 관심의 대상이 되기보다 "흥미진진한 일이 벌어지는 현장을 조용히 지켜보는 사람"이 되는 일에 대해 썼다. 그는 사람들한테 주목받으려고 애쓰지 않으면서 사람들의 일에 관심을 가지라고 주장했다. 우리 주위에 관심을 기울이라고, 바로 우리 앞의 세상에 빠져들라고, 그리고 그러는 동안 우리 자신을 극복하라고 권한다.

"뒤로 물러서서 세상을 받아들이면 우주가 자신을 주목하도록 뭔가 하려고 하면서 자신을 내세우지 않아도 우주 안에서 흥미로운 걸 충분히 지켜볼 수 있다. 헛된 노력은 필요 없다! 그는 구름을 읽고, 별을 보고, 돌아온 계절, 가을의 낙엽을 지켜보고, 향기로운 봄의 숨결을 느끼고, 근처 잡목림에서 개똥지빠귀 노랫소리를 듣고 기뻐하기 시작하고, 불가에 앉아 윙윙거리는 바람소리를 듣고, 오들오들 떨면서 대화나 책에 빠져들거나 즐거운 생각으로 몇 시간을 몇 분처럼 보낸다. 그는 내내 다른 일에 몰두하느라 자신을 잊는다."

적극적으로 정치적, 사회적 발언을 하는 철학자, 비평가, 수필가였던 해즐릿은 사색과 고독뿐 아니라 사실상 '자신을 잊는 일'까지 옹호했다. 이런 망각은 아마 지그문트 프로이트가 《꿈의 해석Die Traumdeutung》을 출간한 1900년부터 유행에 뒤떨어졌다가 최근 그 매력이 되살아나는 것 같다. 유럽사법재판소는 2014년, 검색 엔진에 보관된 정보가 시대에 뒤떨어지고, 부정확하고, 관련성이 줄어들면 사용자들에게 잊힐 권리를 줘야 한다고 판결했다.

현대의 정체성 정치학은 우리의 정체성을 깊이 따져보라고 요구한다. 우리 모두 정확한 정체성을 찾아서 인정받기를 바란다. 우리 자신을 똑바로 보기를 바란다. 우리는 성 정체성에 대해 올바른 용어를 사용하기를 바란다. 하지만 정체성 정치학에서 아직 논의해야 할 게 있을까? 결국 정체성에 대한 생각을 줄이는 일이 더 중요할 수 있다. 우리가 누구인지 결정하자. 그다음 더 이상 캐묻지 말자. 요즘은 '뿌리 관광Ancestry tourism'이라는 말이 나올 정도로 선조를 추적하고 알아보는 게 큰 사업이 되었다. Ancestry.com과 23andme.com은 개인의 유전적 혈통과 민족적 유산에 대한 정확한 자료들을 제공한다. 얼굴 인식 시스템, 망막 스캔 그리고 목소리, 심박동 수부터 호르몬 수치와 뇌파까지 모든 걸 읽을 수 있는 생체 측정 도구들 덕분에 우리 자신에 대해 알 수 있는 새로운 방법들이 거의 끝없이 늘어났다. 이제 우리 자신을 잊는 방법도 그만큼만 늘어난다면 어떨까?

데이비드 보위David Bowie가 사망한 후, 트위터에 올라온 그의 생전 사진이 화제가 되었다. 헐렁한 카고 반바지, 티셔츠와 야구 모자 차림으로 뉴욕 거리를 걷고 있는 그를 지켜보는 사람은 사진작가 외에 아무도 없다. 음악가와 문화적 우상으로서 활동하는 내내 수많은 페르소나—지기 스타더스트, 신 화이트 듀크, 톰 소령, 알라딘 세인—로 알려졌지만, 그는 사람들의 눈에 띄지 않고 거리를 활보할 수 있는 '보이지 않는 계관시인'이기도 했다. 보위는 누구보다 정체성을 만들어내는 창의적인 능력을 잘 이해했지만, 사라지는 일도 그만큼 소중하게 여겼다.

오늘날에는 사라지는 게 쉽지 않다. 내 아들들만 보아도 그렇다. 20대 후반인 이 아이들은 예전만큼 SNS에 사로잡혀 있지 않다. 내 아들은 나에게 말했다. "내 페이스북 페이지, 인스타그램 게시물들, 스냅챗을 삭제할 수 있어요. 그런데 엄밀히 따지면 계속 거기에 있어요. 누군가는 그걸 찾을 수 있어요. 거기에 없다 해도 심리적으로는 존재해요." 내 아이들은 소셜 미디어를 멀리하고, 온라인 뱅킹과 지메일을 포기하고, 사용자의 위치를 표시하는 전자기기의 사용을 중단하고, 온라인에 거짓 정보를 올리면서 자신을 숨길 수 있다. 그래도 충분하지 않을 것이다. 디지털 정체성은 영원히 남는다. 일반 개인 정보 보호법—개인이 자신에 대한 온라인 정보를 관리할 수 있도록 유럽연합이 2018년에 채택한—에는 '삭제할 권리'가 포함되지만, 미국에서는 아직 그런 개인 정보 보호 관련 법안이 통과되지 않았다. 그게 기본적인 인권인지 아니면 언론의 자유에 대한 억압인지, 그게 실용적인 디지털 지우개를 제공하는 일인지 아니면 미국 수정 헌법 제1조를 침해하는 일인지 아직 논의 중이다. 그렇기에 컴퓨터 화면에 나타나는 잔상인 '고스팅ghosting'이란 말이 뭔가 끝난 일, 갑자기 방에서 나가든 급작스럽게 연애관계를 끝내든 예고 없이 사라진다는 뜻이 되었다는 게 이해된다. 빨래를 하러 집으로 가서 돌아오지 않아도 디지털 세계에서는 사라지지 않는다. 디지털 페르소나는 계속 남아 있기 때문에 방에서 나오는 게 정당화될지도—아니면 최소한 설명될지도—모른다.

리플스Ripples는 3D 프린팅과 잉크젯을 이용해 바리스타들이 카푸치노 거품 위에 사진 이미지를 재현할 수 있게 하는 새로운 기술이다. 마케팅에서는 당연히 고객의 모습을 활용한다. 커피숍에 앉아서 컵의 표면을 응시하는 것은 자기 성찰의 순간이 되겠지만 커피 위 우유 거품에 얼굴이 새겨지는 건 분명 자기 인식이 극단적으로 나타나는 현장일 것이다. 자기애 이미지는 각 문화와 각 세대마다 독특한 모습으로 나타나기 마련인데 그렇다면 이게 우리가 어떤 것에든 개인적인 흔적을 새길 수 있다는 증거일까? 언제 어디에서든 우리 자신의 모습을 볼 수 있다는 증거일까? 아니면 우리의 정체성이 우유 거품처럼 쉽게 해체될 수도 있다는 걸 암시하는 걸까?

나는 고등학교 동창들의 사진을 다시 본다. 얼굴 측정만큼 시간의 흐름까지 정확하게 반영할 수 있는 알고리즘을 가진 딥페이스 인식 기술이 있으면 어떨까 생각해본다. 그렇다면 그 졸업하는 날 아침의 내 모습을 재현해서 그 사진에 집어넣을 수도 있을 것이다. 웃고 있든 찡그리고 있든 아니면 그저 먼 곳을 바라보고 있든 나의 얼굴 특징들을 정확하게 측정하고, 그 당시 나의 나이, 자세, 표정, 그날의 햇살을 포착해서 보여줄 것이다. 나는 과거의 내가 궁금하고 그때의 나를 다시 한 번 만나서 그때의 생각을 알아보고 싶다.

그래도 졸업 사진을 촬영하는 자리에 끼지 않아서 기분이 좋다. 여러 해 전 그 봄날 아침, 그 사진에서 빠지는 게 내 존재감에 얼마나 중요했는지 기억난다. 나는 바로 그때 그곳에 없다는 게 얼마나 이상하게 재확인될 수 있는지 배우기 시작하고 있었다. 나는 그날 아침, 부재의 힘에 대해 배우기 시작하고 있었다. 아마도 10대에 어울릴 만한 숨바꼭질 놀이를 하고 있었다. 나는 그때 사라지는 게 특권이자 능력, 타고난 재능이라는 걸 배웠다. 나는 얼마 전 성공회 신부 제임스 번스James Burns의 솔깃한 충고를 보았다. 그것은 보이지 않는 상태에 대한 매우 강력한 권유였다. "먼저 당신 자신을 사랑하는 법을 배우세요. 그다음 그걸 잊고 세상을 사랑하는 법을 배우세요."

07

익명성의 위안

어느 정도는 비역사적인 행동으로 인해 세상이 좋아진다. 그리고 너와 나, 세상이 그렇게 병들지 않는 건 숨어서 충실하게 살아가다가 아무도 찾지 않는 무덤에서 쉬고 있는 옛사람들 덕분이다.

조지 엘리엇

GEORGE ELIOT
19세기 영국 빅토리아 시대 소설가이자 시인

나는 뉴욕 주 허드슨 밸리에서의 전원생활을 대체로 소중히 여긴다. 그리고 내가 누구인지에 대한 의식이 어느 정도 그곳의 차분한 풍경에서 비롯되었다는 걸 안다. 창밖으로 컴컴한 아카시아 나무숲이 보이고, 한여름 길 건너 습지에는 부들과 보라색 털부처꽃이 가득하고, 하늘을 배경으로 구불구불한 능선이 멀리 보이는 풍경이다. 그러나 마음 한구석에서는 여전히 맨해튼 도심의 그랜드 센트럴 역에서 시작하는 하루를 선호하는 걸 느낀다. 출퇴근 시간에 그 역의 중앙 통로에서 쏟아져 나오는 사람들의 흐름에 휩쓸릴 때 나 자신을 완전히 잃으면서 이상한 위안을 느낀다. 역사의 33.5미터 높이 둥근 천장에는 별자리들이 금박으로 새겨져 있고, 하늘 색깔은 10월부터 3월까지 남쪽 지중해의 색깔을 본떴다고 한다. 그러나 멀게 느껴지는 그 천상의 질서는 천장 아래 137미터 길이 중앙 통로에서 수많은 사람들이 오가면서 보여주는 조화와 질서에 비하면 아무것도 아니다. 하루에 75만 명 정도가 방향 감각과 속도감을 유지하면서 지나가는 곳이다. 한 방향으로 움직이는 것도 아니고 집단 지성이 발휘

되는 것이 아닌데도 그렇게 어마어마한 무리가 조화롭게 움직인다는 게 감탄할 만하다.

광대한 대리석 통로들을 지나가는 통근자들의 흐름에 휩쓸리면서도 나는 거의 누구와도 부딪치지 않는다. 부딪치지 않기 위해 우리 모두 즉흥적인 안무로 방향을 바꾸고, 주위 사람들과 조화를 이루며 걷는 속도를 조절한다. 나는 규칙적으로 통근하는 사람들이 지속적으로 이런 경험을 하면서 질서 있는 군중의 일원이 되고, 사회적 결속을 이루려는 우리의 성향을 다시 한 번 확인한다고 믿는다. 그 아침의 몇 분 동안 우리는 수많은 사람과 완전히 하나가 되어 이 세상에서 움직일 수 있다. 세상에서 우리의 위치가 바뀐다.

그랜드센트럴 역은 1913년에 완공되었다. 도시 인구가 빠른 속도로 증가하고, 그런 상황에 맞는 대규모 운송 수단이 등장했을 때였다.[1] 그 터미널은 혼란스럽고 위협적이며 다루기 힘들어 보이는 군중을 일상적으로 수용하기 위해 환상적인 전략을 제시했다. 별자리가 그려진 푸른색 천장 그리고 새로 생긴 대도시의 위풍당당한 광장처럼 보이는 중앙 통로를 갖춘 이 시민의 공간은 그저 수많은 사람을 수용하기 위한 것뿐 아니라 즉흥적으로 질서를 만들어가는 그들의 능력을 돋보이게 하는 공간이기도 하다.

제럴드 스탠리 리Gerald Stanley Lee는 1901년 월간지 《애틀랜틱The Atlantic》에 실은 〈군중 아름답게 만들기Making the Crowd Beautiful〉라는 에세이에서 '멋진 군중'이라는 개념을 제시했다. 리는 '군중 문명'이라는 이름을 붙여 집단행동을 할 수 있는 인간의 잠재력을 찬양하고, 예술을 통해서 수많은 사람이 가장 위대한 화합을 이룰 수 있다고 제안한다. 그는 현대 오케스트라를 "많은 사람이 하나가 되는 보이지 않는 정신, 소리의 공화국"으로 묘사했다. 철골조 건물들이 모여 있는 도시의 거리는 "수많은 덩어리들이 만들어낸 걸작"이고, 축음기는 "한 사람에게 천 개의 목소리를 주는, 그리고 천 명의 사람들에게 천 가지 노래를 동시에 불러줄 수 있게 하는 발명품"이라고 설명했다. 브루클린 다리는 "수백만 명의 사람들을 한데 모으는 걸 보여주기" 때문에 지금 우리가 가진 천재성의 상징이라고 말했다.

리가 군중에 대한 찬미가를 썼을 때는 세계 인구가 15억 명 정도였다. 120여 년이 지나 세계 인구가 80억 명이 넘은 지금, 집단행동은 학문의 한 분야가 되었다. 군집지능Swarm intelligence은 개미, 찌르레기, 이동하는 물고기는 물론 인간이 무리 짓는 행동에 주목한다. 물리학, 행동과학과 공학 모두 군중 그리고 서로 협력하려는 우리의 본능을 연구한다. 동영상 기술과 컴퓨터 모델링 덕분에 우리는 자기 조직화 역학과 집단의 유동적 움직임을 추적하고 기록할 수 있다. 조직화하지 않은 군중도 질서 정연할 수 있으며, 제럴드 스탠리 리가 열광한 만큼은 아니지만, 자발적인 질서를 계획하고 만드는 방법들에 대해 정량화할 수 있는 자료가 수집되었다. 군중 속에서 우리는 주위 사람들이 얼마나 빽빽하게 모여 있는지와 어느 방향으로 가고 있는지를 동시에 눈여겨본다. 그리고 제비, 청어, 개미와 똑같은 운동의 법칙을 직감적으로 알아내어 최대한 효율적으로 목적지로 가려고 노력한다. 그것은 충돌을 피하고, 모이고, 정렬하는 간단한 공식에 의한 것이다. 즉 다른 사람과의 거리를 민감하게 의식하고, 부딪히지 않으려고 하고, 줄을 맞춰 비슷한 속도로 움직이려고 한다.[2]

정렬하고자 하는 것은 정서적으로도 지속된다. 경기장, 공연장, 공공건물과 컨벤션센터같이 수많은 사람들을 수용할 수 있는 넓은 공간을 설계하는 건축가 마이클 록우드Michael Lockwood는 그랜드센트럴 역의 설계가 훌륭하다고 내게 말한다. 질서 있는 움직임에서 사람들이 편안함을 느낀다는 설명이다.

"수천 명의 사람들이 가야 할 곳으로 가는 건 상당히 원초적인 일입니다. 개인의 삶은 상당히 힘들 수 있지만 우리는 집단의 힘으로 진보했죠. 우리는 공동체 덕분에 안전했고 집단의 힘으로 더 많은 걸 이룰 수 있습니다. 당신이 보는 모든 건 수천 명 사람들의 협력으로 만들어졌습니다. 우리는 본질적으로 우리가 사는 세상에 의존합니다."[3]

록우드는 야구 경기장에 가면 사람들이 더 인간적이 된다고 지적하면서 군중 속에 있을 때 기꺼이 개인적인 차이를 넘어서는 방식에 대해 이야기한다.

"집단의 일원이 되면 안심이 됩니다. 사람들은 기꺼이 익명이 되려고 하고 다른 모든 사람들도 기꺼이 그럴 것이라고 기대합니다. 모두가 함께 경험을 공유하고, 당신의 편안함—혹은 불편함—이 다른 사람들에게 전달되기 때문에 자리를 찾는 누군가를 도와주고 싶어집니다. 집단적인 행사에서는 어떤 감정이든 공유되는데 그게 사람들이 서로 돕는 이유입니다."[4]

이렇게 서로 하나가 되는 느낌은 다른 곳에서도 찾아볼 수 있다. 한 기자가 2016년, 엘레나 페란테Elena Ferrante(《나의 눈부신 친구》 등 '나폴리 4부작'으로 유명한 작가로 데뷔 이후 대중 앞에 나서거나 신원을 밝힌 적이 없다—옮긴이)로 알려진 작가의 정체를 밝히자 그녀의 헌신적인 독자들은 놀라울 정도로 불쾌한 반응을 보였다. "소설 제목들이 작가 이름보다 더 잘 알려져야 한다"라는 페란테의 주장은 독자들에 의해 증명되었다. 독자들은 페란테가 지켜온 익명성을 존중하지 않았다고 그 기자를 비난했다. 독자들은 익명성을 작가와 독자 사이 약속에서 필수적인 요소로 인정했고 그것을 지키는 데 기꺼이 협조해왔다. 작가의 정체를 수수께끼로 남겨두고 작가와 독자가 서로 전혀 모르는 상태에서 계속 상상의 삶에 대한 이야기를 공유했다. 자기 홍보와 노출에 대한 지칠 줄 모르는 욕구로 가득한 문화에서 벗어날 기회를 빼앗긴 독자들은 그토록 분노했던 것이다.

페란테는 익명을 선택했던 게 아니라 부재不在를 선택했다고 공식적으로 말하고 있다. 유명한 저자들은 그저 그런 책을 써도 언론이 문학의 질을 따지지 않고 앞다퉈 보도하는 관습에 저항하기 위해 그런 선택을 했다고 설명한다. "내게 가장 중요한 건 기교적인 가능성을 포함해 가능성으로 가득해 보이는 창조적인 공간을 보존하는 일이다. 작가의 부재는 내가 계속 탐구하고 싶은 방식으로 글을 쓰는 데 영향을 준다."[5]

익명성에서 매력을 찾는 건 페란테만은 아니다. 내 친구 앨런은 건축가이자 직접 가구를 만드는 목수이다. 그는 종종 공작 기계인 선반을 이용해 단풍나무, 호두나무, 흰떡갈나무로 샐러드 그릇을 만든다. 그가 만든 가장 큰 샐러드 그릇은 너비가 90센티미터를 넘어 마치 거인들이 쓸 법하다. 작은 샐러드 그릇 대부분은 친구들에게 선물한다. 우아한 곡선의 나뭇결이 그대로 남아 있는 그릇 어디에도 그의 서명은 없다. "내 친구의 가족들이 이 그릇들을 사용하는 모습을 상상하는 게 좋아. 친구들의 아이들 그다음 손자들 그리고 증손자들이 누가 만들었는지, 어디에서 생겼는지도 모르고 그 그릇을 쓰겠지." 그는 그 그릇들의 기원을 몰라도 괜찮다고, 여러 세대에 걸쳐 매일 식사 시간에, 또는 매년 가정의 중요한 의식을 치르면서 사용하는 그릇에서 한 개인의 서명은 무의미해질 거라고 생각한다. 어쩌면 그가 매만진 손의 흔적이 이미 그 그릇의 구석구석에 담겨 있을지도 모른다.

야나기 소에츠柳宗悅(야나기 무네요시로도 알려져 있다—옮긴이)는 민예품의 익명성을 강조한 일본 도예가이다. 그는 1972년에 펴낸 책《무명의 공예가The Unknown Craftsman》에서 물건이 아름다워지기 위한 조건 중 하나로 만든 사람의 서명이 없어야 한다는 걸 든다. 쓰임새, 손으로 만진 흔적, 소박함, 낮은 가격, 지역 전통과 함께 만든 사람이 아니라 사용하는 사람에게 초점을 맞추는 익명성이 물리적인 가공품에 가치와 의미를 불어넣는 부분이라고 설명한다. 그런 기준은 확실히 나무, 점토, 직물, 금속으로 만든 모든 수공예 가정용품에 적용된다. 실용적인 접시와 수저들을 포함한 가정생활의 척도가 되는 탁자, 의자, 칼, 도구, 경첩, 이불 등 손으로 깎고 빚고 바느질한 온갖 모양의 물건들 말이다. 그런 물건을 만든 사람들의 이름은 대체로 잊히지만, 물건을 사용한 사람들의 집단적인 애정은 여러 세대에 걸쳐 전해진다. 서명이 없다는 점조차 독특한 방식으로 그 작품의 인간미를 확인해줄 수 있다.

뉴스와 토론 사이트 레딧Reddit은 2015년 실험을 통해 디지털 세계에서의 익명성이 비밀이나 범죄와만 관련되는 게 아니라는 사실을 증명했다. 레딧은 디지털 스톱워치를 1분으로 설정해놓고 타이머를 재설정하기 위한 버튼을 누구든 각자 한 번씩만 누를 수 있게 했다. 사람들이 재설정 버튼을 연이어 누르면 스톱워치가 멈추지 않을 수 있었다. 100만 명이 넘는 레딧 사용자들이 별 이유 없이 그 버튼을 눌렀고 그들이 연이어 타이머를 재설정한 덕분에 그 스톱워치가 60초를 모두 채우고 멈추는 데 65일이 걸렸다. 사람들이 뚜렷한 목적 없이—인정, 경제적인 이득, 분명한 결과 모두 없이—상호작용할 거라는 생각은, 사람들의 내면에 공동체에 대한 선천적인 호감, 집단적으로 협력하고자 하는 어떤 생각이 이미 자리 잡고 있다는 사실을 암시한다. 여기에는 진화적인 요소와 공동체의 안전이나 보안과 관련된 조상의 부족 본능 그리고 그 부족 본능이 우리에게 어떻게 도움이 될지를 무의식적으로 알아차린 이유도 있을 것이다.

익명의 알코올 중독자Alcoholics Anonymous(AA)라는 이름의 자조 모임은 익명성을 성역으로 지켜주었지만, 지속적인 책임감도 수반되었다. 설립자 중 한 사람인 빌 윌슨Bill Wilson이 '좋은 무정부 상태'라고 부르는 AA는 서로 연민과 공감을 느끼면서 치유할 수 있는 바탕을 제공한다. 그러나 그런 정체성의 인정은 두 가지 정반대 충동에 주목하면서 자신의 정체성을 찾으려면 먼저 정체성을 잃어야 할 때가 많다는 역설을 암시한다. AA 회원들은 이름을 드러내지 않으면서 동기, 선택, 행동 등 각자의 정체성이 가장 잘 드러나는 본질적인 특징을 돌아보기 위해 내면을 들여다본다. 시인인 내 친구 마이클은 "익명성을 보장하는 모임은 평등하다. 갖가지 차이를 뛰어넘어 사람들끼리 동질감을 느낄 창구를 만드는 게 익명성의 핵심이다. 시 낭독 모임처럼 사람들의 목소리는 절제되면서도 신비하다"라고 말한다.

익명성에는 또 완전히 다른 요소도 있다. 가이 포크스 Guy Fawkes(17세기 영국 화약음모사건 주동자로 그 가면이 현대에서 무정부주의자, 저항주의의 상징으로 사용되었다—옮긴이) 가면을 쓴 컴퓨터 프로그래머, 시위자, 사회운동 해커 연합은 정치 조직, 종교 조직 그리고 연예 단체 들을 비판한다. 개인의 정체성을 가리고 집단적으로 움직이면서 전통적인 조직의 위계질서를 비난하는 게 더 과격하고, 더 충격을 주고, 아마도 더 효과적일 수 있다고 그들은 주장한다.

알코올 중독자 자조 모임과 시위 단체는 익명성에 대해 완전히 다른 관점을 보여준다. 그러나 둘 다 집단적인 신념의 힘을 드러낸다. 둘 다 일종의 급진적인 상상력이 필요하다. 둘 다 개인의 정체성과 행동이 재평가될 수 있다는 점을 시사하고, 세상에서 자신과 자신의 위치를 다시 상상할 수 있는 방법을 제시한다. 둘 다 사회 변화에 영향을 주고 있는데, 하나는 회복을 통해 하나는 정치적 사회적 활동을 통해 영향을 준다. 둘 다 이름이 없어도 목소리를 낼 수 있다는 사실을 시사한다. 둘 다 모두 익명성이 개인의 정체성을 희생시키기보다 재창조할 틀을 제공한다. 둘 다 그저 집단적인 노력에 그치지 않는다. 개인의 정체성을 뒤로 미루고 더 큰 목표를 이루려고 한다.

익명성이 주목받고 있다. 이제 미국의 몇몇 주들은 복권 당첨자들의 익명성을 유지하게 해준다. 복권 관리자들은 어마어마한 당첨금을 실제로 받는 사람이 있다는 걸 증명하기 위해, 복권의 신빙성과 진실성을 보장하기 위해 당첨자를 공개해야 한다고 오랫동안 주장해왔다. 또 당첨자가 어떤 사람인지, 어떤 사연이 있는지 알려야 사람들이 계속 관심을 가지면서 복권을 사기 때문에 주 정부의 재정에 도움이 된다고 주장했다. 당첨자가 어떻게 결혼하고 이혼했는지, 휴가 계획은 무엇인지, 그동안 얼마나 빚에 시달렸는지, 이룰 수 있었던 꿈은 무엇이고, 좌절된 꿈은 무엇인지, 그들의 재산 상태는 어떻고 압류 재산은 없는지 등 시시콜콜 언론에 보도된다. 그러나 큰 행운을 얻은 당첨자들은 자신들의 횡재가 공개되는 걸 별로 달가워하지 않는다. 당첨 후 몇 년에 걸쳐 가족뿐 아니라 낯선 사람들의 도와달라는 부탁에 시달리기 때문이다. 이에 대한 대책으로 2015년 노스캐롤라이나 주 의회에는 일정 시간이 지난 후 당첨자 이름을 공개할 수 있게 해서 어느 정도 익명성을 보장하자는 법안이 제출되었다.

이러한 익명성 제안은 더 작은 규모에서도 점점 더 늘어나고 있다. 내가 가르치는 대학에 있는 익명의 시인 모임은 이름에 너무 충실해서 그 모임에 소속된 시인이나 그들의 작품을 하나도 찾아낼 수가 없다. 2015년 봄, 뉴욕 패션 위크에 참여한 한 젊은 디자이너 집단 역시 익명성을 고집했다. 브랜드 이름이 디자인을 이해하기 힘들게 만들고 혁신을 방해한다는 이유에서였다. 그들 중

한 명은 〈뉴욕타임스The New York Times〉에 "익명이 되는 건 멋지고 매력적이다. 뭔가 정말 근사한 점이 있다"라고 말했다.

같은 해 봄, 뉴욕 주 돕스 페리의 매스터스 스쿨 연극부 학생들은 익명성을 주제로 상호작용interactive 작품을 선보였다. 그 연극에서 검은 옷을 입고 가면을 쓴 다섯 명의 인물은 온몸을 비틀며 바닥에서 일어나고, 어슬렁거리고, 그다음 관람객들을 끌어내 익명성의 영향을 나타내는 짤막한 장면들을 연이어 보여준다. 한 기타 연주자가 즉흥적으로 낯선 사람들의 목소리를 모아서 조화로운 합창으로 만든다. 한 판사가 형사 사건들을 살펴본다. 거리를 지나가는 사람은 한 여성이 폭행당하는 장면을 목격하고 어떻게 대응할지 고민한다. 극 중 인물들은 마지막으로 정직하지 못했던 사소한 일, 우울증 때문에 뒤틀어진 우정부터 자살에 대한 생각에 이르기까지 관람객들이 익명으로 털어놓는 고백들을 읽는다. 그 공연은 최대한 즉흥적으로 익명성의 힘과 위협을 드러냈다. 그 작품의 학생 연출자는 익명성의 매력을 인정하면서 그게 때때로 사생활과 동일시될 수 있다고 말했다.

"밀레니얼 세대는 소셜 미디어와 아주 가깝지만 익명을 유지하면서 사생활을 지키려는 일종의 반작용도 있다고 느껴요. 그런데 세상의 모든 사람들이 너는 그럴 수 없다고 말하려는 것 같아요. 일단 인터넷에 무언가를 올리면 절대 되돌릴 수 없어요. 언제나 어딘가에는 남아 있을 거예요. 나는 내 또래 많은 아이들이 자신의 모든 행동이 어떤 결과를 낳는지, 세상에 공개하고 나면 정말 어떻게 사생활이 사라지는지 제대로 고려하지 않는다고 생각해요."

노스캐롤라이나 섬의 외딴 모래 언덕 위에 있는 킨드레드 스피릿 우편함은 다른 방식으로 익명성과 사생활을 지키게 한다. 그 우편함은 35년 넘게 애정과 청혼, 그리고 고백, 간청, 슬픈 기록, 호소, 기도, 사과, 작별 인사와 주변 바다 경치에 대한 감상 등 온갖 인간의 감정과 경험을 담은 편지를 넣으려는 사람들이 찾는 명소로 자리 잡고 있다. 우아하게 익명성을 지킬 수 있고, 여행으로 인한 위안을 느낄 수 있고, 짧게나마 우리 정체성을 일깨우고,

끊임없이 파도가 밀려오는 바다와 가깝다는 것이 그 우편함의 매력일지도 모른다. 매일 바람에 매끄럽게 휩쓸리는 물결과 모래가 만들어내는 끊임없는 리듬은 그다음 해안에 몰아칠 폭풍 때문에 모든 게 바다로 쓸려 나갈 수도 있다는 걸 은연중에 암시한다. 그러나 그 우편함은 페이스북 페이지와 수백 명의 온라인 구독자를 가지고 있고 유튜브와 핀터레스트에 수십 개의 동영상과 사진을 올려놓고 있다. 익명성에 대한 이 감동적인 기념비 역시 소셜 미디어에서 존재감을 드러낸다는 사실은 알려지지 않고 보이지 않는 상태에 대해 우리가 느끼는 복합적인 감정에 대해 중요한 이야기를 해준다.

익명성이 투명 망토가 되어 윤리 규범을 무시하게 한다는 통념은 점차 설 자리를 잃고 있다. 우리는 종종 다른 사람들의 얼굴을 더 이상 보지 않을 때 인간성을 잃는다고, 얼굴을 보지 않으면 온라인상에서 낚시질, 거짓 신고, 온갖 무차별 공격으로 이어진다고 추측한다. 물론 어느 정도는 그렇다. 학대와 성폭력 위협이 담긴 메시지가 트위터로 쉽게 보내진다. 사용자 이름을 요구하지 않는

SNS 익약YiK YaK이 처음 등장했을 때 순식간에 사이버 폭력과 온라인 낚시질이 활발해졌다. 웹 메시지 게시판 4chan은 계정과 사용자 이름 없이 운영된다. 누구든 결과를 생각하지 않고 무엇이나 게시할 수 있다는 뜻이다. 익명성의 추악한 면을 보여주는 대표적인 사례로 거론되듯이 그 게시판은 거짓과 음모론의 중심지 역할을 하면서 잘못된 허위 정보와 어린이 성매매 그리고 인종, 성, 여성 혐오 등 무제한에 가까운 혐오와 차별 발언을 할 수 있게 한다. 하지만 개방성과 노출이 만연한 문화에서 익명성은 이렇게 악의, 나쁜 짓뿐 아니라 비밀, 수치심과도 관련이 있다는 생각이 점점 커지고 있다. 이제 알코올 중독자 자조 모임의 몇몇 회원들조차 조금 더 개방적이 되자고 요구하고 있다. 작가 수전 치버Susan Cheever는 중독이라는 공중 보건 위기를 극복하는 데 익명성이 도움이 되는지 묻는 질문에, 익명성이 "보호하지만 감추기도 한다"라고 지적했다. 그리고 일부 동성애자들이 자신의 정체성을 세상에 알리게 되었듯 회복 중인 알코올 중독자들이 자부심을 가지고 자신의 정체성을 공개적으로 드러내길

원하지 않을까 묻기도 했다.[6]

익명성의 소멸을 이야기하기에는 아직 너무 이를 수도 있다. 모든 게 훤히 드러나는 우리 문화에서는 익명성에서 위안을 얻는 게 더욱더 그리고 꼭 필요하기 때문이다. 2015년, 100만 명이 넘는 소비자들의 신용카드 거래를 검토한 데이터 분석팀은 구매 날짜, 구매 가격, 구매처 등 약간의 행동 단서만 이용해 구매자 신원을 90퍼센트 정도 확인할 수 있다는 사실을 알아냈다. 구매자의 이름, 주소, 계좌번호를 몰라도 충분히 가능했다. 우편함, 샐러드 그릇 그리고 레딧의 타이머 버튼은 이름 없는 상태에 대해 우리 모두가 발견할 수 있는 매력을 확인해주는 동시에 안도감을 준다. 뭔가 더 큰 공동체에 동화되고 싶은 게 인간의 기본적인 필요이자 욕구이며 익명성은 '새로운 명성'이 될 수도 있다. 루스 오제키Ruth Ozeki는 소설 《당분간의 이야기A Tale for the Time Being》(한국어판 제목《내가 너를 구할 수 있을까》)에서 검색 엔진에 침투해 개인 정보, 악의적인 동영상, 온라인 세상에서 자연스럽게 퍼지는 수치스럽고 굴욕적인 순간들을 깨끗이 지우는 디지털 거미를 상상한다. '지우는 자 무무'로 불리는 그 거미는 온라인 정체성을 삼켜버린다. 오제키는 "인터넷에서 당신 이름이 검색되지 않는 게 멋있음의 새로운 상징이다. 검색되지 않는다는 건 당신이 얼마나 유명하지 않은지를 증명하고, 진정한 자유는 알려지지 않는 데서 비롯되기 때문이다"라고 주장한다. 이제 명성에 대한 앤디 워홀의 예언 같은 말이 뒤집힐 때라고 생각하게 된다. 아마도 우리는 이제 명성보다는 15분 동안 완전히 익명이 되는 순간을 상상할지도 모른다.

1901년, 제럴드 스탠리 리는 "군중이 아름답지 않다면 군중을 위한, 군중에 의한, 군중의 문명에서 어떤 아름다운 것도 이루어질 수 없다"라고 썼다. 1세기 전, 예술가, 건축가, 디자이너 들은 통제할 수 없고 혼란스러워 보이는 군중이 질서와 우아함을 갖추게 하면서 도시 경험을 새롭게 형성하는 방법을 찾아냈다. 그랜드센트럴 역의 반짝이는 통로들, 중앙 통로의 거대한 규모, 치솟은 공간과 환한 발코니 모두 종종 통제할 수 없는 인간 무리로 여겨지는 집단에 교양이 스며들게 할 수 있었다.

얼마 전 그랜드센트럴 역 중앙 통로를 지나갈 때 셀피를 찍는 10대들, 선생님을 따라 움직이는 한 무리의 수학여행 온 학생들, 전화기만 뚫어지게 바라보며 재빨리 움직이는 여성이 차례로 내 옆을 스쳐 지나갔다. 한 무리의 아시아 관광객들이 넋을 잃고 머리 위 천장에 그려진 열두 개의 별자리를 뚫어지게 바라보고 있었다. 어떤 사람들은 기차나 사람 혹은 시간이 지나가기를 기다리면서 안내판 주위에서 서성이고 있었다. 그들의 여유로운 느낌은 정신없이 바쁘게 돌아가는 다른 곳의 에너지와 대조적이었다. 나는 사업가로 보이는 양복 입은 남자와 거의 부딪칠 뻔했다. 그는 춤추자고 청하듯 팔을 뻗었지만, 우리 둘 다 보폭을 유지했다. 선로 문 앞에서 아들로 보이는 젊은 남자에게 작별 인사를 하고 있는 한 여성의 얼굴에 눈물이 흘러내리고 있었다. 나는 이 굉장한 공공장소가 어떻게 친밀한 순간을 만들어줄 뿐 아니라, 강화하기도 하는지 생각했다. 수많은 사람들이 출발하고 도착하는 장소가 감정을 고조시키는 반면, 우리 주위에서 계속되는 삶의 연속성에서 위안을 얻게 한다.

우리 모두 충돌을 피하고 줄을 짓고 모여든다. 우리는 흐름을 따라가고 있다. 우리 모두 그저 서로를 수용하는 기본적인 인간 활동에 참여하고 있다. 그랜드센트럴 역 통로들에서는 그걸 쉽게 느낄 수 있다. 90억 가까운 인구가 사는 세계에서 멋진 군중이라는 개념은 확실히 새로운 의미를 가진다. 어쩌면 저 화려한 대리석 통로들, 치솟은 천장, 장엄한 기둥들과 맞먹는 가상의 세계를 만들 방법이 있을지도 모른다. 그것은 건축법이 아니라 군중 속에서 우리 자신을 잃는 대신 찾을 수 있다고 믿는 의지를 사고하는 방법일 것이다.

댈러웨이 부인
다시
읽기

08

몸은 쉽게 보이지 않게 되는 수단이 된다.

패니 하우

FANNY HOWE
미국의 시인이자 소설가

얼마 전 친구 크리스티나에게 이메일을 받았다. 그녀는 60대의 무용가이자 안무가이다. 무용가와 안무가로 활동하는 내내 사방이 거울로 된 연습실에서 몸을 움직이며 자신의 모습을 관찰해오던 그녀가 지금은 아는 사람이 하나도 없는 스페인 남부의 해변 마을로 옮겨 가 살면서 눈에 띄지 않는 상태에 익숙해졌다. 그곳에서는 아무도 그녀를 모른다. 스페인어를 잘하지 못해 의사소통도 쉽지 않다. 그녀는 그곳 생활에 대해 내게 이렇게 설명했다.

"이곳에서는 나의 정체성도 맡은 역할도 없어. 그리고 실수를 정말 많이 해. 사회적으로 사소한 실수도 많이 저지르고, 발음도 많이 틀리지. 이 지역 사람들은 '당신한테 방해받지 않겠어'라는 듯이 나를 본 척도 하지 않아. 이곳에서는 내가 공기처럼 느껴져. 그렇다고 홀대 받는다고 느끼지는 않아. 그들이 그저 나를 보지 않을 뿐이야. 그게 내가 여기에 있는 중요한 이유야. 이곳은 빈 캔버스, 내가 새로 시작할 수 있는 그림 같아. 나는 우리가 보여야 할 이유가 있을 때 보일 거라고 진심으로 믿어."

공기처럼 느껴진다는 크리스티나의 말이 낯설지 않

다. 역사적으로 보이지 않는 존재였던 여성은 여성의 사회적 지위에 대한 생각이 달라지면서 놀랍도록 눈에 띄는 존재가 되었다. 19세기 마술사의 무대에서 여성은 물질세계와 영혼의 세계 사이를 오간다. 마술에서 여성은 서서히 사라지기도 하고, 온갖 얇은 천, 담요, 침대보 뒤로, 때로는 트렁크, 상자, 벽장 안과 바닥의 작은 문 밑으로 사라지기도 한다. 공중에서 떠다니기도 하고, 마술사의 손짓에 따라 사라지기도 한다. 20세기 초에 이르러 여성들은 점점 더 공공장소에서 모습을 드러내게 되었고, 그들이 추방되는 방식—이유나 논리 없이—은 훨씬 더 작위적이 되었다. 마술에서는 여성이 담요를 뒤집어쓰고 의자에 앉아 있을 수도 있다. 담요를 치우니 그녀는 거기에 없지만 관람석에서 다시 나타난다.[1]

앨프레드 히치콕Alfred Hitchcock의 1938년 영화 〈사라진 여인The Lady Vanishes〉에서 한 젊은 여성은 기차에서 만난 친절한 부인이 갑자기 사라져서 혼란스러워진다. 독신의 가정교사이자 음악교사인 그 부인은 창유리의 물기 위에 이름을 쓰더니 갑자기 증발한다. 몇 분 만에 사라진 것이다. 다른 승객들과 승무원, 차장은 그 부인을 본 적이 없다고 주장한다. 심지어 존재한 적도 없다고 말한다. 그 부인에 대해 설명해달라고 하자 그 젊은 여성은 "나보다 나이가 많은 중년 여성"이라는 말밖에 하지 못하고, "더 이상 기억나지 않는다"며 사람들의 주장을 받아들인다. 영화 뒷부분에서 그 나이 든 부인은 "환영, 상상의 이미지, 무의식적으로 기억되는 소설 속 인물" 그리고 심지어 "그저 살덩어리"로 축소된다. 그리고 마지막 장면에서 그 영화의 궁극적인 여주인공, 영국 스파이라는 게 드러난다.

오늘날 여성들은 다양한 모습으로 나타나거나 사라진다. 사진작가 패티 캐럴Patty Carroll의 〈익명의 여성들Anonymous Women〉 연작에서 작가는 집 안 물건들—소파 덮개, 커튼, 전화, 베이컨 조각, 상추, 땋은 머리 모양의 빵 덩어리, 벽지, 베개, 접시—속으로 사라지고, 거대한 뱀이 그녀를 통째로 삼킨다. 휘트니 오토Whitney Otto의 소설《이제 당신은 그녀를 본다Now You See Her》에서 '사라지는 여성'은 사무실에서 일하고 있지만, 보이지 않는다. 동료들, 남성들, 젊은 여성들이 오가며 그녀의 책상에 메모를 남기고, 그녀의 물건들을 사용한다. 그들 중 한 명은 "물론 너를 봤어, 그렇지만 보지 않았어"라고 말한다. 그녀의 고양이는 그녀가 자기 때문에 걸려 넘어져도 신경 쓰지 않는다. 그녀가 손바닥을 이마에 대자 "그녀의 손 움직임에 따라 손가락 끝에서 팔뚝까지 사라진다." 그 여성은 생각한다. "밝은 색깔 그림이나 양탄자가 햇빛에 너무 오랫동안 노출되어 색이 바래듯 나 역시 조용히 빛을 잃고 있다." 2015년 영화 〈헬로 마이 네임 이즈 도리스Hello, My Name Is Doris〉에서 샐리 필드Sally Field는 사무실에서 함께 일하는 젊은 남성에게 푹 빠진 나이 많은 여성 도리스 역할을 맡았다. 이야기의 시작 부분에서 그 남성은 여성의 비뚤어진 안경을 고쳐준다. 한 영화평론가가 지적했듯, 그 젊은 남성의 무심하고 친절한 몸짓에는 변화시키는 힘이 있다. 도리스는 나이가 들어 주름이 하나씩 생길 때마다 스스로가 점점 사라지는 것 같았는데 젊은 남자가 자신에게 잠시 눈길을 주자 그녀는 그 사실을 의식하며 "눈에 띄게 된다. 가장 중요하게는 그녀

스스로 자신을 보게 된다."[2]

마흔 번째 생일 이후 더 이상 출연 제의를 받지 못한 여배우, 취업 면접 기회가 없는 50세 여성 혹은 남편을 잃은 후 저녁 초대를 잘 받지 못하는 여성이 보이지 않는 여성일지도 모른다. 식당에 들어가 자리에 앉았는데도 종업원이 한참 동안 물을 가져다주지 않고, 식사를 끝냈는데도 계산서를 가져다주지 않으면서 무시하는 나이 많은 여성일지도 모른다. 가게에서 물건 값을 낼 때 계산원이 "아줌마"라고 부를지도 모른다. 더 이상 남성의 시선을 받지 않고, 젊음은 시들해졌고, 아이를 낳을 수 있는 시기도 지났고, 사회적으로 눈에 띄지 않는 존재가 된다. 작가 에일렛 월드먼Ayelet Waldman은 인터뷰에서 "나는 개성이 강하고, 어느 정도 전문적인 능력도 있어요. 내 일로 존중받는 데 익숙하죠. 그런데 갑자기 내가 방에서 사라진 것 같아요. 내가 누군가의 눈에 띄려면 더 크게 소리쳐야 해요. (…) 그저 길을 걷다가도 내가 존재하는 걸 누군가에게 알리고 싶어요"라고 말했다.

그녀의 말에 거의 1세기 전, 런던 거리를 걸으면서 사람들의 눈에 띄지 않았던 또 다른 여성이 떠올랐다. 버지니아 울프는 소설《댈러웨이 부인Mrs. Dalloway》에서 클라리사 댈러웨이 부인이 6월의 어느 아침에 런던에서 꽃을 사러 다니는 모습을 그리면서 주인공의 흔들리는 정체성에 주목했다. 댈러웨이 부인은 아는 사람들 사이에서 자신의 위치를 생각하며 공기처럼 움직인다. 그리고 "이제 종종 그녀가 가진 이 몸(그녀는 네덜란드 그림을 보기 위해 멈췄다), 모든 능력을 가진 이 몸이 전혀 아무것도 아닌 것 같았다. 아무것도 아니다. 그녀는 자신이 보이지 않고, 눈에 띄지 않고, 알려지지 않은 존재라고 느꼈다." 그녀는 자신이 이제 그저 남편 이름으로 확인되는 존재라고 생각한다. 그리고 몇 문장 뒤에서 여성들이 어떻게 때때로 그저 장갑과 구두로 확인되는지에 대해 생각한다. 그녀는 자신이 아무것도 모르고, 언어도 없고, 역사도 없고, 회고록 외에는 거의 책을 읽지 않는다고 생각한다. 그녀는 그다음 거의 본능적으로 사람들을 알아보는 게 자신의 유일한 재능이라는 사실을 깨닫는다.

클라리사 댈러웨이의 존재감은 불안정하다. 그녀는

그 당시 공공 생활과 공공장소에서 여성이 어떤 역할을 하는지에 따라 보이기도 하고 보이지 않기도 한다. 울프는 인도와 차도 사이에서 멈추고, 가게 유리창 안을 들여다보기 위해 멈추는 주인공의 발자취를 따라간다. 댈러웨이 부인의 빨라지는 발걸음은 눈에 찍힌 야생동물의 발자국을 찾는 사냥꾼과 다르지 않다.

한 사람의 정체성은 변하기 쉽고, 아마도 나이가 들면서 더욱더 그럴 거라고 울프가 말하는 것 같다. 여성은 나이가 들면서 언제 어떻게 보일지를 더 광범위하게 선택하게 된다. 이런 사라짐이 급격히 일어날 수도 있고, 더 예민하게 느껴질 수 있다. 덧없는 자아에 대한 클라리사 댈러웨이의 의식은 프랜신 뒤 플렉시스 그레이스Francine du Plessix Gray의 에세이 〈제3시대The Third Age〉에 더 명쾌하게 묘사되었다. 다른 사람들의 시선이 줄어들면 "그 대신 더 깊고 의미 있는 시선을 받거나, 다른 사람들을 더 깊이 관찰하거나 성적인 매력을 초월해서 관심을 모으는 대안을 개발하고, 내 젊은 시절의 멘토가 가르쳐주었듯 존재와 권위, 목소리로 다가가는"[3] 선택을 할 수도 있다.

그레이는 시선을 받는 존재와 바라보는 존재 사이의 차이를 말하고 있는 것 같다. 우리 문화에서 남성들은 일상적으로 여성들을 물건 취급한다고 지적하는 건 진부하게 들리겠지만 심리학자 앨리슨 카퍼가 말하듯 여성이 이런 관습에 관련된다면, 즉 자신이 물건 취급받는다고 여긴다면 그런 성적인 매력을 잃을 때 예민하게 의식하지 않을 수 없다. 카퍼는 "우리는 모두 인간으로서 인정받아야 한다. 그러나 나이가 들면서 추구하는 인정의 방식이 바뀔 수도 있다. 주체적인 사람은 자신의 힘을 느끼고 다른 사람에게 어떻게 영향을 끼칠 수 있는지 그리고 궁극적으로 자신의 삶을 어떻게 만들어갈지 안다. 또한 그것이 지닌 책임감을 알고 있다"라고 덧붙인다. 내면이 충분히 성장하지 않은 여성은 계속해서 자신을 대상화할 수도 있다.[4]

클라리사 댈러웨이는 분명히 주체이다. 그녀는 자신의 몸이 어떤 면에서는 그저 껍데기일 뿐이라는 사실을 깨닫고, 그다음 문장에서 정말 아무것도 아니라는 사실을 안다. 《댈러웨이 부인》이 출간된 이후 인간 본성에 대한 더 일상적인 연구들도 비슷한 결론을 보여준다. 눈에 띄는 느낌이 줄어든다고 반드시 경험이 제한되지는 않는다. 보이지 않는 상태가 더 큰 공감, 연민과 결합하면서 우리를 더 큰 세계에 대한 인도주의적인 관점으로 인도한다. 사람들의 눈에 띄지 않는 존재가 되면 사실 우리 삶은 제한되기보다 풍부하고 강인해진다. 우리가 인식되지 않는 게 역설적으로 더 큰 세상의 틀에서 우리의 위치를 인식하는 데 도움이 될 수 있다.

심리학자 아나 기노트Ana Guinote의 연구팀은 《미국국립과학원회보Proceedings of the National Academy of Sciences》에 연이어 발표한 연구에서 우리가 지닌 이타성의 정도는 성장 환경이나 개인적인 성향보다 사회적 지위—평판과 명성—에 의해 결정될 때가 많다는 사실을 밝혔다. 그 연구는 "인간이 동물 중에서 가장 이타적이기는 하지만, 교육, 성 역할, 혈통과 경제 상황에 따라 사회적 성향의 차이를 보인다"라고 지적하면서 "사회적 지위가 낮은 사람이 사회적 위상이 더 높고 인정받는 사람보다 평등성을 중시하는 경향이 있다. 사회적 약자들—소수 민족, 여성과 사회경제적 지위가 낮은 사람들—이 공정성에 민감하고 더 공감을 잘하는 경향이 있다"라는 결론을 내렸다.

한 연구에서 가상으로 순위를 매긴 학교들에 실험 참가자들을 배정했다. 그다음 우연인 것처럼 그들 앞에서 펜 스무 자루를 바닥에 떨어뜨렸다. 무작위로 낮은 순위의 학교에 배정된 참가자들은 선뜻 펜 줍는 일을 도왔지만 더 높은 순위의 학교에 배정된 참가자들은 돕지 않았다. 또 다른 연구에서, 미술대학 학생들을 그들이 다니는 학교에 따라 임의로 순위를 매기고 삶의 목표에 대해 질문했다. 높은 순위의 학교에 다니고 있다고 생각한 학생들은 권력과 명성에 대해 말했던 반면, 낮은 순위의 학교에 입학했다고 믿는 학생들은 다른 사람들을 돕고, 공익에 도움을 주거나 아니면 사회 복지에 이바지하겠다고 말했다. 연구자들은 어린아이들의 이타심도 사회적 지위에 따라 달라진다는 사실을 발견했다. 두 명씩 짝을 지은 유치원생들에게 비싼 장난감과 싸구려 장난감 중 하나씩 선택하라고 했다. 권력을 쥔 아이들이 더 비싼 장난감을 차지했다. 그다음 지위가 같은 아이들끼리 다시 짝을 지어서 더 비싼 장난감을 차지하기 위한 경쟁을 하게 했더니 새로운 계급이 만들어졌다. 그다음 아이들에게 스티커를 나눠주고, 스티커를 하나도 가지고 있지 않은 아이에게 그걸 주고 싶은지 물었다. 낮은 지위의 아이들이 더 너그러웠다. 이 연구는 사회경제적 지위가 낮은 사람들이 더 잘 배려하고, 사람들과 관계를 더 잘 맺고, 다른 사람들의 감정 상태에 더 잘 공감할 수 있다고 결론을 내렸다.[5] 여성은 남성보다 더 관계를 잘 맺고, 박애의 가치를 더 많이 지지한다.

"관계를 더 잘 맺기"라는 말이 무미건조할 수 있다. 그러나 보이지 않는 상태가 무시당하거나 묵살되는 것이 아니라 직관적으로 존재하며 주위 세상과 조화를 이루어 온전히 하나가 되는 일이라는 사실을 깨달았던 1세기 전 클라리사 댈러웨이의 경험과 크게 다르지 않은 말이다. "관계를 더 잘 맺기"는 그녀가 화장대 앞에 앉아서 거울에 비친 자신의 모습을 보면서 생각하는 일일 수도 있다.

"응접실에 앉아 있던 여성은 그곳을 만남의 장소, 따분한 삶에서 확실히 빛나는 장소, 외로운 사람의 피난처로 만들었다. 아마도 그녀는 젊은 사람들을 도와주었고, 그들은 그녀에게 고마워했을 것이다. 그녀는 단점, 질투심, 허영, 불신 같은 면들을 절대로 보여주지 않으면서 항상 같은 모습을 유지하려고 노력했을 것이다."

울프가 계속 반복하는 주제는 몇 페이지 뒤에 다시 등장한다. 클라리사 댈러웨이는 "한 번도 이야기해본 적 없는 사람들, 거리의 어떤 여자, 계산대 뒤의 어떤 남자 심지어 나무나 헛간에 느끼는 기묘한 친밀감에 대해 생각한다."

클라리사의 보이지 않는 위치가 빛을 발한다. 그녀는 사회적 지위가 낮은 사람이 아니다. 그녀는 반짝이는 초록빛 비단 드레스를 입고 있다. 런던의 그녀 집에서 마련한 만찬에서는 은촛대와 장미가 식탁을 장식한다. 그러나 가임기를 넘긴 기혼 여성으로서 그녀의 지위는 약해지고 있다. 이런 보이지 않는 상태가 나이 많은 여성들에게는 너무 익숙하지만, 그녀는 다른 사람들의 삶을 변화시키기 위해 무엇을 했느냐로 우리 삶이 평가될 수 있다는 사실을 깨닫는다. 그녀는 낯선 사람들과 어떻게 관계를 맺을 수 있는지, 그게 얼마나 지속적으로 가치 있는 일인지, 결국 그런 연대가 얼마나 중요한지에 대해 잘 안다.

클라리사 댈러웨이는 자신이 "세상의 흐름에 따라" 살아간다는 걸 안다. 그녀는 자신이 점점 더 불분명하고, 모호하고, 어쩌면 알 수 없는 존재로 "가장 잘 아는 사람들 사이에 안개처럼 펼쳐져 있다"는 걸 안다. 우리는 덧없는 존재이고 언제나 눈에 띄는 건 아니지만, 바로 이런 덧없음 때문에 삶에 진정성이 생긴다는 사실을 그녀는 안다. 클라리사 댈러웨이의 초상화가 있다면 얼굴이 잘 보이지 않는 앨릭 소스의 '언셀피' 사진 중 하나와 비슷할 수 있을 것이다. 본드 가를 걷다가 아이폰으로 셀피를 찍으면서 세상에서 자신의 위치를 기록할 때 갑자기 런던 안개가 몰려와 얼굴이 희미하게 가려지듯이 말이다.

영화 〈엑스맨X-Men〉 시리즈에서 제니퍼 로런스Jennifer Lawrence가 연기한 미스틱Mystique이 현대의 클라리사 댈러웨이일 수도 있다. 모습이 바뀌는 돌연변이

인 미스틱 역시 댈러웨이 부인과 비슷하게 이상한 친화력을 발휘한다. 그녀에게는 푸른색 몸밖에 없지만, 암살자, 독일 첩보원, 교수, 어린 소녀, 상원의원의 아내, 패션모델 그리고 미국 국방부 직원 등 다른 사람들의 모습으로 변신한다. 모습이 불분명하다는 게 그녀의 힘이다. 그래서 다른 정체성을 연기할 수 있다. 풍부한 감성의 상상력과 존재의 가벼움을 모두 갖춘 이 여성들은 다른 사람들의 삶을 충분히 상상할 수 있고, 때때로 패션모델이든 계산대 뒤의 어떤 남성이든 다른 사람들의 삶을 살 수 있기까지 하다.

베루슈카Veruschka라는 이름으로 잘 알려진 1960년대 유명 모델 베라 렌도르프Vera Lehndorff 역시 클라리사 댈러웨이와 비슷한 인물일 수 있다. 모델에서 은퇴한 후 그녀는 독일 예술가 홀거 트륄츠Holger Trülzsch의 도움을 받아 자신의 몸을 다양한 배경과 똑같은 무늬, 색깔, 질감으로 칠했다. 그다음 주변 배경, 물건들과 하나가 되어 눈에 띄지 않기 위한 자세를 취했다. 그 모습을 촬영한 사진들은 독특하고 기묘한 매력을 만들어낸다. 사람들의 주목을 받던 패션쇼와 달리, 그녀는 버려진 공장에서 녹슬고 있는 파이프들, 빛이 바랜 흰 벽, 나무문의 낡아빠지고 우중충한 널빤지, 이끼로 뒤덮인 땅, 혹은 창문이 달린 오래된 헛간 속으로 사라지고 있다. 한 사진에서는 오랫동안 파도에 씻긴 허옇고, 구멍이 숭숭 뚫린 해변의 돌들 사이에서 돌과 비슷하게 칠한 그녀의 얼굴만 보인다. 비어 있는 창고에서 촬영했든 오래된 헛간에서 촬영했든 아니면 잎을 모두 떨군 나무들이 서 있는 숲에서 촬영했든 그녀의 사진은 그 장소 그리고 그곳에 있는 사람들의 노화와 퇴락을 극적으로 보여준다.

사진집 《베루슈카 : 형태의 변환Veruschka: Transfigurations》에 쓴 글에서 렌도르프는 "나와 다른 사람들 사이 메울 수 없는 간극을 깨닫고 불행하다고 느끼면서 무엇이든 아름답다고 생각하는 것과 하나가 될 수 있기를 바랐던 어린 시절"을, 그리고 나무나 빛이 되려고 했던 헛된 노력을 떠올린다. 수십 년 후—사진집에 위장복, 상징과 동물, 자연 같은 범주로 나누어 실린—사진들을 찍으며 그녀는 그런 노력을 다시 시작한 것 같았다. 그녀는 "내가 나 자신을 그리기 시작했을 때"라고 말한다.

"색깔과 나는 하나여서 틈이 전혀 없었다. 나의 작업은 이제 사물들 그리고 물건과 그림이 긴밀하게 연결되어야 한다는 내 신념을 드러낸다. 우리와 주변 세상이 긴밀하게 연결되었다는 사실을 이렇게 경험하는 게 일종의 행복이다. 그러면 접촉하는 무엇에든 친밀감을 느끼게 된다."[6]

이것은 인위적으로 꾸미지 않고 전적으로 풍경의 일부가 되는 동화, 통합, 적응으로 창조되는 아름다움에 대한 생각이다.

수전 손태그Susan Sontag는 이 사진집 서문에 "자아를 세상에 녹여 넣고 싶은 욕망, 세상을 물질로 환원하고 싶은 욕망, (…) 고정되고 보이지 않고 싶은, 유령"이라고 쓴다. 나는 그 글을 읽고 사진들을 다시 본다. 렌도르프가 우중충한 모래 위에 앉아 있거나 어두운 색 출입구나 흰 벽에 기대고 있다. 사진집 표지 사진에서 흰 벽에 기댄 그의 몸은 어깨 아래까지 하얗게 얼룩져 있지만, 머리는 배경의 하늘과 어울리게 밝은 하늘색으로 칠해진 것 같다. 물건에서 공기로, 물질에서 비물질로, 무언가에서 아무것도 아닌 것으로 바뀌고 있는 여성의 몸을 보여주는 사진이다. 그것은 천적을 피해 달아 나가거나 위험을 피하거나 먹이나 짝을 찾는 행동과는 관련이 없는, 주변과 하나가 되려는 의도의 위장이다.

나는 크리스티나의 이메일을 다시 읽는다. 그녀의 말은 나에게 "내가 관심을 가지는 사람들에게 내가 보인다는 걸 알아"라고 이야기했던 다른 친구의 말과 비슷하게 느껴진다. 크리스티나는 남편, 딸들과 함께 새로운 삶에 정착하는 일에 대해 쓴 후 이렇게 결론을 내렸다.

"내가 느끼는 보이지 않는 상태가 무용 연습실에 거울을 두지 않았을 때처럼 아주 도움이 많이 된다는 걸 오늘 깨달았어. 거울에 비친 내 모습을 보지 않으면서 나의 외적인 자아는 시야에서 사라질 수 있어. 나는 끝없이 펼쳐진 바다를 바라봐. 모든 물이 연결되어 있으니 어딘가에 네가 있는 게 보여."

그녀 역시 사물들이 긴밀하게 연결되어 있다는 걸 느끼고 그 흐름과 변화 속에 존재한다. 스페인 집의 창문 너머로 항구를 바라보며 그녀는 아마도 세상과 더 깊은 관계를 맺고 있을 것이다.

댈러웨이 부인이 흘낏 쳐다본 안개이든, 밝고 푸른 하늘의 한 조각이 되어가는 여성의 몸이든 아니면 바다를 바라보고 있는 은퇴한 무용가이든 모두 새로운 방식의 보이지 않는 상태에 대해 말하는지도 모른다. 보이지 않는 상태 자체가 연결시키는 역할을 할 수도 있다. 만약 우리가 어떤 흔적을 남기고 있다면, 그것은 일시적이고 빠르게 사라지는 자국, 도망자의 상징일 뿐이다. 우리 정체성을 기차 창문의 흐린 유리 위에 쓰였다 몇 분 만에 사라진 이름으로 상상하는 것은 아마도 그리 최악은 아닐 것이다.

사라지고
다시
태어나는
자아

09

마음은 여러 인식이 잇따라 모습을 드러냈다가 사라지고, 다시 지나가고, 미끄러지듯 사라지며 엄청나게 다양한 상태와 상황이 뒤섞이는 극장과도 같다. 마음속에는 한때의 단순함도 정체성도 제대로 없다.

데이비드 흄

DAVID HUME
18세기 스코틀랜드 출신 철학자이자 역사가

나의 어머니는 60세였던 어느 여름날 아침에 잠에서 깨어난 후부터 글을 쓸 수 없게 되었다. 생각을 가다듬고 연필을 잡을 수는 있었지만, 글자를 쓸 수가 없었다. 어머니는 일종의 근육 경련이나 손가락 염좌 때문일 거라고 짐작했다. 그러나 컴퓨터 단층 촬영을 해보니 어머니 뇌의 왼쪽 전두엽에 자리 잡은 라임 크기의 공격적인 뇌종양인 교모세포종 때문이라는 게 확실해졌다. 발병 요인은 알 수 없으나 의사소통을 제대로 할 수 없게 만드는 종양이었다. 전두엽은 언어 기능과 더불어 집중력, 판단력, 정서적인 특성의 중심 역할을 하는 곳이다.

뇌수술을 했지만, 완전히 성공적이지는 않았다. 뒤이어 화학 요법과 방사선 치료를 받아야 했다. 그 당시 나는 샌프란시스코에 살았지만, 동부의 부모님 댁에 자주 찾아갔다. 그리고 어머니의 병이 밝혀진 그해 말쯤에는 점점 더 커지는 어머니의 종양과 함께 우리 모두의 우울증도 깊어지고 있었다. 어느 날 오후, 나는 식탁에서 어머니 옆에 앉아 샌드위치를 한 입이라도 드셔보라고 졸랐다. 당시 어머니는 입맛을 잃은 상태였다. 내가 계속 음식을 권하자 어머니는 "너, 이런 식이라면 캘리포니아로 돌아가는 게 좋겠어"라고 쏘아붙였다. 눈가가 뜨거워지고 멍해졌다. 어머니는 한 번도 이런 식으로 이야기한 적이 없었다. 어머니는 친절하고 자의식이 뚜렷한 사람이었다. 대학 졸업 후 잡지 《파르티잔 리뷰Partisan Review》에서 일했고, 창의적이면서 너그러운 어머니였다. 그런데 이제 샌드위치 한 조각 때문에 무섭게 화를 냈다.

그 분노가 어디에서 비롯되었는지 누가 정확하게 알 수 있겠는가? 언어 장애를 겪게 되면서 무력감을 느끼는 상황에 대한 반응이거나 언젠가는 죽어야 한다는 인간의 운명과 정면으로 맞닥뜨리면서 괴로움을 느꼈기 때문이었을까. 그것은 뇌종양이라는 물리적인 사실에서 비롯되었을 수도 있다. 정서적인 특성을 담당하는 전두엽에 생겨난 뇌종양은 언어 장애를 유발하여 말이 뒤죽박죽이 되고 사물의 이름을 잊어버릴 때가 많을 뿐 아니라 고립감, 외로움, 절망과 분노 같은 정서적인 문제로도 이어진다. 우리가 알았던 그 여성은 가족뿐 아니라 어머니 자신에게서도 사라졌다. 그녀의 두뇌, 기분, 평정심, 공감하는 능력을 황폐하게 만들고 있는 세포 손상이 그녀의 정체성 자체를 공격한 것 같았다. 어머니를 알아볼 수 없게 되었다. 그때 나는 "어머니가 더 이상 원래의 어머니가 아니다"라는 말을 자주 했는데 이건 우리가 온갖 뇌신경 질환에 대해 이야기할 때 관습적으로 하는 말이기도 하다. 우울증, 치매, 자폐증, 인격 장애, 뇌졸중 등 정신적 문제를 겪는 사람을 두고 보통 "더 이상 그 사람이 아니다"라는 표현을 많이 한다. 그러나 그 당시의 상황과 내 마음에 떠올랐던 말들을 지금 되돌아보면 내가 무슨 말을 하고 있는지 전혀 몰랐다는 사실을 깨닫는다.

오늘날 우리는 뇌와 신경계의 문제로 벌어지는 다양한 일들, 우리 또는 우리의 일부가 사라졌다고 생각하게 만드는 온갖 정신적인 장애들, 완전하게 또는 무작위로 주변으로부터 멀어지는 수많은 결과들을 알고 있다. 어머니의 병을 생각하면, 내가 관심을 갖고 있던 '보이지 않는 자아'라는 개념이 매력적으로 느껴지지 않을 정도였다. 나는 보이지 않는 상태 그리고 정체성의 가변성에 심취한 나머지 아주 명백한 사실을 일부러 외면해온 것은 아닐까 생각했다. 원치 않게, 갑자기 신체적인 문제로 존재감과 정체성의 결여를 겪는다면 그것은 본질적이고 현실적인 문제이며 치명적인 상실감을 동반하게 된다.

우리에게 사라짐은 자연스러운 일이 아니다. 조약돌을 닮은 식물, 나뭇가지 같은 대벌레, 주변과 같은 색깔의 나방처럼 우아하게 눈에 띄지 않을 방법이 우리에게는 거의 없는데 뇌는 정체성의 다양한 부분들을 지우는 나름의 기발한 전략을 가지고 있다. 캘리포니아주립대학 샌타바바라 캠퍼스에서 심리학과 뇌과학을 가르치는 교수 스콧 그래프턴Scott Grafton은 이것들 중 몇 가지에 대한 로드맵을 나에게 주었다. 나는 정체성을 정의하는 기능과 능력에 대해 더 많이 이해할수록 그런 정체성이 어떻게 해체될 수 있는지도 더 많이 이해할 수 있다는 사실을 깨달았다. 우리는 대체로 몸과 마음의 상호작용—정확하게 일사불란한 과정이 아니라 즉흥적이면서 일관성 없는—을 통해 우리의 정체성을 만든다고 추측한다. 그런데 이런 상호작용은 쉽게 중단될 수 있다. 우리는 자아를 하나의 실체로 가지고 있다고 생각하지만, 자아는 유전적인 특성, 학습된 행동, 습관과 반응 등을 닥치는 대로 무작위로 모아놓는 것에 더 가깝다. 그래프턴은 내게 보낸 이메일에 이렇게 썼다. "행동신경과학과 인지신경과학 모두 '자아'와 자의식을 과정, 뇌의 단위들, 진화 과정에서 그때그때의 해결책이 뒤섞여 있는 것으로 보기에 이르렀습니다. 우리가 자아를 단일한 실체로 이야기할 수는 있지만, 그런 단일성은 환상일 뿐이에요."

그렇다면 보이지 않는다는 건 이런 무작위적인 뇌 기능들이 변화하고, 변형되고, 감소되고, 때로는 완전히 작동하지 않는 방식과 관련 있을 수도 있다. '자아'의 경계는 보통 우리 생각보다 유동적이며, 정체성은 다양한 장애 중 하나로 인해 사라질 수 있다. 그래프턴도 지적하듯 장애는 우리가 행동하고 세상에서 살아가는 방식을 조절하는 신체도식body schema을 왜곡시키기도 한다. 이것이 분열되면 우리의 신체적 자율성, 위치와 운동감각 그리고 공간에 존재하는 것에 대한 감각 모두 재조정될 수 있다. 우리가 보고 경험하는 게 더 이상 일치하지 않는다. 아주 건강한 사람조차 자신이 몸의 주인이라는 확신이 쉽게 사라질 수 있고, 가장 기본적인 신체 감각조차 영향을 받는다.

1998년, 역사적인 고무손 실험이 실시되었다. 인지과학자들은 고무손을 건강한 실험 참가자의 진짜 손 옆에 나란히 놓고 칸막이로 실제 손을 가려 참가자는 고무손만 볼 수 있게 했다. 그다음 과학자들은 두 개의 붓으로 고무손과 진짜 손을 동시에 쓰다듬었다. 그러자 뜻밖에 많은 참가자들이 붓이 고무손을 쓰다듬는 걸 "느꼈다"고 확신을 가지고 말했다.[1] 육체적 자아에 대한 우리의 감각은 외부의 영향에 쉽게 휘둘린다. 의심스러운 출처에서 잘못된 정보를 받아들일 준비가 얼마든지 되어 있다.

인지 장애는 인간 인식의 취약함을 명확하게 보여줄 따름이다. 자기 신체 무시증후군personal neglect은 신체적인 자아에 대한 감각이 재구성되는 경험을 하는 뇌졸중 환자들이 겪는 증상이다. 뇌 병변으로 뇌의 오른쪽 반구가 손상되면 신체 왼쪽에서 지각의 혼란을 경험한다. 그런 환자들은 더 이상 감각 경험을 일관된 지각으로 충분히 바꾸지 못한다. 무시증후군은 환자의 신체에 대한 한쪽 지각만 없애는 게 아니다. 한쪽 팔, 다리와 함께 탁자, 접시, 문처럼 가까이에 있는 물건들도 사라진다. 따라서 시각적, 공간적 경험에 영향을 줄 뿐 아니라 기억과 회상도 어지럽힐 수 있다. 환자에게 사과나 새, 집의 그림을 그려보라고 하면 반쪽만 그리기도 하며 몸의 한쪽에 있는 세상의 모든 존재를 부정하는 상태가 된다. 그리프턴은 "사회 세계든, 물건의 세계든 아니면 자신과 신체의 세계든 세계의 절반은 보이지 않게 된다"라고 설명한다.

전두측두엽 치매는 뇌의 전두엽과 측두엽에 있는 신경 중추를 손상시키는 신경 퇴행성 질환이다. 어머니의 종양처럼 언어, 판단력과 의사소통을 조정하는 뇌의 부분을 공격한다. 그 부분의 뇌세포가 죽으면 역시 우리의 정체성을 만드는 정서적인 특징이 사라진다. 자기 인식과 공감이 줄어들고 정서적인 기억이 희미해지며 무관심하고 무심해지고 개성이 없어진다. "내면은 비어버리고, 그 사람의 껍데기만 남는다"라고 그래프턴은 설명한다. 한편 간질, 조현병 또는 편두통과 발열을 겪는 사람들에게 신체 이미지가 바뀌거나 왜곡되는 이상한 나라의 앨리스 증후군이 찾아올 수 있다. 크기에 대한 인식이 깨지고 변형되기 때문에 평범한 물건들의 모양, 거리, 배치에 대한 생각이 바뀐다. 한 사람이 더 커지거나 작아질 수도 있고, 자신이 몸에서 완전히 분리되어 떠다닌다거나 시간이 이해할 수 없이 빨라지거나 느려졌다고 느낀다.

이인증離人症은 자신의 몸과 마음에서 분리되어 관찰자가 되는 듯한 증상이다. 아동 학대, 무시무시한 전쟁, 심각한 사고를 포함하여 다양한 형태의 극심한 폭력 등으로 정신적 외상을 겪은 사람들에게 그런 정신적인 무심함은 유용한 방어기제가 된다. 이인증을 포함한 해리解離 장애는 몇 분 또는 몇 년씩 지속될 수 있어 교통사고를 겪은 사람이 그 순간만 잊기도 한다. 하지만 정신적인 외상의 경우 우리 자신이 직면할 수 없는 것들을 보이지 않고, 알 수 없고, 상관없는 것으로 만드는 무감각으로 나타날 수 있다.

유체 이탈 경험은 사람의 시각이 몸 안에서 몸 밖으로 이동하면서 육체에서 분리되는 잠깐의 사건일 것이다. 때때로 시각적 이중 체험까지 이어질 수 있다.[2] 몸과 마음의 이런 이중성은 때때로 우리가 세속적이고 평범한 현실에서 벗어나 정신적인 초연함을 유지할 수 있다는 증거로도 여겨진다. 그러나 신경과학자들은 유체 이탈 경험이 사실은 체지각 정보, 몸의 어디에선가 느낀 극심한 고통, 열이나 압력 같은 감각에서 비롯된 자극을 뇌가 잠시 처리하지 못해서 생긴 결과라고 설명한다. 우리가 촉각, 시각 그리고 몸의 평형을 유지하는 전정기관의 정보를 처리하지 못하면 공간 인식을 잃게 되고 그런 불확실함이 우리의 신체도식을 교란한다.

그렇게 자아가 사라지면 상호 관계에 대한 불안한 의식이 생길 수 있다. 내가 만난 소아신경과 전문의는 자폐증을 가진 많은 젊은 환자들이 사회적으로 보이지 않는 존재라고 느끼면서 "그들은 사실상 사라진다"라고 말한다. 그들은 의사소통을 제대로 못하며—몸짓언어의 의미를 알아차리지 못하고, 눈치가 없고, 눈을 잘 못 맞추고, 사람들과 접촉하는 걸 싫어하고, 특정 상황에서 말하기를 거부할 때가 많다—"때때로 그냥 거기에 있지 않다"

는 것이다. 이어서 그는 자신과 환자들 사이의 심리적인 거리에 대해서 "나 자신이 보이지 않는 느낌"일 때가 많다고 결론을 내린다.[3]

자아의 해체로 인해 기쁨을 느끼는 경우도 있다. 측두엽 발작으로 일어나는 간질이 때때로 황홀한 발작 현상으로 이어져 환자들이 처음에는 일시적인 황홀감, 우주와 연결되는 느낌을 가지는 일도 드물지 않다. 작가 엘리사 샤펠Elissa Schappell은 에세이 〈빛은 어떻게 들어오나How the Light Gets In〉에서 그 경험에 대해 이렇게 썼다.

"나는 고요하고 평화롭다. 일생 처음으로 완벽해진 느낌이다. 나는 기쁨과 경외감으로 가득 차서 빛난다. 나는 일어서고 있다. 보이지 않는 삶, 환하게 빛나는 세상이 있다. 눈부시게 아름답게 빛나는, 불가능해 보일 정도로 많은 빛이 흘러넘친다. 빛으로 가득한 공기가 마치 물처럼 내 손바닥과 발 아래까지 쏟아져 내려 그걸 손으로 퍼내야 한다. 그 빛이 방을 구석구석 채우고, 벽을 타고 내려온다."

그러나 그래프턴은 내게 보낸 이메일에서 "진짜 보이

지 않는다고 느끼려면 여덟 시간 동안 완전히 기억을 잃게 하는 미다졸람 주사를 맞으세요. 기억이 없다는 건 곧 그 시간 동안은 보이지 않는다는 뜻이죠. 그 시간 동안 자신의 존재를 지우는 겁니다"라고 썼다. 미다졸람은 재낵스, 발륨, 리브륨, 아티반 등과 함께 항불안제 벤조디아제핀 계열의 약물로 환자에게 "수술이나 처치 후에 겪을 수 있는 불편함이나 원치 않는 후유증이 기억나지 않도록 기억상실을 유발하기 위해 투여한다." 나는 몇 년 전 가벼운 수술 전에 이 약물 주사를 맞았다. 진정제 때문에 망각의 터널로 굴러 떨어지기 전, 의식이 남아 있던 30초가 내가 경험한 가장 행복한 순간 중 하나다. 눈앞의 세상과 걱정거리들에서 벗어난 순수한 존재가 되고, 더 크고 지극히 자비로운 존재의 영역에 받아들여지는 듯한, 말로 표현할 수 없는 느낌이었다. 나를 둘러싼 세상, 녹색 수술복을 입은 마취과 의사, 의료 장비의 깜빡이는 푸른색 불빛, 베이지색 복도와 그곳으로부터 끝없이 펼쳐진 우주에 대해 깊은 친밀감을 느끼게 되었다. 나는 무한히 감사했다. 주사약은 내가 우주와 만날 수 있게 해주었다. 몇 년이 지난 지금, 나는 그 행복한 순간들이 어떤 식으로든 기억상실에서 비롯된 게 아닌가 하는 생각이 든다. 기억상실 상태가 절망뿐 아니라 황홀감도 주는 게 가능하지 않을까?

그렇게 황홀한 상태에 대해 더 구체적으로 표현하고 정확하게 이해할 수 있기를 바랐지만, 더 이상의 연구는 불가능하다. 극도로 불안감을 느끼거나 수술을 받아야 하거나 거리에서 거리낌 없이 마약을 구매하지 않는 한 말이다. 그래프턴이 말한 일시적인 기억상실을 더 잘 이해하기 위해 그런 주사까지 맞을 필요는 없다. 나는 가끔 푹 자기 위해서 재낵스를 먹는다. 그리고 그 약은 기억상실이 일어난 **이후의** 일에 대한 기억을 형성하지 못하는 선행성 기억상실을 일으킬 수 있다(기억상실 이전의 기억을 떠올릴 수 없는 역행성 기억상실과 반대다). 언제인가《순수의 시대The Age of Innocence》를 읽었던 기억이 난다. 몇 시간 후 아침에 일어나니 그 책이 방 반대편 탁자 위에 올려 있었다. 왜 엘렌 올렌스카 백작부인은 쪽지를 보냈을까? 아처는 무슨 말을 했을까? 메이 웰랜드는 왜 목련나무 아래 서 있었을까? 나는 어떤 사건이나 대화도 떠올리지 못했다. 내가 책장을 넘긴 건 분명했지만, 책에 있는 단어들을 기억할 수 없었다. 책 속의 문장들과 함께 내 삶의 짧은 부분이 지워졌다.

대학 시절, 보드카에 흠뻑 취해서 지냈던 어느 여름도 생각난다. 알코올은 기억을 방해하는데, 어떤 상황에서는 뇌가 새로운 기억을 형성하는 걸 방해하기도 한다. 다시 말해 기억을 되찾을 수 없는 게 아니라 뇌에서 기억이 형성된 적도 없다는 뜻이다. 술 때문에 의식을 잃으면 그 사람의 행동, 말, 기억 모두 지워질 수 있다. 부엌 식탁 위에 낯선 열쇠가 놓여 있다. 책은 정원에 놓여 있다. 현관문은 활짝 열려 있고, 개는 사라졌다. 그걸 설명할 방법이 하나도 없다. 무슨 일이 있었는지 생각나지 않고, 다시는 떠올릴 수 없다. 말과 사건은 희미해지고, 자아는 정확한 기억의 섬들과 희미한 기억의 다른 섬들이 흩어져 있는 바다가 된다. 정체성은 안개 그리고 미지의 조류와 조수, 이해할 수 없는 해안선들로 둘러싸인, 지도를 만들 수도 항해를 하기도 어려운 넓고 신비한 다도해가 된다.

“그 시간 동안 자신의 존재를 지울 수 있는” 방법에 대한 그래프턴의 언급은 사라진 시간을 정확하게 설명하는 방식인 것 같다. 우리가 경험한 일들이 기억 속에 새겨지지 않는다. 일반적인 인간 경험의 구성 요소들이 인식되지 않는다. 이 세상의 삶은 우리 곁을 스쳐 지나간다. 우리는 우리 자신에게 보이지 않는다. 이건 분명 저주다. 그리고 보드카에 취해서 보냈던 그해 여름을 되돌아보면 믿기지 않을 정도다. 겨우 10대를 넘겼을 때였고, 정체성에 대해 끊임없이 질문하면서 호기심과 매력을 느끼고, 정체성과 함께 만들어나간 존재의 틀에 막 익숙해지기 시작하던 시기였다. 수십 년이 지난 지금, 정체성의 작은 조각이라도 지우기로 선택하는 건 일종의 미친 짓처럼 보인다.

기억은 치매, 뇌병변, 뇌졸중, 약물 남용 아니면 그저 시간의 흐름 자체 때문에 사라질 수 있다. 그러나 기억을 상실했을 때 우리의 어느 부분이 남아 있는지, 우리의 정체성에서 기억이 차지하는 부분은 어느 정도인지에 대해서는 과학적으로 정확하게 설명하기 어렵다. 우리 삶의 소중한 순간들—호수에서 받은 수영 수업, 처음 장만한 아파트 창문 밖으로 비가 내리던 풍경을 바라본 순간, 캘리포니아 남부로 떠난 장거리 자동차 여행—을 잊어버릴 때 정체성이 위태로워질까? 우리의 자기 인식, 이 세상에서의 주체 의식, 그리고 우리 육체에 대한 인식은 붕괴되고 망가질 수 있다. 우리는 신경 장애, 정신적 외상, 진정제 투여, 약물 남용을 통해 우리 자신을 잊을 수 있다. 우리 자신의 일부가 완전히 파괴되고 지워질 수 있다. 무엇인가가 사라졌다. 무엇인가는 남았다. 무엇이 무엇인지 규정하는 게 늘 쉽지는 않다. 내가 미다졸람 주사를 맞았던 짧은 순간에 황홀경에 가까운 뭔가를 느꼈듯 간질 발작을 일으키기 시작한 누군가는 자신을 잊게 되는 황홀감을 경험할지도 모른다. 그러나 뇌졸중 환자는 자신의 몸과 자신의 세계에서 사라진 부분들을 애도할지도 모른다.

나의 어머니는 뇌종양으로 말을 잘 못하게 되면서 가족에 대한 사랑도 잘 표현하지 못하게 되었고, 혼란스러운 분노만 터뜨렸다. 우리가 어머니의 정체성이라고 생각하던 게 모두 사라졌다. 그러나 요즘은 정체성에 대한 개념이 달라졌다. 그렇게 끔찍한 고통을 겪지 않아도 자아는 끊임없이 변화한다. 우리의 인지 상태에 그런 심각한 장애가 생기지 않아도 인간의 성격은 끊임없이 바뀐다는 걸 이제 안다. 매일 2,420억 개 정도의 세포가 새로 생성되면서 우리 몸이 끊임없이 재생 상태에 있는 것처럼 우리 자아를 대표한다고 여기는 성격의 파편들도 계속 재조정된다. 정체성을 붙잡기란 어렵다. 우리는 언제나 조금씩 바뀌는 상태다.

사회심리학자이자 작가 대니얼 길버트Daniel Gilbert는 인간이 우리 생각보다 더 유동적이라고 말한다. "우리는 계속 변화하는 중인데도 이미 완성되었다고 착각한다. 바로 지금의 우리는 지나간 매 순간의 우리처럼 일시적이고, 임시이고, 순간적이다. 우리 삶에서 변치 않는 건 변한다는 사실밖에 없다." 그리고 시간에는 우리의 가치관, 성격, 좋아하는 음악, 가고 싶은 곳과 친구 관계까지 모든 걸 끊임없이 바꾸어놓는 강력한 힘이 있다.[4]

에든버러대학 연구자들은 인간 성격의 안정성에 대

한 매우 오랜 연구에서 비슷한 결론에 이르렀다. 10대 때 성격의 특징들이 나이가 들면서 거의 사라질 수도 있다. 성격의 특성이 짧은 기간에는 변하지 않는 것으로 보이지만, 수십 년에 걸쳐 바뀐다. 연구자들은 어린이 7만 805명의 발달 과정을 추적한 1947년 스코틀랜드 심리조사에서 가져온 자료를 활용했다. 그중 14세 어린이 1,208명의 표본으로 청소년기를 거쳐 성인이 되기까지 성격 변화를 연구했다. 자신감, 인내심, 기분 안정성, 성실성, 독창성, 학습 욕구 등 여섯 가지 특성을 확인한 조사였다. 2012년에 조사 참가자들을 다시 찾아냈고, 그중 174명이 지속적인 연구에 참여하겠다고 동의했다. 그들에게 그 여섯 가지 특성이 그들 행동에 얼마나 지배적인 요소로 남아 있는지 스스로 평가하는 설문지를 나눠주었다. 그들과 가까운 가족, 애인, 친구 들에게도 그들의 이전 특성들이 얼마나 계속 남아 있는지 평가해달라고 했다. 그 결과, 이런 특성들 중 일부만 그들 삶에서 짧게 지속되었다는 사실이 확인되었다. 기분 안정성을 제외한 대부분의 특성은 뚜렷하게 바뀌었고, 완전히 사라지기도 했다.[5]

역시 스코틀랜드인으로 250년 전에 살았던 철학자이자 수필가 데이비드 흄David Hume은《인간 본성에 관한 논고A Treatise of Human Nature》에서 끊임없이 바뀌는 인간 정체성에 대해 생각하면서 이렇게 썼다.

"자아나 인간을 어느 하나의 느낌으로만 이야기할 수 없으며 참고할 만한 여러 느낌과 개념들이 있다. 어떤 하나의 느낌이 자아에 대한 개념을 결정짓는다면, 그런 느낌이 우리 삶 전체에서 변함없이 똑같이 지속되어야 한다. 자아가 그런 식으로 존재할 것이라고 여기기 때문이다. 그러나 변하지 않고 지속되는 느낌은 없다. 고통과 즐거움, 슬픔과 기쁨, 열정과 불안감이 번갈아 나타나고, 절대 동시에 나타나지 않는다. 그러니 자아에 대한 개념은 이런저런 어떤 느낌에서도 비롯될 수 없고, 따라서 자아에 대한 그런 개념도 없다."

몇 문장 뒤 흄은 "우리 인간은 여러 인식의 집합체일 뿐이고, 엄청나게 빠르고 끊임없는 흐름과 움직임 속에서 여러 인식들이 연달아 일어난다"라고 확언한다.

인간은 변한다. 인간의 성격은 생각보다 쉽게 변한

다. 자아는 항상 다른 상태로 옮겨 다니는 영원한 난민과도 같다. 우리 존재의 본질적인 부분이라고 생각할 수 있는 특성마저도 사실은 쉽게 변한다. 그런 연구 결과가 나온 건 최근일 수 있지만, 심지어 흄과 계몽사상보다 앞서 '일시적이며 영원하지 않음' 그리고 '덧없음'이라는 개념은 있었다. 바로 **무상無常**, 모든 존재가 끊임없이 변화하는 상태에 있다는 불교 수행의 근본 개념이다. 물질적인 것, 영적인 것 모두 무상하다. 무상함—생각과 느낌과 믿음과 행동 모두—이야말로 바로 존재의 조건이다.

나는 언제나 자아에는 핵심적인 본질, 어마어마한 흔들림이나 극단적인 상황에서나 바뀔 수 있는 단단한 기반암이 있다고 생각했다. 그러나 지금은 자갈, 돌 더미와 함께 모래, 진흙, 광물 등이 뒤섞여 쌓인 충적토로 이해한다. 이 모든 게 비와 눈, 얼음, 기온, 날씨, 시간과 그 자체의 온갖 고유한 특성에 영향을 받는다. 우리는 시시각각 끊임없이 변화한다. 뇌 손상이나 알츠하이머, 치매 등을 겪은 여성을 두고 "더 이상 그녀 자신이 아니다"라고 말할 근거가 없다면, 매일 아침 생생한 꿈에서 깨어난 후 혹은 흥미진진한 책을 읽거나 수영하러 가거나 남편과 함께 저녁을 먹은 후 "더 이상 그녀 자신이 아니다"라고 말하는 게 더 정확할 수도 있다. 열 시간 동안 푹 자고 일어나거나 무릎 수술을 받거나 아이슬란드에 가거나 머리카락을 푸른색으로 물들인 후 "나는 이제 완전히 새로운 사람이야"라고 말하는 게 사실 맞는 말일 수도 있다.

우리는 어떤 이유로 보이지 않게 될까? 우리는 보이지 않게 되는 상황에 대해 본능적으로 편안하게 느낄까? 사라져가는 우리의 정체성에 대해 알고 있는 게 있을까? 우리의 세포들이 예측할 수 없이 변하듯이 매일매일 매 순간 마주해야 하는 교훈일 것이다. 나는 어머니 뇌의 세포 재배열에 대해 생각한다. 어머니가 어느 여름날 저녁, 바깥에 앉아 자신이 몇 년 전에 심은 장미를 바라볼 때는 고요하고 평화롭게 느껴지기도 했다. 그중 일부는 외할아버지가 수십 년 전에 가꾸던 화단에서 가져와 다시 심은 장미들이었다. 그 당시 나는 어머니 얼굴에 떠돌던 기쁨이 외할아버지로부터 받은 유산과 가문의 정체성 몇 가닥, 어머니 내면에 계속 남아 있는 고유한 특성을 보여준다고 믿고 싶었다. 그때 어머니는 다시 어머니 자신이 되었다. 그러나 자아에는 자신의 습관과 신념, 느낌 등 여러 부분을 응집력 있는 전체로 모으고 조직할 만한 주체가 없다. 그리고 어머니가 다시 어머니 자신이 되었다고 믿고 싶다면 그것은 오로지 내가 자아를 이전 삶의 입자들과 바로 직전에 생겨났을지도 모를 입자들 모두로부터 비롯된, 옛것과 새로운 것 모두로 이해하기 때문이다.

보이지 않는 곳을 그린 지도

10

그 땅의 이야기들을 들은 사람들은 이처럼 바위, 개울, 파도, 폭포 안에서, 안개와 사막의 모래 구름에 가려 쉽게 보이지 않는 곳에서 사는 게 얼마나 강렬한 경험인지 생각하게 되었다.

테리 거널

TERRY GUNNELL
아이슬란드대학 민속학 교수

아이슬란드 레이캬비크 남쪽 교외의 항구 도시 하프나르피외르뒤르의 첫인상은 그리 특별해 보이지 않는다. 대부분 밝은 색으로 칠한 물결무늬 강판 집들에는 단순한 매력이 있다. 거센 바람이 부는 거리에서는 외부에서 온 어울리지 않는 것들은 모두 바다로 날아갔거나 날아갈 것 같은, 고상한 우아함이 느껴진다.

다시 보면 거리 곳곳에 흩어진 호화로운 건물들이 눈에 들어온다. 이 도시는 7,000년 전에 형성된 용암지대와 그 주변에 세워졌다. 그래서 조약돌과 주먹 크기 돌에서부터 다양한 모양과 형태의 거대한 바위까지 가지각색의 삐죽삐죽하고 어두운 색 돌들이 이곳 지형의 특징이다. 도로와 건물들은 용암 분화구와 균열 주위에 건설되었다. 헬리스게르디 공원은 대부분 움푹 들어가거나 울퉁불퉁한 검은 바위들로 만들어진 동굴들로 이루어져 있다. 바위틈으로 떨어진 폭포는 굳어버린 용암 위로 흐르고 검은 벽은 이끼와 백리향으로 뒤덮여 있다. 공원의 큰길 근처에 있는 표면이 울퉁불퉁하고 뒤틀린 너도밤나무조차 용암의 미학을 보여주는 것 같다.

이런 바위들에 영적인 존재들이 산다고, 거대한 균열이나 길게 갈라진 틈은 훌두폴크나 알파르로 불리는 '숨겨진 존재', 요정들이 오가는 출입구라고 사람들은 믿는다. 심지어 뒤틀린 너도밤나무도 이런 신비로운 존재들과 함께 살아간다고 생각한다. 그 공원에서 몇 구역 떨어진 메르쿠르가타라는 이름의 거리는 울퉁불퉁한 바위 모양에 맞춰 의외의 방향으로 꺾인다. 내가 찾은 날, 바위 위에는 미나리아재비, 백리향, 서양톱풀과 민들레꽃 들이 활짝 피어 있었다. 그곳에 뿌리내린 꽃들이다. 현대적인 집이 바위가 있는 곳을 피해 한쪽에 들어서 있고, 한 사람이 검은색 볼보를 바위 반대쪽 뒤에 정말 조심스럽게 주차한다. 바위 주위에서 일상적인 삶이 이어진다. 이끼에 뒤덮이고, 커다란 고래 뼈까지 있어서 더 장식적으로 보이는 바위도 있다. 그 도시의 100년 된 루터교 교회 프리키르키안조차 사람들이 훌두폴크들이 살았다고 믿는 용암의 돌출 부분 위에 지어졌다.

하프나르피외르뒤르는 그러나 이교도 전통에 얽매인 외딴 시골마을이라기보다 현대적인 교외 마을로 보였다.

그 도시의 지도에는 훌두폴크 거주지가 표시되어 있는데 주민들은 그곳들을 특별히 신비하거나 초자연적인 장소가 아니라 일상의 일부로 여기는 것 같았다. 그곳에 산다고 믿는 훌두폴크는 감탄과 존중의 대상이며, 약간은 두려운 존재이다. 일상생활 속으로 스며든 용암도 평범한 거리의 시설물로 보인다. 다른 도시들의 정체성에서 중요한 역할을 하는 신문 판매대, 포장마차, 현수막, 조형물과 다를 바 없다.

그렇다고 그 바위들을 디자인 전략이나 브랜드 상품처럼 활용하는 건 아니다. 규모가 크고 수없이 많은 화산암이 하프나르피외르뒤르의 특징이지만 아이슬란드의 여러 다른 시골 지역, 양이 풀을 뜯는 목초지와 언덕, 마을과 도시 들에서도 비슷한 화산암들이 흔하다. 아이슬란드 사람들은 이런 화산암 중 많은 곳에 보이지 않는 존재가 산다고 믿는다. 집을 짓는 사람뿐 아니라 지역위원회, 도시계획국 그리고 시민기관 모두 훌두폴크를 인정한다. 바위뿐 아니라 절벽, 동굴, 작은 언덕, 온갖 틈새에 사는 그들의 거주지를 침범했다가는 기계가 망가지고,

일정이 엉망이 되고, 건설 노동자가 다칠 수 있다고 믿기 때문에 훌두폴크 거주지를 피해 길의 방향을 바꾸고 건물 위치를 다시 정한다. 2015년, 북부 피오르 마을 시그루피외르뒤르에 연이어 폭풍우가 지나간 후 현장 노동자들은 홍수와 산사태, 쓰레기로 엉망이 된 도로를 정리하고 위험에 빠진 사람들을 구하다 훌두폴크가 좋아할 만한 바위가 흙으로 뒤덮인 걸 발견했다. 그 바위의 흙을 깨끗이 씻어낸 후 질서가 회복되었다.

아이슬란드 전역에서 이렇게 초자연적인 존재를 경건하게 인정한다. '용암의 친구들'은 천연자원과 문화유산 보존에 힘쓰는 국가기관의 이름이다. 그 기관의 회원들은 훌두폴크들이 산다고 믿는 바위들을 보존하고 보호하기 위해 지방자치단체들, 아이슬란드 도로해안관리국 그리고 다른 시민단체들과 협력한다. 2014년, 아이슬란드 도로해안관리국이 알프타네스 반도의 용암지대를 관통하는 새로운 길을 건설할 때 '용암의 친구들'은 그 관리국과 협력해 훌두폴크가 모이는 장소로 여겨온 3.7미터 길이의 바위를 조심스럽게 옮겨 놓았다.

아이슬란드의 용암지대, 빙하 그리고 눈부시게 아름다운 폭포를 보존하려면 그런 바위들을 보호하는 게 중요하기 때문에 오늘날에는 훌두폴크를 환경보호운동의 강력한 동반자로 여긴다. 아이슬란드 문화에서 훌두폴크는 상상 속의 존재 이상인 것이다. 아이슬란드 사람들의 대중적인 상상력은 지금 우리에게 더 깊고, 더 복합적이고, 더 적절한 의미를 전해준다. 아이슬란드는 언덕, 용암, 초가집의 갈라진 틈에 보이지 않는 존재가 산다는 걸 인정하는 곳이다. 점점 더 다각도로 연결되는 현실에 익숙해지고, 가상현실과 실제 경험을 결합하는 여러 기술들을 받아들이는 시기에 이런 사물들, 장소들, 존재들 그리고 그것들이 상징하는 숨겨진 세계는 그런 결합이 매끄럽게 진행될 수 있다는 걸 보여준다. 그리고 이런 경험의 융합은 사실 인간 경험을 향상할 수 있다.

아이슬란드인은 초기 켈트족 정착민과 북유럽 바이킹의 유전자를 모두 가지고 있으며 중세 훌두폴크 신화는 양쪽 문화의 영적인 존재를 모두 반영한다. 훌두폴크는 북유럽 요정들과 비슷하며 또한 땅 밑이나 동물의 은

신처, 동굴, 나무 둥치에서 산다고 알려진 아일랜드의 요정들과도 유사하다. 북유럽 사람들이 아이슬란드 땅을 차지한 후 아일랜드인을 노예로 끌고 왔는데, 아이슬란드의 영적인 존재의 특징은 그들로부터 많은 영향을 받았다고 몇몇 역사가들은 추측한다. 아일랜드 출신 보모와 유모들의 이야기를 통해 신화가 이어졌기 때문이다. 훌두폴크 이야기는 형편없는 생활 조건에서 고된 물고기잡이와 농사일, 무자비한 겨울의 혹독한 날씨에 시달리던 시기에 생겨났다. 아이슬란드 사람들은 자신들을 위험한 세상에서 살아가는 주민이라고 생각했다.

그러나 아이슬란드의 보이지 않는 존재에는 그들만의 특징이 있다. 그들은 우리와 아주 비슷하게 살아가는 사회적 동물이다. 그들은 우리가 먹는 음식을 먹고(꽃까지 먹을 수도 있지만), 비슷한 옷을 입는다. 그들이 보통 입는다고 여기는 19세기 의복의 기원은 구전되던 신화가 기록으로 바뀌던 시기로 거슬러 올라간다. 훌두폴크는 마법에 걸린 마술적인 존재도 아니다. 그들은 우리와 같지만, 조금 더 훌륭하다. 그들의 집도 우리와 비슷하지만, 조금 더 좋다. 그들의 가축도 조금 더 낫고, 그들의 코트는 더 두껍고 윤이 난다. 젖소들은 더 좋은 우유를 생산하고, 그들이 키우는 말은 조금 더 빠르고 더 우아하다. 일상생활의 가혹한 현실이 인간의 생존을 위협할 때 보이지 않는 존재들의 삶에는 질서와 정중함, 안전, 품위와 번영이 넘쳤다. 훌두폴크는 우리와 다른 세계에 사는 존재의 모습을 실감나게 보여준다.

이 '그림자 종족'에 대한 지속적인 믿음은 아이슬란드의 예측하기 어렵고 어지러운 지형, 미지의 세계를 연상시키는 풍경과 관련이 있다. 아이슬란드는 북미 지각판과 유럽 지각판 사이 단층, 대서양 중앙해령에 자리하고 있으며 두 지각판 중 하나는 동쪽-남동쪽으로, 다른 하나는 서쪽-북서쪽으로 계속 멀어지고 있다. 화산 폭발을 하지 않더라도 그 땅 자체가 끊임없이 움직이는 상태다. 그곳의 지진 활동—매주 수백 번씩 일어나는—은 마치 커다란 무리가 움직이는 것 같다고 묘사되는데, 실제로 지진을 겪기 전에는 이해하기 어려운 개념이었다. 화산은 여전히 활동하고 있어서 육각형의 현무암 기둥 그리고 더 부드럽고 둥근 베개 모양이나 색다른 형태의 화성암에서도 뭔가 움직이는 걸 쉽게 찾을 수 있다. 하루에도 기이한 형태의 용암이 소용돌이를 이루며 녹아 흐르는 것과 기하학적인 무늬의 결정체를, 그리고 천년 된 흐릿한 이끼로 뒤덮이거나 자주색 루핀 꽃이 줄지어 피어 있는 평원까지 볼 수도 있다.

아이슬란드 국토의 11퍼센트 정도는 빙하가 덮고 있으며 간헐 온천, 뽀글뽀글 거품이 생기는 진흙 웅덩이, 뜨거운 수증기를 내뿜는 유황 온천과 정기적으로 얼음 석호, 얼음 개울과 얼음 동굴이 생기는 복잡하고 어지러운 지형이다. 풍경 전체가 애니메이션의 한 장면처럼 보이고, 평원까지 펼쳐진 빙하는 기후 변화 이전부터 긴박감을 느끼게 했다. 북쪽의 호수 요쿨살론에서는 청록색 빙산 또는 화산재로 얼룩덜룩한 빙산이 차가운 석호에서 검은 해변으로 환영처럼 떠내려간다. 물리적인 환경이 인간의 정신이 형성되는 방식에 어떤 영향을 주는지는 아직 과학적으로 확실히 밝혀지지 않았지만 적어도 이곳에서는 물리적인 환경인 지형이 인간 감정에 깊은 영향을 준다고 생각해도 무리가 아닌 것 같다. 아니면 아이슬란드 문화가 불안정한 지구의 예측할 수 없고 가늠할 수 없는 위력을 실감나게 보여준다고 생각해도 과장이 아닐 것이다. 이곳 사람들은 아름다움과 보이지 않는 상태는 깊은 관련이 있다는 사실을 전적으로 인정한다.

아이슬란드의 지형만큼 기후와 빛 역시 알려지지 않은, 보이지 않는 존재를 만드는 데 영향을 주었다. 북위 65도에 자리한 아이슬란드는 1년 중 몇 달씩 주변이 보이지 않는 어둠 속에서 지낸다. 때로는 하얀 눈이 너무 눈부셔서 보이지 않기도 한다. 어둠 속에서 갑자기 밤하늘을 가로지르는 진홍색, 청록색 그리고 녹색의 오로라 빛줄기가 나타나기도 하다. 시야는 계속 명확하지 않다. 시인 마크 원더리치Mark Wunderlich는 겨울에 아이슬란드 시골을 방문했던 경험을 나에게 말해주었다. "강풍이 휘몰아치고, 적설량이 61센티미터에 이를 정도로 눈이 많이 왔어요. 주위가 캄캄해서 아무것도 볼 수 없었죠. 말을 타러 가면서 이런 날씨에는 실내에 있는 게 나을 거라고 생각했지만 내 친구들이 '왜 안 타?'라고 재촉했어요.

그래서 우리는 승마복을 차려입고 나갔죠. 우리는 아무 것도 볼 수 없었어요. 그러나 말들은 우리가 어디에 있는지 알았어요. 그다음 갑자기 우리 눈에 주위 풍경이 들어오기 시작했어요."

아이슬란드에는 숨겨진 사람들만 있는 것이 아니다. 아이슬란드 신화에는 물속에서도 숨을 쉴 수 있는 바다소, 파도 속으로 사라지고 여러 동물 모양으로 바뀔 수 있는 얼룩덜룩한 회색 물말 그리고 벌레처럼 땅 속으로 사라질 수 있는 여우와 고양이의 잡종인 스코핀이 등장한다. 이런 이야기들은 우리가 장소를 이해할 수 있도록 돕는다. 그리고 아이슬란드대학 민속학 교수 테리 거널Terry Gunnell에 따르면, 이야기들은 또한 "공간을 장소로 그리고 장소를 삶의 터전으로 바꾼다. (…) 이야기들은 이 사람들이 살았던 지리적, 정신적, 역사적 그리고 영적인 환경의 지도 역할을 하면서 듣는 사람들에게 장소의 이름과 길을 일깨워준다. 이야기들은 또한 그 지역에 역사적인 깊이를 불어넣고, 여러 종류의 기억, 유령, 초자연적인 존재들로 채운다."[1]

아이슬란드의 풍광과 빛을 아이슬란드 전설에서 분리하기란 불가능하고, 많은 전설은 주변 땅의 보이지 않는 힘을 중심으로 펼쳐진다. 18세기 말 이후 아이슬란드인 거의 대부분이 왜 글을 읽고 쓸 수 있게 되었는지를 설명하는 데 도움이 되는 신비감이 널리 퍼져 있다. 모두가 읽을 수 있을 뿐 아니라 많은 사람이 글을 쓴다. 현재의 통계에 따르면, 열 명 중 한 명은 책을 쓸 것으로 보인다. 이렇게 어디에서나 느낄 수 있는 지질학적인 힘이나 몇 달 동안 지속되는 어둠과 아이슬란드의 뿌리 깊은 문학 전통은 아마도 관련이 있을 것이다. 인간의 상상력이 활짝 꽃피는 곳이기 때문이다. 이 모든 이야기와 믿음들은 또한 섬 문화의 본질적인 특징 때문에 끈질기게 지속되는지도 모른다. 어떤 섬의 상대적인 고립은 올리버 색스Oliver Sacks가 '지리적 특이성'이라고 부르는 결과를 가져올 수 있다. 일종의 고립 상태 때문에 다른 곳에서는 찾을 수 없는 동식물 종류가 진화할 수 있을 뿐 아니라 외부의 영향이나 침입을 별로 받지 않고 사고와 신념 체계를 발전시킬 수 있다. 그렇게 섬에서는 독특한 문화가 발달한다.

이 모든 게 보이지 않는 사람들 이야기가 현대 문화에 그렇게 자연스럽게 스며든 이유일 것이다. 남쪽 지방의 농부인 올리 구나르손은 자신의 헛간 옆에 있는 초가집을 가리켰다. 지금은 지붕이 잘 정리되어 있지만, 아주 오래전에 훌두폴크 가족이 그곳에서 살았다고 내게 말했다. 겨울에 눈보라가 몰아친 후 그의 가족은 조부모님과 함께 가까운 농가로 이사했다. 저녁에 셰리주 한 잔을 즐기곤 했던 할머니는 어느 날 병 속의 술이 줄어드는 걸 발견했다. 할머니는 할아버지에게 "초가집의 지붕을 고치는 게 좋겠어요. 그래야 손님들이 빨리 나갈 거예요"라고 말했다. 할아버지는 지붕을 수리했고, 삶은 정상으로 돌아왔다. 올리는 자신이 너무 진짜처럼 이야기한다면서 웃었지만, 그들이 계속 여기에 살고 있느냐고 묻자 "네, 나는 그렇게 생각해요"라고 대답했다. 그는 숨어 사는 훌두폴크의 존재를 믿는다고 했다. "그들을 보지는 못해요. 그러나 그건 사람들이 보지 못해도 신을 믿는 방식과 같죠." 그리고 그건 존중하는 관계라고 말했다. 그의 딸은 세 살 때 바위굴에서 몇몇 훌두폴크 아이들과 함께 놀았다며 농장 뒤, 풀이 무성한 언덕 기슭에 있는 돌의 갈라진 틈을 가리켰다. 훌두폴크 아이들이 부모의 부름을 받고 집으로 돌아간 오후에야 딸도 농가의 부모에게 돌아왔다.

북부에서 만난 한 농장 여성은 이런 이야기들이 자신이 성장한 아이슬란드 동부에서는 더 흔하다고 말했다. 그리고 어릴 때는 그런 경험을 더 가깝게 느꼈다고 했다. "어릴 때는 보는 거나 믿는 거나 별로 차이가 없습니다. 그런데 지금 여기의 우리 대부분도 그걸 어느 정도 믿어요." 그녀의 작은 집에서 이야기를 나누던 7월 중순, 여러 낮과 밤 동안 북부의 옅은 빛이 그 시골 마을을 골고루 비추고 있었다. 잿빛이 부드럽게 퍼지다가 흐린 진주색으로 변하는 황혼이었다. 그러나 짙은 안개가 그 집 주위를 에워싸고 있어서 나는 아무것도 볼 수 없었다. 여기에서는 그 정도가 보인다고 할 수 있었다. 아이슬란드의 환경을 보면 미지의 세계를 자연스럽게 받아들이는 게 당연한 것 같다.

며칠 후 호텔의 접수 직원은 자신의 다섯 살 아들이 어린 훌두폴크 소년과 자주 어울린다고 내게 말했다. "아들이 종종 그 친구를 집으로 데려오고 싶다고 해요. 그러나 나는 '안 돼, 절대 안 돼!'라고 이야기하죠." 그녀는 아들의 이야기를 믿지만, 아들의 알 수 없는 친구를 집에 초대하고 싶지는 않았다. 그녀가 사는 농장의 집 뒤 언덕에 훌두폴크가 사는 바위 성이 있다고 했다. 그녀의 이야기를 듣고 나는 창문 너머 회색 돌들이 흩어져 있는 언덕을 바라보며 훌두폴크가 사는 곳을 어떻게 찾아낼 수 있는지 물었다. 그녀는 설명했다. "그저 돌이 어떻게 모여 있는지를 보고 알아요. 때때로 큰 돌이 작은 돌들과 함께 놓인 걸 볼 거예요. 돌들이 거기에 함께 서 있죠. 우리가 집을 짓는 방식과는 달라요." 순수하고 오래된 믿음과 현실적인 인정이 뒤섞인 그녀의 어조에 차츰 익숙해지기 시작했다. 그날 아침 늦게, 나는 훌두폴크가 모인다고 하는 또 다른 산비탈로 차를 몰았다. 돌들이 여기저기 흩어져 있고, 이끼와 풀로 뒤덮인 평범한 언덕이었다. 특별한 장소로 볼 만한 어떤 표시도 없었다.

여든이 훌쩍 넘은 양치기 농부 아델게이르는 열두 살 때 만났던 사람에 대해 통역을 통해 이야기했다. 그는 바위 근처에서 푸른 옷을 입은 여성을 딱 한 번 만났다고 했다. 그녀는 친절했지만, 그에게 말을 걸진 않았다. 많은 농장에는 그런 바위들이 있다. 이곳에서는 그게 평범한 삶의 일부이다. 그는 동물들이 풀을 뜯고 있는 언덕 위로 손짓을 했다. 농장을 이어받아 운영하는 그의 아들은 내게 어릴 때부터 바위에 대해 알았다고 영어로 말했다. "그런데 사실은 그게 다예요."

그들과 이야기하면서 제임스 테이트의 시 〈보이지 않는 악어The Invisible Alligators〉가 떠올랐다. 남자와 여자는 남자에게는 없는 악어에 대해 이야기를 나눈다. 그들의 대화는 다정하면서도 엉뚱하다. 그 남자는 보이지 않은 존재, 괴상한 동반자 그리고 **보다**와 **이해하다**를 어떻게 같은 의미로 사용할 수 있는지에 대해 알쏭달쏭한 이야기를 하면서 "악어가 없는 사람은 나밖에 없어"라고 말한다. 테이트의 시에는 종종 작은 당혹감들이 이어진다. 일상적인 혼란과 그런 혼란이 빚어낼 수 있는 우스꽝스러운 아름다움으로 가득하다. 내가 아이슬란드 사람들로부터 들은 이야기 역시 기이하고 이해되지 않는 존재들을 담담히 받아들이는 태도에서 나오는 것 같았다.

훌두폴크의 바위를 옮길 때는 정성스럽고 조심스럽게 옮긴다. 브레이달스비크 마을에는 '힘 바위'라고 불리는 게 있다. 그 지역 호텔 주인이 천하장사 대회에서 사용하려고 근처 계곡에서 옮겨온 바위이다. 그 호텔 주인은 심령술사로 자처하면서 바위 근처에 사는 훌두폴크에게 10톤에 가까운 바위를 옮기게 허락해달라고 부탁했고 훌두폴크는 치유력을 위해서만 그 바위를 사용한다는 조건으로 허락했다고 한다. 결국 그 바위를 옮길 때 번개와 함께 폭풍우가 몰아쳤고, 환영幻影과 촛불이 뒤따랐다. 기묘하면서도 평범한 그 어마어마한 바위는 이제 명물이 되어 마을 한복판에 있다. 바위 바로 옆에는 관광객들이 샌드위치를 먹을 수 있는 탁자가 놓여 있고 바위의 치유력을 흡수할 수 있다면서 만져보라고 권하는 작은 표지판도 있다.

물론 나도 바위를 만졌다. 천체물리학에서 보이지 않

는 건 때때로 확인할 수 없는 지식을 대체하는 자리 표시자placeholder로 활용된다. 과학자들은 정보가 거기에 있다는 걸 알지만, 그게 정확히 무엇인지는 모를 때 자리 표시자를 중심으로 생각한다. 암흑에너지는 자리 표시자이다. 암흑물질은 빛을 흡수하지도 않고, 내뿜지도 않는 자리 표시자이다. 우주가 어떻게 팽창하는지 설명하는 그럴듯한 추론은 하나도 없다. 그것의 위력에 대한 적절한 비유도 전혀 없다. 우리에게는 이 문제에 대한 정보가 없다. 그래서 암흑에너지와 암흑물질은 알 수 없는 지식에 대한 자리 표시자로 남아 있고, 과학자들은 그것들을 중심으로 생각한다.[2] 보이지 않는 세계는 인간의 상상력이 아직 뚜렷한 길을 찾지 못한 곳이다. 그래서 우리는 바위 덩어리나 응고된 용암, 땅의 갈라진 틈, 터무니없는 존재를 위해 남겨진 어두운 공간이나 물체를 이용해서 그것들을 중심으로 생각한다. 나는 지금까지도 지름이 2.5센티미터도 되지 않는 작고 둥글고 검은 화산암을 외투 주머니에 넣고 다닌다. 이 도시 근처 바닷가에서 주운 돌로, 어느 정도는 알지만 이해할 수는 없는 암흑에너지에 대한 기념품이다.

며칠 후 나는 바크카게르디라는 어촌에 갔다. 아이슬란드 동부의 피오르 중 하나인 보르가르피외르뒤르의 맨 끝에 위치한 외딴 어촌이자 양을 키우는 마을이다. 땅에서 캐낸 준準보석을 가공한 후 선물가게에서 벽옥과 마노, 갖가지 종류의 석영을 판매하기도 하는 이 마을 역시 훌두폴크 전설로 유명하다. 사람들은 마을 끝의 작고 하얀 농가를 인간과 훌두폴크 모두와 관계를 맺었던 한 여성이 살았던 곳이라고 믿는다.

마을 사람들이 훌두폴크와 일종의 경제 활동을 벌였다는 이야기들도 있다. 훌두폴크에게 탈지유 한 주전자를 준 보답으로 행운을 얻거나 눈보라에서 안전을 보장해준 훌두폴크에게 암양을 주는 등 상품과 서비스를 교환하면서 보이는 세계와 보이지 않는 세계 사이에서 교환이 이루어졌다는 것이다. 냉혹하고 불공평한 세상에서 공정성에 대한 주제는 계속 이야기된다. 북유럽 국가의 신화와 풍경에 대해 글을 쓴 테리 거널은 전설이 이걸 강조한다고 말한다.

"시골 공동체의 사람들이 삶과 죽음의 다양한 경계선을 자주 넘나들며 살았다는 사실을 잊을 때가 많다. 그들은 아무것도 없는 데서 뭔가가 나올 수 있고, 쉽게 원래 상태로 되돌아갈 수 있다는 걸 잘 알았다. 그들에게 세계는 존재하는 것과 존재하지 않는 것, 보이는 것과 보이지 않는 것, 그 당시 정부 문서로는 거의 알 수 없는 것들이 뒤섞인 복잡한 장소였다."[3]

도심에서 떨어진 곳에 있는 알파보르그라는 돌출된 바위는 훌두폴크의 도시이자 그들의 여왕인 보르길두르의 집이라고 알려져 있다. 미나리아재비, 쥐손이풀, 백리향, 이끼로 뒤덮인 길을 따라 바위 꼭대기까지 올라갔다. 바위의 높이는 15미터에서 18미터 정도였는데 올라가는 사람에게 약간 아찔한 느낌을 준다. 동쪽으로는 항구의 끝이, 북쪽과 남쪽에는 꼭대기가 눈에 덮인 산들이 우뚝 솟아 있었다. 그곳은 사람들이 연결되었다고 느끼기도 하고, 동시에 단절되었다고 느끼기도 하는 장소들 중 하나다. 그림자 존재의 공동체가 여기에 있다고 하고, 실제로 그럴 수 있다고 생각했다. 작은 계곡에 자리한 데다 높지 않은 지리적인 특징이 편안함과 질서, 균형, 소속감을 느끼게 했다. 마을 주민들이 그 바위를 삶의 중심으로 여기는 이유를 이해하기란 어렵지 않다.

켈트족의 전설에 따르면, 지구의 지형에는 '얇은 곳 thin places'이 있다고 한다. 하늘과 땅의 거리가 91센티미터밖에 되지 않는데, 경계 구역에서는 그 거리가 더 줄어든다고 한다. 얇은 곳은 보이지 않는 세계와 보이는 세계가 합쳐지는 곳, 시간적, 영적인 융합이 이루어지는 영역으로 생각되었다.[4] 그곳은 인간 정신을 고양할 수 있는 산이나 강, 어떤 지리적인 축, 어떤 바위의 입구, 땅이나 물, 어떤 강의 울퉁불퉁한 바닥, 아니면 땅의 움푹 꺼진 곳일 수도 있다. 그곳은 사원이나 수도원이나 성당이 서 있는 곳일 수도 있지만 그저 얼어붙은 호수 위에 쌓인 눈, 일식이나 월식이 일어난 하늘, 그 밖의 생각하지 못한 곳일 수도 있다. 얇은 곳들은 단지 지리적인 특징들과 관련이 있는 게 아니라 이런 지리적인 특징들 때문에 사람들이 어떻게 공간적, 정신적으로 재조정되었는지와 관련이 있다. 산들과 동쪽의 항구로 둘러싸여 높지 않게 솟은

이 바위는 그런 장소로 딱 알맞아 보였다.

멀지 않은 다른 작은 언덕에는 작은 돌들에 둘러싸인 커다란 화산 바위가 있는데 그곳에 훌두폴크들이 모여든다고 한다. 내가 만난 그 마을의 학교 선생님은 자신 있게 이따금 학생들을 데리고 그곳으로 간다고 말했다. 그녀는 내 지도 위에 펜으로 동그라미를 치며 그곳으로 가는 길을 알려주었다. 그녀는 어깨를 으쓱하면서 말했다. "우리가 볼 수 없는 게 너무 많아요."

작가 A. S. 바이엇A. S. Byatt의 단편소설 〈돌이 된 여자A Stone Woman〉에서 어머니의 죽음을 슬퍼하던 한 여성은 자신의 몸이 돌처럼 굳어가는 걸 알게 된다. 그녀의 뼈와 살, 근육이 녹색이 감도는 흰색 수정, 현무암, 파이어 오팔, 블랙 오팔 등 단단한 결정들과 얇은 조각들로 바뀐다. 그리고 나비, 개미 같은 곤충들이 그녀를 돌보아준다. 한 남자는 그녀에게 "나는 당신이 탈바꿈했다고 생각해요"라고 말한다. 그녀는 돌이 된 자신이 결국 주변의 땅에 흡수된 빛나는 존재라는 걸 발견한다. 이 이야기는 사람이 장소와 하나가 될 수 있는 초현실적인 방법, 풍경과 친밀한 관계를 맺는 게 어떻게 육체의 감각과 관련 있는지 그리고 인간이 자연 현상과 정서적인 관계를 맺는 게 어떻게 가능한지를 포착한다.

아이슬란드를 찾은 관광객들은 훌두폴크 개념에 대해 감상적인 문화유산일 뿐이라며 눈을 찡긋하고 무시하기 쉽다. 많은 아이슬란드 사람들도 그렇게 한다. 그러나 그곳에서는 지속적이며 보편적인 일이 벌어지고 있다. 내가 아이슬란드의 보이지 않는 제국에 있던 몇 주 동안 모바일 게임 포켓몬 고가 미국을 사로잡았다. 그 게임의 독창성은 내가 아이슬란드에서 본 것과 비슷해 보였다. 외딴 시골 지역에 살던 아이슬란드 사람들은 때때로 요정 바위에 사는 난쟁이 그리고 그들과 함께 사는 구드룬, 보르길두르에게 도움을 청하곤 했다. 미국 아이들이 증강현실 앱을 이용해 가상의 존재를 붙잡기 위해 도시 곳곳을 돌아다니는 것이 아이슬란드 사람들이 실제 풍경 속에 존재한다고 생각하는 가상의 존재와 만나는 일과 비슷해 보였다. 포켓몬 고의 캐릭터들에도 지역적 특수성이 있다. 물론 그 캐릭터들은 오락과 돈벌이를 위해 치밀하게 만든 대중문화 발명품일 수도 있다. 그러나 아이들은 스놀랙스, 위들, 라타타 같은 상상의 존재를 찾기 위해 실제 세계와 가상의 세계를 결합한다.

포켓몬 고는 디지털 게임이고, 아이슬란드의 훌두폴크는 더 확고한 신념체계이다. 그러나 둘 다 허구의 존재를 실제 장소에 갖다 놓을 수 있다는 가능성과 도전, 그때 느낄 수 있는 기쁨을 찬미한다. 둘 다 어떻게 풍경을 살아 숨 쉬게 할지를 안다. 둘 다 우리에게 상상을 통해 장소를 경험하라고 권한다. 둘 다 불신하지 말라고 한다. 둘 다 물리적인 장소와 맞물려 있고, 실제 지형에 가상의 존재를 놓아둘 만반의 준비가 되어 있다. 둘 다 풍경, 역사적인 장소, 사물에 대한 공유 언어shared languages(특정 지역, 문화 또는 경험에 대한 공통된 이해를 위해 자주 사용하는 용어, 관습, 상징—옮긴이)에 의존한다. 둘 다 보이지 않는 게 반드시 어마어마한 초자연적인 신비와 관련되지 않을 수 있고, 평범한 호기심, 독창성, 불확실성과 관련될 수도 있다는 걸 인정하는 것으로 보인다. 그리고 둘 다 상상의 세계와 관계를 맺으려는 인간의 보편적인 성향을 활용한다.

포케몬 고가 가상 세계와 실제 세계의 지각판이 충돌하는 걸 보여준다면 두 세계의 결합을 그보다는 사색적으로 경험하게 해주는 것들도 있다. 마음을 느긋하게 해주는 게임 앱들—경쟁적이지 않고 시간에 쫓기지 않는—은 사용자들이 그저 일상적인 일을 하면서 가상 세계에서 고요하게 시간을 보낼 수 있게 해준다. 플라워 가든Flower Garden은 사용자들이 씨를 골라서 심고, 물을 주고, 햇빛을 더 잘 받게 하려고 화분을 이리저리 옮기고, 마지막으로 꽃을 꺾어서 친구들에게 꽃다발을 보낼 수 있도록 가상의 정원을 조용히 가꾸게 해주는 앱이다. 포켓폰드PocketPond는 사용자들이 가상으로 뒷마당의 연못을 만들어 관리하게 해주는 앱으로 역시 마음을 평온하게 해준다. 쫓고 쫓기는 일도 없고, 경쟁도 없고, 그저 기를 물고기 종류만 골라 연못에 물을 채우고, 물고기에 먹이를 주고, 기르고, 물고기들이 물살을 가르는 모습을 지켜본다. 그게 전부다.

디지털 시대로 접어들면서 한 현실이 다른 현실에 어

떻게 겹쳐질 수 있는지 알아야 할 내용이 더 많아졌다. 스탠퍼드대학 부교수이자 인간-가상현실 상호작용 연구소Virtual Human Interaction Lab 설립 이사인 제러미 베일런슨Jeremy Bailenson은 사회적 이익을 위해 가상현실을 탐구한다. 가상현실 환경에서 인간이 어떻게 반응하는지, 그들이 자신을 어떻게 인식하는지 그리고 다른 사람들과 어떻게 상호작용하는지를 관찰하면서 이해하고, 디지털 세계와 그러한 관계를 맺는 것이 인간 행동에 어떻게 도움이 될 수 있는지 연구한다. 그의 연구소 방문자들은 헤드셋을 쓴 채 사라지는 능력이 아니라 다른 환경, 다른 인물에 완전히 흡수되는 능력을 경험한다. 멸종 위기를 겪는 산호초를 가상현실로 둘러보면 환경 피해에 대한 문제의식이 예민해질 수 있다. 또 다른 실험에서 참가자들이 가상 거울 속에서 다른 나이나 인종, 성별의 인물로 나타나게 한 다음 가상 거울 속 인물을 폭력적인 태도로 대하자 나이나 인종, 성별로 인한 사회적 편견에 대해 참가자들의 사회적 의식이 높아졌다. 이에 베일선슨은 말했다. "당신은 가상현실 속에서 70세 노인이나 다른 인종, 다른 성별의 인물이 될 수 있습니다. 그리고 한동안 그 사람 입장이 되어서 그 사람에 대한 사회적 차별을 경험하게 되죠. (…) 가상현실을 활용해 사람들에게 서로 사랑하는 법, 다른 사람의 입장을 이해하는 법, 다른 문화와 환경에 대해 배우는 법을 가르치는 게 내 일이라고 생각해요."[5]

건강 관리, 특히 스트레스 해소, 통증 관리와 회복을 돕는 가상현실 애플리케이션들을 연구하는 시애틀의 스타트업 딥스트림DeepStream VR도 마찬가지다. 가상현실 프로그램으로 인한 정신 이완이 생체 자기 제어와 합쳐지면 환자가 통증 수준을 줄이는 데 도움이 될 수 있다는 사실을 MRI 검사가 보여주었다. 딥스트림의 쿨COOL! 프로그램은 가상현실 헤드셋을 쓰고 있는 사용자들이 목가적인 풍경을 선택할 수 있게 한다. 환자들은 때때로 가상현실 안에서 살고 있는 환상적인 생물들에 관심을 빼앗겨 흠뻑 빠져들기도 한다. 동굴, 흐르는 강물, 해돋이, 아치 모양으로 쌓인 눈, 수달 등이 가상현실에서 등장해 환자들이 고통을 더 잘 관리하도록 돕는다.

가상현실이 컴퓨터 실험실에서 나오면서 일상생활에서 활용할 수 있는 가능성이 점점 커지고 있다. 도시가 점점 더 혼잡해지면서 도시 설계자들은 이미 스마트폰과 앱이 어떻게 교통, 통신을 비롯한 여러 종류의 정보 홍수에서 현대 도시에 사는 사람들을 지원할 수 있는지 연구하고 있다. 가상현실이 열악한 생활환경에 대한 위안을 줄 수 있다는 개념은 아이슬란드 문화가 여러 세기에 걸쳐 지켜온 전통과 그리 다르지 않아 보인다. 환상적인 풍경이나 상상의 존재를 떠올리는 능력은 화산 폭발, 무자비한 겨울, 지진이나 인구 과밀, 혹독한 날씨, 파괴된 환경 등 어떤 조건에서도 우리에게 많은 도움이 된다. 우리는 우리 자신이 통제되지 않는 우주의 주민이라는 사실을 인식하기 시작했다.

훌두폴크라는 존재를 믿으려면 상상력과 인내심, 유연성이 모두 필요하다. 그게 유용한 조합이다. 바위라는 엄연한 현실과 그곳에 살고 있다는 보이지 않는 영혼은 어떤 단절을 보여주는 게 아니다. 그보다는 확고한 현실과 환상적인 존재의 어떤 결합을 보여준다. 브루클린에서 가상 연못을 만드는 예술가나 얼음 동굴에서 가상 수달과 놀면서 만성 통증을 다스리는 법을 배우고 있는 참전 용사가 상상의 세계에 빠져들었다는 점에서, 보이지 않는 친구와 노는 어린 소녀나 언덕 위에서 푸른색 옷을 입은 여성을 만난 열두 살 소년과 같은 욕구를 가진 것으로 보인다. 바로 다른 세계에서 살고 싶은 욕구이다. 나는 늙은 양치기 농부가 열두 살 때의 경험을 가상현실로 여기지 않는다고 거의 확신한다. 그러나 가상현실은 평생 그의 곁에 있었다.

보이는 세계와 보이지 않는 세계의 경계에서

11

당신의 자아가 작아질 수 있다면 당신 삶은 얼마나 커질까?
(…) 당신은 멋진 낯선 사람들로 가득한 거리에서 더 자유로운
하늘 아래 있을 것이다.

G. K. 체스터턴

G. K. CHESTERTON
'브라운 신부 시리즈' 등 추리소설과 시, 에세이, 신학서 등을 쓴 영국의 작가 가상현실은 사용자들에게 몰입형 시뮬레이션 세계를 제공하지만, 증강현실은 디지털 콘텐츠를 실제 지형에 겹쳐놓아서 두 풍경을 더 복합적인 방식으로 결합한다. 보통 증강현실은 실제 세계를 대신할 시각과 이미지를 구축하는 수단으로 이해되지만 예술가이자 뉴욕대학 탠던공과대의 모바일 증강현실 연구소Mobile Augmented Reality Lab 소장인 마크 스쿼렉Mark Skwarek은 익숙한 걸 해체하고 지우는 데 더 몰두하고 있다. 디지털 경험이 어떻게 물질세계에 전환될 수 있는지에 관심이 있는 그는 풍경에서 사물들을 제거하는 것처럼 보이는 소프트웨어(erasAR)를 개발해서 자유의 여신상을 들어 올리고, 뉴욕시의 스카이라인을 재조정하고, 버지니아의 석탄산을 복원했다. 물론 실제로 이루어지는 것이 아니라 사용자의 모바일 기기를 통해 본 증강현실에서이다.

이 프로젝트를 통해 사람들은 새로운 정체성을 얻기도 하고, 새로운 풍경에 들어갈 수도 있다. 이런 기술이 사회적 정치적으로 어떤 의미를 가질지에 관심을 갖고 사회정의를 위해 활용하고 싶었던 마크 스쿼렉은 3차원 콜라

주를 만들 수 있는 모바일 기기 앱을 개발했다. 그의 '증강현실 한반도 통일 프로젝트Augmented Reality Korean Unification Project'는 남한과 북한 사이 비무장지대를 자연 그대로의 풍경으로 복원한다. 모든 보초병, 군사시설과 장비, 방어 시설과 검문소는 디지털로 지워진다. 사용자들은 노트북이나 스마트폰 화면을 통해 한국이 분단되지 않았을 때의 풍경을 보면서 그 아름다운 자연을 감상할 수 있다.

스쿼렉은 비무장지대 전체를 횡단하면서 그 지역을 조사했는데 그랜드캐니언처럼 장엄하며 푸르른 그 공간이 정서적으로 가슴 아프기도 했다고 말했다. "비무장지대에 가면 많은 사람들이 죽임을 당하는 영화를 보여줍니다. 그곳에서는 샌들을 신을 수 없어요. 사진은 촬영할 수 있지만, 동영상은 촬영할 수 없죠." 그곳에 깃든 전쟁의 상처를 지운 후 젊은 세대가 통일된 한국을 마음속으로 그리면서 양쪽을 자유롭게 오가며 걸으면 어떤 느낌일지 증강현실로 경험하게 하는 게 이 프로젝트의 목표였다고 그는 말한다. 사용자들이 복원된 풍경 속으로 들어가 시각적인 경험을 할 뿐 아니라 통일에 대해 더 깊이 느끼고 생각하게 하는 게 그의 소망이다. 가자 지구에서 이스라엘과 팔레스타인을 분리하는 장벽 부분들을 디지털로 지우는 비슷한 프로젝트도 있었다. 가상의 철거로 벽에 구멍을 뚫고 올리브나무 숲을 드러냈다. 그는 "이들 중 반대편에 무엇이 있는지 본 적이 없는 사람들도 있어요. 처음 본 장면에 감탄하고 흥분하면서 반응을 보이죠"[1]라고 말한다. 이게 현실 세계에 대한 우리의 이해를 바꾸어놓을 수도 있다고 그는 주장한다.

스쿼렉의 최근 프로젝트인 '오픈 텔레프레전스Open Telepresence'는 인터넷 전화 스카이프의 몰입형 3차원 버전처럼 작동하는 오픈 소스 도구다. 모바일 기기를 활용하는 증강현실 플랫폼인 구글의 탱고Tango와 비슷한 원리로 멀리 떨어져 있는 사람들이 같은 공간에 있는 듯한 경험을 하게 한다. 한 사용자가 어떤 공간의 3차원 동영상을 온라인에 올리면 다른 사용자들이 각자의 모바일 기기를 이용해 실시간으로 가상현실에서 그 방에 들어갈 수 있다.

이런 3차원 네트워크 통신은 건물 내부 위치 파악이나 길 안내를 위한 매핑에서부터 소규모의 실용적이고 복잡한 정보 전달—예를 들면 모터 수리 방법 가르쳐주기—과 더 큰 규모의 위기 대처—재난 현장 구조대원이 지구 반대편에 있는 의료 전문가들의 도움을 받을 수 있는 등—에 이르기까지 광범위하게 응용할 수 있다. 스쿼렉은 근본적으로 사용자들이 두 장소에 동시에 있을 수 있게 하는 기술이라고 설명한다. 그걸 전문 기술을 활용한 지식의 민주화라고 할 수도 있다. 사용자가 단순하고 가벼운 증강현실 안경을 쓰도록 하는 게(사용자를 어쩔 수 없이 바로 앞 현장에서 분리시키는 지금의 너무 크고 투박한 헤드셋 대신) 궁극적인 의도이며 실제 세계와 디지털 정보를 겹쳐놓아 사용자들이 더 많은 걸 보면서 주변 세계와 더 깊은 관계를 맺는 경험을 하도록 하는 게 목표라고 그는 말한다. 스쿼렉은 그 프로젝트를 즉각 지속적으로 연결될 수 있는 플랫폼으로 만들 구상이다. "지금 도시 공간은 너무 인구 밀도가 높아서 벽을 지우면 조금 더 견딜 만해질 수도 있을 거예요"라고 그는 말한다. "공간이 트이면서 건물 안을 볼 수 있죠. 그건 공간에 대한 우리 경험을 근본적으로 바꾸어놓아요."

나는 제한적이긴 하지만 브루클린 스튜디오에서 스쿼렉의 작업을 직접 경험했다. 우리는 그의 작은 사무실 밖 복도에 서서 사무실 안에 있는 그의 조수 야오첸에게 손을 흔들었다. 우리와 야오첸 사이에는 벽이 있었다. 하지만 스쿼렉의 노트북 모니터로 보니 벽은 사라지고, 우리와 야오첸은 같은 공간에 있었다. 실제 세계에 중첩된 디지털 자료는 고르지 않아서 어떤 색이 다른 색들보다 더 선명하게 보였다. 그것은 더 대규모 연결 시스템을 만들기 위한 아직 초기 시제품이다. 그는 우리 모두가 그런 증강현실 기기를 갖추고 눈에 보이는 세계 전체에 대한 가상현실 사본을 함께 꿰어 맞출 수 있을 때를 상상한다. 예를 들어 이라크에 있는 사람을 불러내면 그곳 사람들이 어떻게 사는지 실시간으로 더 잘 알 수 있게 되고, 다른 사람들의 고통을 더 구체적으로 경험할 수 있다고 그는 설명한다. 아니면 시리아에 있는 사람을 불러내 난민 문제를 더 깊이 이해할 수도 있다. 스쿼렉은 "그렇지만 하와이 파도의 거대한 물결이 지금 내 책상에 와서 부딪히는 모습도 보고 싶어요. 그리고 내 식탁을 아파트의 벽에 붙인 다음 그 벽을 지우고 여동생을 그녀의 식탁에 앉으라고 하고 싶어요. 두 집의 벽이 모두 사라지면 우리는 연결된 식탁에 앉아 함께 식사할 수 있어요"라고 꿈꾸는 듯한 표정으로 말한다. 그게 스쿼렉이 가장 기대하는 경이로운 순간의 공유다.

스쿼렉은 자신의 작업에 본질적으로 모순이 있다는 사실을 솔직하게 인정한다. 벽이 사라지면 한쪽은 덜 보이고, 다른 쪽은 더 잘 보인다. 자연스럽게 보이려면 더 많은 동영상 자료가 필요하다. 그리고 이런 기술이 무차별 광고부터 감시까지 갖가지로 남용될 수 있다는 사실도 그는 안다. 스쿼렉은 사생활 침해 가능성을 인정하지만, "사람들의 사회적 의식을 높이는 경험을 만들 수 있다"는 점을 중심으로 그 프로젝트에 계속 몰두하고 있다. 또한 그것이 인간의 긍정적인 의사소통을 촉진하는 도구가 될 거라고 믿는다.

스쿼렉의 작업은 미래지향적이지만, 사람들을 서로

연결시켜 경이감을 느끼게 한다는 그의 목표에는 시대를 초월하는 요소가 있다. 그가 북한의 군사 장비를 지우든 아니면 브루클린의 평범한 칸막이 사무실의 벽들을 사라지게 하든 증강현실을 활용한 시도는 인간 존재가 물리적인 공간에서 어떻게 배치되고 재배치될 수 있는지를 탐색한다. 그리고 궁극적으로는 보이지 않게 하는 경험이 어떻게 경이감을 낳을 수 있는지를 탐색한다.

보이지 않는다는 개념은 사라지기부터 단순한 숨기까지, 드러나지 않도록 조심하는 행동부터 눈을 어지럽혀서 눈에 띄지 않는 전략, 자아를 죽이려는 노력까지 정말 다양할 수 있다. 마지막으로 폴 K. 피프Paul K. Piff의 연구 분야를 소개하려고 한다. 캘리포니아대학 어바인 캠퍼스의 심리학 교수인 그는 '경외심의 심리학the psychology of awe'을 개척했다. 그가 연구한 현장 중 하나가 밤하늘이다. 거의 모든 사람이 쉽게 바라볼 수 있으며 많은 사람이 경외심을 느끼는 대상이다. 우리 모두가 망망대해나 거대한 나무들 혹은 그랜드캐니언에 다가갈 수는 없지만, 우리 모두 밤하늘을 바라보면서 우주에서 우리의 위치에 대해 상상할 수 있다고 그는 말했다.[2] 그 사람의 배경이나 위치와 상관없이 밤하늘은 인간의 의식을 형성하고, 변화 가능성을 위한 인간의 경험을 키우는 데 중요한 역할을 한다. 더 나아가 그는 경외심을 원칙적인 인간 행동과 연결시킨다. 그는 연구를 통해 경외심이 이타적인 감각을 만들어내고, 초월적인 경험이 우리를 우리 자신 밖의 영역과 연결시켜 우리가 이기심에서 벗어나 인간 공동체를 더 폭넓게 받아들이도록 한다고 믿게 되었다.

피프와 그의 연구팀은 최근 연구에서 북미에서 가장 키가 큰 활엽수로 알려진 태즈메이니아 유칼립투스들로 이루어진 작은 숲에 참가자들이 서 있게 한 후 1분 동안 나무들을 바라보라고 하고, 다른 집단에게는 근처의 높은 건물에 시선을 고정하라고 했다. 그다음 참가자들에게 즐거움, 분노, 경외심에서 역겨움, 두려움, 슬픔과 행복까지 여러 감정 중 어떤 것을 느꼈는지 확인해달라고 했다. 나무를 바라본 사람들이 높은 건물을 바라본 사람보다 경외심을 더 많이 느꼈다고 대답한 건 놀랍지 않다. 또한 경외심을 경험한 참가자들은 특권 의식을 덜 느끼고, 덜 이기적이고, 더 관대해졌다고 느꼈다고 대답했다.

경외심과 경이감을 자아내는 자연환경에 있으면서 자아가 작아진다고 느끼면 또한 더 관대하고 친사회적인 행동으로 이어졌다. 피프는 연구 결과에 대해 이렇게 정리했다. "우리 연구에 따르면, 크고 아름다운 나무들 사이에서 경외심을 잠깐만 경험해도 자기애와 특권 의식에 덜 빠지고, 사람들이 공유하는 인간애에 더 초점을 맞추게 된다. 이기적인 만족감과 다른 사람들에 대한 관심 사이에서 우리 사회생활의 균형을 잡아갈 때, 잠시 경외심을 느끼는 경험을 하면 공동체 중심으로 자아를 재정립하고 우리 주위 사람들의 필요에 맞춰 행동하게 된다."[3] 피프는 경외심이 영성과 미술, 자연, 음악과 정치 활동에서 중심 역할을 하는 방식들, 함께 참여하면서 "집단 정체성을 더 예리하게 느끼게 하는" 온갖 노력들에 대해서도 썼다. 경외심은 우리가 뭔가 더 넓은 인간 연합체의 일원이라는 사실을 발견할 수 있게 한다. 인간관계에 대한 우리의 틀을 재조정하는 것이다.

나는 이른 아침에 넓은 뉴햄프셔 호수에서 수영하면서 이런 경외심을 가장 생생하게 느꼈다. 늦은 여름이었고, 호수에서 수영할 수 있는 날이 얼마 남지 않았다는 사실을 알았다. 광대한 호수를 가로질러 수영하면서 물속에 오래 머물렀다. 다가오는 가을을 느끼려고 노력하면서 머리를 물 밖으로 내밀지 않으려고 했다. 드디어 물 밖으로 고개를 내밀었을 때 나는 어떤 소리를 들었다. 그것은 웃음과 탄식 사이의 약간 으스스한 외침 같아 이 세상 소리가 아닌 듯했다. 불과 몇 미터 떨어진 곳에 소리의 주인공이 있었다. 검은색과 흰색 장기판 무늬의 우아한 깃털을 가진 아비새 한 마리가 까닥까닥 움직이면서 물 위에서 미끄러지다가 물속으로 머리를 집어넣었다. 이 물새는 물속으로 들어가면 1분 이상 물 밖으로 나오지 않을 수 있다. 호숫가에서 아비새를 지켜보고 있으면 그 새가 언제 어디에서 다시 모습을 드러낼지 추측하는 건 언제나 어렵다. 이제 그들과 같은 물, 그리고 같은 공기 속에 있게 된 나는 존재와 부재, 그곳에 있었다 없었다 하는 신비한 리듬을 잠시 공유했다. 그런 애매모호함에도 불구하고, 아마도 바로 그 애매모호함 때문에 그 순간에 뭔가 더 큰 질서와 가까워지는 느낌이 들었다.

그날 나는 물의 인상, 늦여름 공기의 촉감, 광야에 울려 퍼지는 사이렌 소리 등 즉각적이고 놀라운 느낌을 통합적으로 경험했다. 바로 그 순간 더 큰 세계의 시민이 될 수 있는 가능성, 야생의 세계와 인간 세계에 사는 존재들 사이의 유대감을 느낄 수 있었다. 나는 모든 면에서 존재했지만, 그곳에 있다는 게 스스로를 지우는 것과 관련된 문제이기도 했다. 내가 더 이타적이고, 더 친절하고, 더 관대해졌다고 말할 수는 없다. 그러나 내가 그 유대감을 계속 느끼고, 이 땅에서의 나의 위치를 인식하는 데 어떤 영향을 받았다고 생각하고 싶다. 경외심은 "은유적으로 자아가 작아지는 느낌을 자아낼 수 있다"[4]라고 피프는 말한다. 그리고 그의 연구에서 너무 뚜렷하게 나타나는 자아 축소를 나는 분명 그 8월 아침에 경험했다. 나는 모든 면에서 그곳에 있었지만, 동시에 사라지고 없기도 했다.

피프는 '작은 자아small self'를 여러 번 언급하는데

이는 경이감을 경험할 때 몸이 작아지고 세상에서 우리 자리가 줄어드는 것 같은 축소된 자아를 느끼는 것을 말한다. 경이감을 느끼기 때문에 자신이 작다고 느낄까? 아니면 자신이 작다고 느낄 수 있어야 경이감을 느낄 수 있을까? 무엇이 먼저인지 정확히 밝히기 어려울 것 같다. 나는 그 8월 아침에 사라지지 않았지만 내 자아가 작아진 것을 확실히 느꼈다. 나의 자아가 그러한 변화를 수용할 수 있다는 사실을 계속 깨닫게 하는 일종의 수학적 공식이 내재되어 있는 것 같았다. 우리는 사람, 집, 바위, 식물, 구름 등 주위와 비교해서 자신을 평가하려는 원초적 본능을 가지고 살아가며 물리적 규모의 관점으로 자주 세상을 접한다. 우리의 인간적인 차원이 사물을 측정하는 방법의 기초가 될 때가 정말 많다. 물리학자 앨런 라이트먼은 우리 신체의 크기와 부피가 "우리가 세상에 제시하는 첫 번째 신분증"[5]이라고 말한다. 그러나 때로는 변화의 경험이 이러한 방정식에서 벗어나는 힘이 된다. 그것은 아마도 철학자 제이컵 니들먼Jacob Needleman이 사람의 정신적, 감정적 확신이 사라질 때 일어나며 거기에서 자유가 시작된다고 말한 '신성한 소멸'[6]과 비슷한 변화일 것이다.

보이지 않는 걸 인정하는 건 시간과 역사를 초월해 인간의 믿음을 실천하는 데 중심이 되어왔다. 인간과 우주 사이에 일상생활의 경험을 뛰어넘는 깊은 연관성이 있다는 믿음은 인간이 의미를 찾도록 영향을 끼친다. 보이지 않는 존재에 대한 생각이 그 탐구의 중심이며 그 과정 어디에선가 보잘것없는 우리와 맞닥뜨리게 된다. 인간의 형이상학적 탐구에서 흔하게 나타나는 신념이기도 한데, 19세기 철학자이자 심리학자인 윌리엄 제임스William James는 '보이지 않는 것의 실상The Reality of the Unseen'이라는 제목의 강의에서 그런 점에 주목했다. 영적인 수행은 대체로 '보이지 않는 질서'라는 믿음을 바탕으로 하고, 인간의 선은 그런 믿음에 우리가 얼마나 맞추어 사느냐에 좌우된다고 제임스는 주장한다. 보이지 않는 세계를 어떻게 재평가할 것이냐로 논쟁한다면 그는 보이지 않는 세계와 미지의 세계를 인정할 때 인간의 존재론적 상상력이 되살아난다고 이야기할지도 모른다.

2017년 8월 21일, 확실히 그런 상상력이 되살아났다. 미국 전역에 개기일식이 나타나며 집단적인 열광 같은 분위기가 생길 때였다. 수많은 사람들이 함께 느낀 경이감은 더욱더 강렬해졌다. 전 국민이 암흑을 그저 받아들일 뿐 아니라 우리의 감각 속에 내재된 이 세상 질서의 어두운 부분을 열광적으로 끌어안는 것 같았다. 아마도 개기일식이 우리 주위의 알려지지 않은 힘들, 암흑에너지와 암흑물질을 떠올리게 했기 때문에 그렇게 많은 사람들이 흥분했을지도 모른다. 또 알려지지 않은 세계에 대한 인간의 근원적인 욕구 때문이었을지도 모른다. 사실 이 특별한 일식을 바라보며 떠들썩해지는 건 끝없는 햇빛 대신 그림자 세계의 은밀한 아름다움이 더 매력적임을 어느 정도 인정하기 때문이었을 것이다.

투명 망토를 만들려는 노력이 아직 성공하지 못한 게 어쩌면 다행일지도 모른다. 변환광학, 투명 망토, 존 C. 하월의 렌즈, 증강현실 헤드셋 모두 보이지 않는 상태를 만들기에 아주 확실하거나 효과적이지 않다. 그러나 모두가 보이지 않는 상태에 지대한 관심을 가지고 있으며 언젠가는 우리가 주변 세상에 흡수되고 동화되면서 보이지 않을 수도 있을 것이라는 믿음은 여전하다. 2017년 〈뉴욕타임스〉는 자체 우주 달력을 만들었는데, 사용자들이 모바일 기기와 동기화하여 유성우, 일식과 월식, 슈퍼문, 혜성, 춘분과 추분을 파악할 수 있게 했다. 사람들은 대체로 거대한 우주 안에서 자신의 위치를 추적하는 일에 매력을 느끼는 것 같다. 하지만 내가 가장 매력적이라고 생각하는 기술은 일부 건물에서 창문으로 활용하는 유리이다. 평범한 투명 유리로 보이지만 그 표면에는 무늬가 있는 자외선 필름이 씌워져 있다. 새들이 유리창의 표면을 볼 수 있게 하는 반사 코팅으로, 새들이 유리창으로 날아와 부딪치는 걸 막아주는 것이다. 제조회사는 그 무늬를 시각적 잡음visual noise과 비슷하다고 설명하는데, 특정 각도의 빛에서 눈을 가늘게 뜨고 열심히 보면 십자가 모양 자외선 줄기들이 눈에 들어오고 섬세한 레이스처럼 보이기도 한다.

나는 우리를 위해 만든 어떤 장치, 우리가 금방 눈에 띄지 않는 것들에 부딪히지 않도록 해주는 어떤 장치, 우리가 사는 세상에서 보이지 않는 95퍼센트를 생각나게 하는 어떤 미묘한 디자인을 떠올린다. 그러려면 특정 각도의 빛이 필요할지도 모른다. 아니면 그저 우리를 존재론적 상상력으로 돌아가게 할지도 모른다. 아니면 시인 마크 스트랜드가 마지막 시집 《거의 보이지 않는Almost Invisible》에서 이야기한 내용일 수도 있다. 스트랜드는 멋진 여행을 기대하면서 이렇게 쓴다. "밤낮으로 미지의 세계를 여행하면서 예전의 나를 잊어버리고 이전의 여행들에서 놓쳤을지도 모를 새로운 자아를 갖게 되었다. 그 첫걸음은 나를 넘어서는 것이었다." 그는 세상을 떠나기 전, 불편한 몸으로 침대에 누워 "갑자기 찬바람이 몰아치고 나는 사라졌다"라고 느낄 때까지 천장을 골똘히 바라보았다.

나는 스트랜드가 내면으로 깊이 들어가는 어떤 존재 방식과 그 특유의 신중함에 대해 말하고 있다고 생각한다. 그는 삶에서 습득한 고유한 어휘와 구조, 문법으로 '존재감이 줄어든다Becoming less present'는 상태에 대해 말한다. 책이 출간된 후 진행된 인터뷰에서 "당신은 며칠 전에 반쯤 농담으로 '나는 항상 눈에 띄지 않으려고 노력한다'고 이야기했지요. 마크 스트랜드라는 사람이 너무 눈에 띄기 때문인가요 아니면 충분히 눈에 띄지 않아서 그러는 건가요?"라는 질문을 받은 그는 이렇게 대답했다. "키가 큰 사람이 작아지고 싶은 욕망과 같지요. (…) 아니에요. 그 표현은 너무 단순해요. 점점 나이가 많아지면서 존재감이 줄어듭니다. 세상은 나 없이도 너무 잘 돌아간다고 느끼죠. 그래도 나는 괜찮습니다."[7]

나 역시 괜찮다고 느낀다. 존재감이 줄어들면서 내 정신이 리듬을 맞춘다는 사실을 안다. 존재감이 줄어드는 건 개인과 집단 사이의 그저 작은 충돌일 수도 있다. 우리는 단지 우리 자신이 되는 법을 배우기 위해 우리 삶의 정말 많은 부분을 쏟는다. 우리가 우리 자신을 이해하려고 노력하는 건 자기애의 욕구 때문이 아니다. 자기 자신을 알고, 이해하고, 확실한 정체성을 가져야 충만하고 너그러운 삶으로 나아갈 수 있다는 사실을 알기 때문이다. 최대한 우리 자신이 되기 위해 "내가 여기에 있다"나 "너를 본다"나 "너를 사랑한다"라고 말하면 그저 삶을 가장 충만하게 경험할 수 있는 데 그치지 않고, 우리가 헌신하는 대의, 우리 아이들, 우리가 사랑하는 사람들에게 우리 자신을 아낌없이 내어줄 수 있다.

가장 감동적인 경험을 할 때 우리 자신이 작아진다고 느낄 때가 너무 많아 놀랍다. 작은 물방울 같은 각자가 모여서 세상을 만든다는 사실을 받아들일 때 우리는 연대감을 가장 강하게 느낀다. 우리가 작아지고, 우리 존재감이 줄어들수록 우리의 연대감, 인간성은 커진다. 우리 자리를 찾으려면 먼저 그 자리를 잃어야 하는 것은 아닐까. 아마도 우리에게는 이렇게 드러나기도 하고 지워지기도 하는 환경을 헤쳐 나가는 능력이 필요한 것 같다.

사라지는 법을 이해하는 게 우리가 누구인지를 이해하는 일의 일부라는 확신이 점점 더 강해진다. 어떻게 **존재하느냐**는 충만하게 지금을 살아가는 법과 사라지는 법 모두를 아느냐에 좌우된다. 그래서 나는 때에 따라 보이지 않게 되는 걸 옹호하게 되었다. 내 인생에 가장 큰 영향을 준 일들로 내가 거의 보이지 않게 되기도 했다. 남편이 될 그와 사랑에 빠졌던 그해 6월, 나는 나 자신을 잃었다. 쌍둥이 아들 둘을 낳았던 2월의 오후, 그들의 존재로 인해 내 존재를 잊었다. 허드슨 강을 헤엄쳐 건넜던 날 아침, 깊은 잿빛 강의 흐름, 그 강의 끊임없는 흐름과 물결에 사로잡히며 나를 잊을 수 있다는 걸 알았다. 그날 이후 몇 달, 몇 년에 걸쳐 이 강 저 강에서 수영했다. 나는 입 안에 조약돌을 넣지도 않았고, 마술 반지를 끼지도 않았다. 과학자들의 고무손 실험에 참여하거나 가상현실 고글을 쓰지 않았지만, 내 몸은 텅 빈 공간이 되었고 나는 거의 사라졌다.

보이지 않는 건 이제 나에게 이미지로 다가온다. 투명 망토, 요정이 산다는 아이슬란드의 바위, 은퇴 후 올드 네이비 옷가게 계산대 앞에 줄을 서 있는 팀 덩컨, 군사시설이 사라진 비무장지대, 겨울 해변에서 돌처럼 분장한 베루슈카, 깊고 맑은 바닷속 투명한 물고기, 푸른색 옷을 입은 아이슬란드 여성. 나는 특히 사진작가 자오 후아센赵华森이 상하이 거리에서 자전거로 통근하는 사람들을 촬영한 사진에 매혹되었다. 자전거는 디지털로 지워져 보이지 않지만, 사람들의 발은 계속 페달을 밟고, 손은 손잡이를 잡고, 눈은 도로를 바라본다. 그러면서 미지의 무언가에 이끌려 그 도시의 거리를 미끄러져 내려간다. 아버지 뒤에서 자전거를 타고 있는 아이는 여전히 아버지 등을 끌어안고 있고, 한 여성은 여전히 애인의 등을 껴안고 있다. 도로 바닥에는 그 자전거의 그림자가 여전히 남아 우리 모두 역동적으로 맺고 있는 보이지 않는 세계와의 관계를 기록한다. 이렇게 보이지 않는 세계는 우리 삶에 생기를 불어넣는다.

'경이로움의 지리학'을 주제로 한 전시를 본 적이 있다. 전시장에는 아는 세계와 모르는 세계 사이 경계 공간을 이야기한다는 작품 설명이 붙어 있었는데, 나에게는 보이는 세계와 보이지 않는 세계의 경계가 잘 느껴졌다. 호프 긴스버그Hope Ginsburg는 세찬 바람이 부는 날, 북대서양 연안의 잿빛 하늘 아래 펀디 만의 끝부분에 세 명의 다른 잠수부들과 함께 앉아 있는 자신의 모습을 동영상 촬영했다. 밀물과 썰물의 해수면 높이 차이가 14미터에서 16미터에 이르는 곳이다. 밀물이 들어와 해초, 모래와 돌 들을 덮칠 때 그녀와 '랜드 다이브 팀land dive team' 잠수부들은 공기탱크, 오리발을 갖추고 밝은 색 마스크를 쓴 채 조용히 앉아 있었다. 그 동영상은 잠수부들 주위에 밀물이 차올라 다리, 몸통, 마지막으로 어깨와 머리까지 잠기는 과정을 기록했다. 선홍색 고글을 쓰고 해초에 머리가 휘감긴 긴스버그의 모습을 담은 한 근접 촬영 장면에서는 그녀가 혼성 생명체라도 된 것처럼 보인다. 결국 밀려오는 파도, 부드럽게 물결치는 수면 위에 떠 있는 나뭇잎들 그리고 공기탱크와 호흡장치를 갖춘 잠수부들이 바닷속에서 계속 숨을 쉬기 때문에 수면 위로 올라오는 약간의 거품밖에 보이지 않게 된다.[8]

아일랜드 시인이자 철학자, 신부인 존 오도너휴John O'Donohue는 "이것에 대해 생각하면 할수록 보이는 세계는 사실 보이지 않는 세계의 첫 번째 해안선처럼 느껴진다. 그리고 육체와 영혼의 관계도 다르지 않다고 믿는다. 사실 영혼이 그저 육체 안에 있는 게 아니라 육체가 영혼 안에 있다. 그리고 보이지 않는 게 어떻게든 보이고 나타나는 곳이 우리 내면이라는 사실이 어떤 면에서 인간 존재의 고통스러운 점이다"[9]라고 말했다.

우리 역시 보이는 세계와 보이지 않는 세계의 파도가 만나는 해안선에서 끊임없이 덮쳐오는 파도를 맞고 있는 긴스버그의 잠수부들일 것이다.

감사의 말

보이지 않는 상태에 대한 연구는 온갖 방식의 인간 경험과 개념을 끌어내면서 어렵게 찾아나가는 과정이었다. 온갖 지식, 연구, 통찰력, 기억, 조언, 지도, 제안, 성찰로 도움을 준 데이비드 앤더레그, 아멘 베이비지언 박사, 캐럴린 브룩스, 마이클 버카드, 앨리슨 카퍼, 론 코헨, 애나 크래브트리, 샘 데브리스, 캐럴 필립스 에윈, 트레이시 글리슨, 개린 골드버그, 로건 굿, 스콧 그래프턴, 케빈 해링턴, 팸 하트, 댄 호프스태터, 애슐리 홀리스터, 캐서린 험프스톤, 조슈아 자페 박사, 앤 크리머, 프란체스카 라파스타, 헤더 리, 마이클 록우드, 마이클 로에닝, 마이클 맥트위건, 마고 멘싱, 에밀리 네이치슨, 제임스 로보, 노엘 룩

셀-큐벌리, 보니 루페스코 셔피로, 엘리자베스 셔먼, 브룩 시펠, 알레나 스미스, 데이비드 R. 스미스, 더그 스미스, 제인 스미스, 에이프릴 스타인, 애스트리드 스톰 목사, 크리스티나 스베인, 린네 틸릿과 마크 원더리치에게 감사드린다.

이 책의 주제는 처음부터 쉽지 않았다. 펭귄 출판사에서 나를 담당한 편집자 앤 고도프에게 가장 많은 빚을 졌다. 그는 원고를 재치와 통찰력으로 꿰뚫어보고 이 책이 출판되도록 이끌고, 보이지 않는 상태를 세심하게 다룰 수 있는 방법들에 항상 주의를 기울였다. 효율적인 데다 변함없는 인내심을 보여주고 언제나 상냥하고 친절했던 케이시 데니스, 편집에서 통찰력을 발휘하고 적절한 순간에 격려해준 윌 헤이워드, 명확하고 꼼꼼하게 헌신적으로 도와준 앤젤리나 크란, 이 책의 개념들을 시각적으로 우아하게 뒷받침할 방법들을 찾아낸 그레천 아칠레스, 정확하고 빈틈없는 게이브리얼 레빈슨, 이 책이 세상에 나오도록 노력한 줄리아나 키얀과 케이틀린 오쇼너시에게도 감사드린다. 오랫동안 함께 일하면서 현명하게 조언해주고, 열정적으로 도와준 내 저작권 대리인 앨버트 라파지에게도 감사의 말을 전한다. 이 책의 발상들이 시작된 이탈리아 움베르티데의 치비텔라 라이에리 재단, 그 발상들을 탐구할 바탕을 마련해준 아너 존스에게 감사하다. 마지막으로 브라이언, 노엘, 루시언. 당신들이 나를 보고 있고, 내가 당신들을 보고 있는 건 내게 엄청난 행운이야.

주

머리말 - 보이지 않는 것에 매혹되다

1) Avinash Rajagopal, 〈Three Forms of Invisible Architecture〉, 《Metropolis》 November 2014.

2) Ioannis Marathakis, 〈From the Ring of Gyges to the Black Cat Bone: A Historical Survey of the Invisibility Spells〉, 《Hermetics Resource Site》, 2007, www.hermetics.org/Invisibilitas.html.

3) Wendy Doniger, 〈Invisibility and Sexual Violence in Indo-European Mythology〉 in 〈Invisibility: The Power of an Idea〉 ed. Arien Mack, special issue, 《Social Research: An International Quarterly 83》 no. 4 (winter 2016), 848.

01 보이지 않는 친구

1) 2016년 3월 2일, 데이비드 앤더레그와 저자의 대화.

2) Ronda Kaysen, 〈Secret Spaces〉, 《New York Times》, October 16, 2016.

3) Alison Carper, 〈The Importance of Hideand-Seek〉, Couch, 《New York Times》, June 30, 2015, https://opinionator.blogs.nytimes.com/2015/06/30/the-importance-of-hide-and-seek/.

4) 2015년 7월 7일, 앨리슨 카퍼가 저자에게 보낸 이메일.

5) Tracy Gleason, 〈Dr. Tracy Gleason on Imaginary Friends〉, 《Glimpse Journal Blog》, September 8, 2010, glimpsejournal.wordpress.com/2010/09/08/dr-tracy-gleason-on-imaginary-friends/.

6) 2017년 3월 31일, 트레이시 글리슨과 저자의 대화.

7) 2017년 3월 31일, 트레이시 글리슨과 저자의 대화.

8) Tracy Gleason, 〈Murray: The Stuffed Bunny〉, 《Evocative Objects: Things We Think With》, ed. Sherry Turkle(Cambridge, MA: MIT Press, 2007), 170-176.
9) Marjorie Taylor and Candice M. Mottweiler, 〈Imaginary Companions: Pretending They Are Real but Knowing They Are Not〉, 《American Journal of Play 1》, no. 1 (summer 2008), 47, 50.

02 마법 반지와 투명 망토

1) Jean-Jacques Rousseau, 《The Reveries of the Solitary Walker》(Indianapolis: Hackett Publishing Company, 1992), 81-82.
2) David R. Smith, 〈Invisibility: The Power of an Idea〉, 《36th Social Research Conference》, New School, New York City, session one, Research and Discovery, April 20, 2017.
3) 2017년 8월 18일, 데이비드 R. 스미스가 저자에게 보낸 이메일.
4) 2015년 7월 27일, 로체스터대학에서 존 C. 하월과 저자의 대화.
5) Arvid Guterstam, Zakaryah Abdulkarim, H. Henrik Ehrsson, 〈Illusory Ownership of an Invisible Body Reduces Autonomic and Subjective Social Anxiety Responses〉,
https://www.nature.com/articles/srep09831/.
6) Philip Ball, 《Invisible: The Dangerous Allure of the Unseen》(Chicago: University of Chicago Press, 2015), 281.

03 여기 조약돌 식물이 있다

1) Kevin A. Murphy, 《Not Theories but Revelations: The Art and Science of Abbott Handerson Thayer》(Williamstown, MA: Williams College Museum of Art, 2016).
2) Kevin A. Murphy, 《Not Theories but Revelations: The Art and Science of Abbott Handerson Thayer》(Williamstown, MA: Williams College Museum of

Art, 2016).
3) Hugh B. Cott, 《Adaptive Coloration in Animals》(London: Methuen & Co Ltd., 1940).
4) Helen Macdonald, 〈Hiding from Animals〉, 《New York Times Magazine》, July 19, 2015, 16.
5) Katherine Larson, 《Radial Symmetry》(New Haven, CT: Yale University Press, 2011), 12.
6) Wendell Berry, 〈An Entrance to the Woods〉, 《The Art of the Personal Essay》, comp. Phillip Lopate(New York: Anchor Books, 1995), 673-677.

04 물속에서 보이지 않기를 선택하다

1) Diane Ackerman, 《A Natural History of the Senses》(New York: Vintage Books, 1990), 77.
2) Robert Macfarlane, 《Landmarks》(New York: Penguin Books, 2015), 104.
3) Italo Calvino, 《Invisible Cities》(New York: Harcourt, 1978), 88-89.
4) Kenneth Chang, 〈A World of Creatures That Hide in the Open〉, 《New York Times》, August 19, 2014,
https://www.nytimes.com/2014/08/19/science/a-world-of-creatures-that-hide-in-the-open.html.
5) Molly Cummings, 〈Invisibility: The Power of an Idea〉, 《36th Social Research Conference》, New School, New York City, session one, Research and Discovery, April 20, 2017.
6) Wallace J. Nichols, 《Blue Mind》(New York: Little, Brown, 2014), 109.
7) Elizabeth R. Straughan, 〈Touched by Water: The Body in Scuba Diving〉, 《Emotion, Space and Society 5》, no. 1 (February 2012), 19-26.
8) Deborah P. Dixon and Elizabeth R. Straughan, 〈Geographies of Touch/Touched by Geography〉, 《Geography Compass 4》, no. 5 (May 2010), 449-

459.

05 보이지 않는 잉크

1) Mary Ruefle, 〈On Erasure〉(lecture, Vermont College of Fine Arts, Montpelier, VT, January 2009).
2) 2016년 5월 25일, 버몬트 주 패런 호수에서 메리 루플과 저자의 대화.
3) Jonathan Safran Foer, 〈Jonathan Safran Foer's Book as Art Object〉, interview by Steven Heller, ArtsBeat (blog), 《New York Times》, November 24, 2010,
https://artsbeat.blogs.nytimes.com/2010/11/24/jonathan-safran-foers-book-as-art-object/.

06 내가 없는 자화상

1) 2014년 9월 4일, 베닝턴대학에서 이분법적 성별 구분에 대한 메모.
2) Bonnie Tsui, 〈Choose Your Own Identity〉, 《New York Times Magazine》, December 14, 2015,
https://www.nytimes.com/2015/12/14/magazine/choose-your-own-identity.html.
3) Richard Pérez-Peña, 〈Report Says Census Undercounts Mixed Race〉, 《New York Times》, June 11, 2015,
https://www.nytimes.com/2015/06/12/us/pew-survey-mixed-race-multiracial-america.html.
4) Katy Diamond Hamer, 〈Ed Atkins, Performance Capture: The Kitchen〉, 《Eyes Towards the Dove》, April 27, 2016,
http://eyes-towards-the-dove.com/2016/04/ed-atkins-performance-capture-kitchen.

07 익명성의 위안

1) Anthony Raynsford, 〈Swarm of the Metropolis: Passenger Circulation at Grand Central Terminal and the ideology of the Crowd Aesthetic〉, 《Journal of Architectural Education 50》, no. 1 (September 1996), 11.

2) Alexandra Horowitz, 《On Looking: Eleven Walks with Expert Eyes》(New York: Scribner, 2013), 146.

3) 2016년 5월 23일, 마이클 록우드와 저자의 전화 대화.

4) 2016년 5월 23일, 마이클 록우드와 저자의 전화 대화.

5) Elena Ferrante, 〈Writing Has Always Been a Great Struggle for Me: Q. and A.: Elena Ferrante〉, interview by Rachel Donadio, 《New York Times》, December 9, 2014.

6) Susan Cheever, 〈Is it Time to Take the Anonymous out of AA?〉, 《The Fix》, April 7, 2011,
https://www.thefix.com/content/breaking-rule-anonymity-aa.

08 댈러웨이 부인 다시 읽기

1) Philip Ball, 《Invisible: The Dangerous Allure of the Unseen》(Chicago: University of Chicago Press, 2015), 195.

2) Manohla Dargis, 〈Review: 'Hello, My Name Is Doris' about an Older Woman's Love for a Much Younger Man〉, 《New York Times》, March 10, 2016.

3) Francine du Plessix Gray, 〈The Third Age〉, 《The New Yorker》, February 26, 1996, 188.

4) 2016년 4월 1일, 뉴욕에서 앨리슨 카퍼와 저자의 대화.

5) Ana Guinote, Ioanna Cotzia, Sanpreet Sandhu, and Pramila Siwa, 〈Social Status Modulates Prosocial Behavior and Egalitarianism in Preschool Children and Adults〉, 《PNAS 112》, no. 3 (January 20, 2015), 731-736.

6) Vera Lehndorff and Holger Trülzsch, 《Veruschka : Trans-Figurations》

(Boston: Little, Brown, 1986), 145.

09 사라지고 다시 태어나는 자아

1) Anil Ananthaswamy, 《The Man Who Wasn't There: Investigations into the Strange New Science of the Self》(New York: Dutton, 2015), 74.
2) Anil Ananthaswamy, 《The Man Who Wasn't There: Investigations into the Strange New Science of the Self》(New York: Dutton, 2015), 199.
3) 2016년 9월 26일, 제임스 로보 박사와 저자의 대화.
4) Daniel Gilbert, 〈The Psychology of Your Future Self〉, recorded March 2014 at the 《TED2014 conference》, TED video, 6:46,
https://www.ted.com/talks/dan_gilbert_you_are_always_changing.
5) Mathew A. Harris, Caroline E. Brett, Wendy Johnson, and Ian J. Deary, ed. Ulrich Mayr, 〈Personality Stability from Age 14 to Age 77 Years〉, 《Psychology and Aging 31》, no. 8 (December 2016), 862-874.

10 보이지 않는 곳을 그린 지도

1) Terry Gunnell, 〈Legends and Landscapes in the Nordic Countries〉, 《Cultural and Social History: The Journal of the Social History Society 6》, no. 3(2009), 305-322.
2) Priyamvada Natarajan, 〈Invisibility: The Power of an Idea〉, 《36th Social Research Conference》, New School, New York City, session one, Research and Discovery, April 20, 2017.
3) Terry Gunnell, 〈Legends and Landscapes in the Nordic Countries〉, 《Cultural and Social History: The Journal of the Social History Society 6》, no. 3(2009), 305-322.
4) Peter J. Gomes, 《The Good Book》(New York: HarperCollins, 2002).
5) Tiffanie Wen, 〈Can Virtual Reality Make You a Better Person?〉,《BBC

Future》, October 1, 2014,
www.bbc.com/future/story/20141001-the-goggles-that-make-you-nicer.

11 보이는 세계와 보이지 않는 세계의 경계에서

1) 2016년 5월 9일, 마크 스쿼렉과 저자의 대화.
2) Anna North, 〈What If We Lost the Sky?〉, Op-Talk(blog), 《New York Times》, February 20, 2015,
op-talk.blogs.nytimes.com/2015/02/20/what-if-we-lose-the-sky/.
3) Paul K. Piff and Dacher Keltner, 〈Why Do We Experience Awe?〉, 《New York Times》, May 24, 2015.
4) Paul K. Piff, Pia Dietze, Matthew Feinberg, Daniel M. Stancato, and Dacher Keltner, 〈Awe, the Small Self, and Prosocial Behavior〉, 《Journal of Personality and Social Psychology 108》, no. 6, June 2015, 883-889.
5) Alan Lightman, 《The Accidental Universe》(New York: Vintage Books, 2014), 86.
6) Jacob Needleman, 《I Am Not I》(Berkeley, CA: North Atlantic Books, 2016), 53.
7) Mark Strand, 〈Mark Strand: Not Quite Invisible〉, interview by Nathalie Handal, 《Guernica》, April 15, 2012,
https://www.guernicamag.com/not-quite-invisible/.
8) Hope Ginsburg, 〈Land Dive Team: Bay of Fundy, Explode Every Day: An Inquiry into the Phenomena of Wonder〉, MASS MoCA, North Adams, MA, May 28, 2016-March 19, 2017.
9) John O'Donohue, 〈The Inner Landscape of Beauty〉, interview by Krista Tippett, 《On Being》, August 31, 2017,
https://onbeing.org/programs/john-odonohue-the-inner-landscape-of-beauty-aug2017/.

옮긴이의 말

페이스북이나 인스타그램 같은 소셜 미디어를 훑어보다 보면 한 번도 만난 적 없는 전혀 모르는 사람들의 소소한 일상까지 낱낱이 알게 된다. 그들이 어디를 방문했는지, 어디에서 무엇을 먹었는지까지 모두 보게 된다. 낯모르는 사람에게까지 이렇게 거침없이 자신의 모습, 일상을 공개하는 그들의 용기에 놀랄 때가 많다. 어쩌면 오늘날은 어떻게 사느냐보다 다른 사람에게 어떤 모습으로 보이느냐를 더 중요시하게 된 시대가 아닐까?

앞다투어 돋보이려 하고, 그걸 경쟁력이자 전략으로 삼는 시대에 아키코 부시는 보이지 않는 방법, 사라지는 방법에 대해 이야기한다. 사라지기가 그저 도피나 고립의 수단이 아니라 정체성과 자율성을 되찾고 자신만의 목소리를 내는 방법이라고 이야기한다. 디자인, 문화, 자연 등 여러 분야에 걸쳐 오랫동안 글을 써온 아키코 부시는 보이지 않기 혹은 사라지기라는 주제를 문학과 예술 작품, 신화, 자연, 사회 문화, 첨단 과학기술을 넘나들며 탐구한다. 실제로 우리 몸 혹은 물건이나 주변 환경을 보이지 않게 만드는 첨단기술부터 주위와 같은 모습으로 변신해 자신을 감추면서(사라지면서) 생존하는 동식물, 사라지기의 근원적인 의미를 파고드는 문학과 예술까지 전방위로 소개한다.

우리가 이토록 보여주기에 집착하는 건 어쩌면 우리의 책임만은 아닐 수 있다. 현대사회는 자신의 경쟁력을 드러내고 홍보하라고 끊임없이 우리를 부추긴다. 게다가 각종 폐쇄회로 TV나 마케팅 도구들이 우리의 모습, 행동뿐 아니라 의도, 생각까지 실시간으로 수집하고 있다. 원하지 않아도 우리는 끊임없이 '보이고' 있고, 그런 상태에 둔감해지고 있다. 그리고 나를 드러내고 보여주어야 한다는 내적 욕구 심지어 강박까지 느끼게 하는 환경이다. 시적 비유로 가득한 이 책이 그런 우리에게 '해독제' 같은 역할을 하면서 정신을 똑바로 차리고 진정한 대안을 찾는 데 도움이 되길 바란다. 끊임없는 자아 팽창이 아니라 자아 축소에서 진정한 길을 찾게 해주길 바란다.

아키코 부시는 경이로운 대자연 속에서 자신이 정말 작은 존재라는 사실을 절실히 느낄 때 우리는 더 큰 세계의 일원이 되고, 이기심에서 벗어나 이타심을 회복할 수 있다고 지적한다. 그럴 때에 비로소 우리 삶은 더욱 강인해지고 풍부해진다고 말한다. "세상이 병들지 않는 건 숨어서 충실하게 살아가다가 아무도 찾지 않는 무덤에서 쉬고 있는 옛사람들 덕분이다"라는 조지 엘리엇의 말처럼.

존재하기 위해 사라지는 법

초판 1쇄 발행 2024년 2월 20일
초판 2쇄 발행 2024년 6월 30일

지은이. 아키코 부시
옮긴이. 이선주
펴낸이. 김태연

펴낸곳. 멜라이트
출판등록. 제2022-000026호
이메일. mellite.pub@gmail.com
인스타그램. @mellite_pub
디자인. 강경신

ISBN 979-11-980307-8-8 (02840)